粤侨先锋

黄方生 著

暨南大学出版社
JINAN UNIVERSITY PRESS

中国·广州

图书在版编目（CIP）数据

粤侨先锋／黄方生著．—广州：暨南大学出版社，2013．11
ISBN 978－7－5668－0703－8

Ⅰ．①粤…　Ⅱ．①黄…　Ⅲ．①纪实文学—作品集—中国—当代
Ⅳ．①I25

中国版本图书馆 CIP 数据核字(2013)第 178437 号

出版发行：暨南大学出版社

地　址：中国广州暨南大学
电　话：总编室（8620）85221601
营销部（8620）85225284　85228291　85228292（邮购）
传　真：（8620）85221583（办公室）　85223774（营销部）
邮　编：510630
网　址：http：//www.jnupress.com　http：//press.jnu.edu.cn

排　版：弓设计
印　刷：广东省农垦总局印刷厂

开　本：787mm×960mm　1/16
印　张：17.375
字　数：282 千
版　次：2013 年 11 月第 1 版
印　次：2013 年 11 月第 1 次

定　价：39.80 元

献给

为建设家乡振兴中华作出贡献的海内外侨界和关心侨界人士

黄方生 二〇一三年春

触摸赤子情怀　聆听怀乡心声

——《粤侨先锋》序一

张汉青

张汉青

老同学方生君新作《粤侨先锋》即将付梓，我应命写几句话，权作序言。

顾名思义，这本书写的是广东的侨界人物。广东是“中国第一侨乡”，粤侨历史源远流长，人数众多，况且时代不断演变，很难以个人能力在一本文学著作中写到那么多人、那么多事。因此，作者着眼于新的历史时期，以改革开放大潮中的一些代表性人物为主，讴歌他们浓厚的爱国爱乡思想，记录他们在不同领域留下的动人故事。黄方生是归侨作家，写华侨、归侨是他的主要创作园地，也是他文学创作的强项。可以说，他这本描写侨界代表人物的作品，有其独到之处，是一本具有广东侨乡特色的华侨文学著作。

书中有各种体裁的作品几十篇，写到的人物也不少。当你轻轻触摸他们那种“海外归来惟报国”的赤子情怀，当你凝神聆听他们那些在异域他乡的“我爱中华”、“我是中国人”的怀乡心声，当你从作者笔下了解到这么多归侨、侨眷在各个不同岗位上奋勇攀登，为祖国和人民奉献聪明才智的时候，内心一定会感动不已。

作者方生君自称“半路出家”，因其在 20 世纪 80 年代中期，一边从事侨务工作，一边开始业余华侨文学创作。90 年代初从工作岗位退下来后，他先后出版了几本文集。2008 年出版的长篇人物传记《归侨省长梁灵光》，被列为广东纪念改革开放三十周年重点文学作品，并获第九届中国世纪大采风活动金奖。由于对文学的浓厚兴致，加上强烈的社会责任感和时代迫切感，年过八旬的他仍笔耕不辍，继 2010 年《风雨过后夕阳红——我的海内外八十春秋》问世后，如今又将这本《粤侨先锋》结集出版，奉献给读者。方生君“老骥伏枥，志在千里”的精神，令人赞佩。

这部华侨题材文学著作，紧跟时代的步伐，同时对了解、研究华侨的历史和现状也有一定的参考价值，相信会受到海内外读者的赞许。

2013 年春于羊城爱绿楼

（作者张汉青，广东省人大常委会原副主任、中国作家协会会员）

把“中国第一侨乡”建设得更加美丽

——《粤侨先锋》序二

王荣宝

王荣宝

广东素来享有“中国第一侨乡”美誉，海外乡亲3 000多万，省内归侨、侨眷2 000余万，均为全国之最。在历史长河中，他们赤子情深，为建设家乡、振兴中华，为新中国繁荣发展，都作出了重大贡献。这是海内外乡亲的光荣，也是广东人民的骄傲！

这本名为《粤侨先锋》的纪实文学作品集，以讴歌海内外乡亲的爱国爱乡思想为主线，描绘了他们当中起先导作用的优秀代表人物，记录了他们在推进改革开放和现代化建设，以及在开展中外友好往来中留下的动人故事。

书中的主要人物，如老省长梁灵光、中国致公党元老伍觉天、归侨光辉典范蚁美厚、当代华侨文学先驱秦牧等，都是海内外闻名的也是我熟悉的归侨老前辈；广东省人大常委会原副主任张汉青、我国海洋环境污染学创始人何悦强、海归优秀科学家秦启伟、中科院“引进国外杰出人才”华南女性第一人唐丹玲，以及海外的美国风云人物靳羽西、旅日国际歌影星陈美龄、联合国开发计划署原顾问陈庆筠等，都是享有很高声誉的知名人士；广东达裕实业有限公司董事长王文康，是新世纪涌现的侨商新星。这部由海内外侨界中的代表性人物的动人故事汇集而成的著作，可以说是我省华侨文学创作的宝贵财产，希望侨界的作家和文学爱好者们能创作出更多更好的华侨题材作品。

本书作者黄方生同志，是出生于广东的资深归侨作家，他于2000年被评为“广东省优秀归侨作家”，2005年获“全国百佳新闻文化工作者”称号，已出版了几本华侨题材文集，其中长篇人物传记《归侨省长梁灵光》，入选广东纪念改革开放三十周年重点文学作品，并获第九届中国世纪大采风活动金奖。他虽已年过八旬，却紧跟时代步伐，锲而不舍，笔翰如流，把自己对祖国、对人民和对海内外侨界的深情，融化在每一篇作品的字里行间，因此其作品读起来让人倍感亲切。

这是一本改革开放以来不可多得的华侨文学著作，既具有历史的真实性，又有很强的可读性，相信一定会深受海内外侨界人士的欢迎，并在阅读中受到感染，进一步激起渊源深厚的爱国爱乡的赤子情怀。

让我们海内外广大侨胞和全省同胞一起，继往开来，努力奋斗，把“中国第一侨乡”建设得更加美丽，为中华民族永续发展作出更大的贡献！

2013年春于广州

（作者王荣宝，中国侨联副主席、广东侨联主席）

永远的中国心

——黄方生的纪实文学《粤侨先锋》赏析

蔡常维

蔡常维

当代散文大师、华侨文学先驱秦牧曾慨叹：“拥有如此众多的华侨、归侨和海外亲人的国家，本来以这方面事迹作为题材的文学作品应该十分丰富才对，但是很可惜，事实上我们书店的柜台里，这类作品寥寥可数。”正因为“寥寥可数”，所以当我拿到这20余万字的由优秀归侨作家黄方生所著的《粤侨先锋》时，顿觉沉甸甸的，因为这是一本洋溢着赤子情的书，是一本有分量的书。这是作者继长篇人物传记《归侨省长梁灵光》之后的又一部华侨文学著作。

“读是一首诗，看是一幅画。”书中涉及的党政、文学、艺术、教育、科技和经济等各界人士好几十人，都是在推进改革开放和现代化建设中起先导作用的优秀广东侨界代表人物，可称之为“魅力侨星”，如归侨有广东老省长梁灵光、中国致公党元老伍觉天、归侨光辉典范蚁美厚、归侨知识分子楷模黄清渠、当代华侨文学先驱秦牧、海洋环境污染学创始人何悦强、海归科学家秦启伟、全国劳动模范方才天、女画家关曼青、女高音歌唱家叶佩英、企业家张高贤等；侨眷有广东人大常委会原副主任张汉青、女科学家唐丹玲、女中音歌唱家罗天婵等；华侨华人有马来西亚华侨慈善家张武帮、山乡好人廖乐年、美国风云

人物靳羽西、旅日国际歌影星陈美龄、联合国开发计划署原顾问陈庆筠、巴西侨领黄雄、美籍华人油画家洪世杰等，真是侨星闪烁，华夏增光，充满诗情画意。3 000 万海外华人华侨的历史丰碑，2 000 万归侨侨眷的光辉业绩，书中均已概括。有读者将此书喻为认识当代粤侨的“导游图”，就是认识到了该书“群英谱”的特性。

“洋装虽然穿在身，我心依然是中国心。”作为海外侨胞，最为难得的是他们始终坚守的爱国主义精神，他们总是把祖国放在心上。新中国成立后，一批又一批热血华侨青年和爱国人士、爱国侨商继往开来，陆续回到祖国怀抱，直接参与祖国和家乡的建设。在改革开放的洪流中，广东侨界更是奋发有为，意气昂扬。原归侨省长梁灵光一马当先，真抓实干，与原省委第一书记任仲夷亲密合作，攻坚克难，在广东的改革开放史上留下了令人难忘的篇章，开创了广东社会发展史上最佳的“任梁时代”；曾参与保卫举世瞩目的万隆会议的中国致公党元老伍觉天是“海外联谊活动家”，他对推动致公党同海外华侨的广泛联系，开创广东致公党工作新局面作出了巨大贡献；归侨光辉典范蚁美厚，从缔造广东侨联之日起，连任六届主席，赤胆忠心忙侨务，五十春秋恒不渝；新世纪海归科学家秦启伟，从事海洋生物学研究与开发工作，在鱼类病毒学等方面取得一系列创新成果，最近荣获“第五届全国优秀科技工作者”称号……时代的骄子，非凡的事迹，突出的贡献，打下了这本纪实文学作品的主基调：既具有历史的真实性，又有很强的可读性。

广东海内外侨界人士作为中华民族的和平使者，积极推动中国人民与世界各国人民的友好往来；作为中外文化交流的桥梁，积极传播中华文明；作为炎黄子孙后裔，积极促进中华民族永续发展。《文章千古事，征途几十年》写的是广东省人大常委会原副主任张汉青的文学生涯，或许是因为旧日同窗的缘故，作者在亲切的追忆和思考中，娓娓道来，呈现给读者一个德高、儒雅、心中有恪守的张汉青。《唐丹玲，荣膺全球海洋遥感协会主席的第一位中国学者》描写唐丹玲辞官探索海洋科学，且成果丰硕，2009 年被授予“全国三八红旗手”荣誉称号，2012 年上任全球海洋遥感协会主席。《和靳羽西双亲谈家常》沿用了先锋的笔法，大开大合，酣畅淋漓地写出了美国著名电视主持人靳羽西的爱国爱乡情怀，如沧海日出，绽放着夺目的光芒。《陈美龄：“我是中国人”》写的是旅日国际歌影星陈美龄，在北京为宋庆龄儿童基金会举行首场义演，演唱主题歌《归来的燕子》时，她怎么也不能克制自己，热泪挡住了视线，悠扬悦耳的歌声也一时喑哑了。作者给予文章一个充满希望和宽宥的结尾：“你是归来的燕子，燕子回来了，春天也到了。”这不是写作技法的定式或局限，而是作者与歌者有着同样一颗善良、谨慎和质朴的中国心。

作者曾享有“敢讲真话的归侨作家”美誉，体现在写作上则是秉笔直书，扶正祛邪，勇于揭发真相，敢于呵护善良。《秦牧，当代华侨文学先驱》详细介绍了秦牧创作《黄金海岸》、《愤怒的海》等中、长篇华侨题材小说的过程，认为他是当之无愧的当代华侨文学先驱，为发展、繁荣华侨文学作出了重大贡献，同时又把笔触伸进秦牧的内心世界，描写了他在极端状态下的人性挣扎。文中有一个细节彻底激活了我们这个时代麻木的神经：秦牧想自杀，决意一死了之，他悄悄地走出软禁室，寄出了给妻子的诀别信，买了几米长的绳子，上了白云山，幸亏在前往天国的路上碰上了一位熟人，才把他送回羊城晚报社。正因为敢讲真话、秉笔直书，此书提供的许多珍贵历史细节，可作为了解、研究和编写广东华侨史的重要参考资料。

作者采编《粤侨先锋》历尽波折，其间遭逢与他同甘共苦、相濡以沫五十五年的爱妻因病去世，这给了他很大的打击。在这些日子里，依然是中国心在支撑着他，想到自己的社会责任，想到不能让自己钟爱的写作半途而废，他终于忍着悲痛，历时两年多，完成了这部呕心之作。

黄方生，真男子，一颗中国心，一个正直人；爱写作，不放手，一颗金钉子，一生尽忠职守。他的作品，来自平民，出自平常，贵在平实，可谓“三平有幸”。

永远的中国心，国运兴，侨运兴。拥有一个强大、统一的祖国是海内外炎黄子孙的梦想。今日的中国已经成为海外华侨华人的骄傲，也是海内各族人民的荣耀。凝聚在和平统一、民族复兴伟业的旗帜下，中华儿女意气风发，阔步前行。以侨为虹，新中国梦增光添彩；以侨为桥，中华文化走向世界。

2013 年春

（作者蔡常维，中国作协会员，著名军旅作家）

我为什么要出这本书

黄方生

我的人生道路迂回曲折。侨居海外时，曾被英国殖民统治者视为“共党分子”，遭追查、搜捕，于1951年逃亡回国。1957年“反右”时，被划为“右派”，开除出共青团。“文革”中，又成了“现行反革命分子”，饱受“牛栏”和“铁窗”之苦。中共十一届三中全会后，历史冤案才得以彻底平反昭雪，重见天日，还先后加入了中国致公党、中国共产党。1984年，从工厂进入广州市机关，开始从事侨务和以侨界为对象的统战工作，遂有了较多机会了解华侨历史，贴近广东海内外侨界人士。

在多年的亲身经历和耳濡目染中，广大侨界人士那种朴素、浓厚而又根深蒂固的热爱祖国、眷恋故乡的赤子情怀，以及他们所作出的特殊贡献，深深地震撼着我。在他们当中，也有不少人是“反右”、“文革”的受害者，有的甚至曾遭遇残酷迫害。但是，他们依然赤胆忠心，初衷不改，这一切引起了我的共鸣，激发了我想用文学形式赞颂他们的兴致。同时，自己作为一个归侨，也有责任把身边的真人真事记录下来，将其公之于众，使之流传开来。

1985年夏天，我陪同三十多位从大洋彼岸回来的华人到番禺、顺德、花县等侨乡寻根访祖，一路上的所见所闻，感人肺腑。回来后，我写了一篇《绵绵故乡情——美国华人寻根访祖散记》，《羊城晚报》（海外版）将其作为专稿发表，美国华文报《时代报》全文转载，该文章一时引起了华人社会的轰动，对当时美国、加拿大和东南亚刚刚兴起的华侨华人回乡探亲旅游、寻根访祖热潮，多少有点推动的作用。从此以后，我便开始了业余创作，常在报刊上发表一些以侨界人士故事为题材的通讯、散文、专访等，受到了人们的赞许。

后来，我觉得这些作品比较零散，便结集出版了几本书，但仍觉描述人物的广度、深度还不够，很有必要对以往的作品进行筛选，再补充一些，特别是那些侨界公认的、影响较大的代表人物，以及在新时期涌现出来的优秀人物的相关事迹，然后再结集出版一本更具代表性、时代感更强的新书，这样社会效应可能会更好些。

岁月流逝，生命无常，我已年过八十。近两三年来，我“加班加点”，强忍着丧妻的沉痛，在梳理旧作的同时，还采写了一些新作，包括《归侨光辉典范蚁美厚》、《风雨同舟七十载》、《秦牧，当代华侨文学先驱》、《文章千古事　征途几十年》、《海归科学家秦启伟》和《侨商新星王文康》等，都是几千字甚至上万字的文章，其中好几篇已在报刊发表。

这些归侨、侨眷和华侨华人，经历不同，特点各异，但他们的故事都很感人。

归侨蚁美厚，是应中央邀请参加开国大典的最年轻的侨领。他赤子情深，在海外时就积极支持祖国的抗日战争和解放战争。他怀着一片丹心，告别妻儿老小，放弃丰厚财产，冒着人身安全风险，从泰国回来踏上了改变人生的征途。他为国分忧，发挥海外关系优势，从泰国运回一批又一批大米，缓解了刚解放的广州市和海南岛粮食紧张的困难；协助祖国从印尼接回了一批又一批被排挤的难侨，使他们得到妥善安置；还把妻子寄给他的十万元港币用来购买公债支持“抗美援朝”。他倾心侨务，从受命组建广东侨联之日起，连任六届侨联主席，几十个春秋呕心沥血为侨界服务，暮年之时还常常手扶拐杖深入各地华侨农场协助改善难侨的生活。他参政议政，为维护侨界合法权益，为推进国家的改革开放和现代化建设，提出了许多见解独到的建议。蚁美厚赤胆忠心，德高望重，是公认的归侨光辉典范。

伍觉天，是中国致公党的元老，是与中国共产党风雨同舟七十春秋的杰出民主人士，是在“九一八”事变后回来参加抗日救亡运动的老归侨。起初，他“单打独斗”，后来接受中共组织的建议，参与恢复致公党工作。广州解放前后，他不顾个人安危，成功策反国民党政府在香港的民生公司八艘内河客轮起义。后来，他冒着被生擒活捉的危险，规劝广州黑社会组织头目放弃趁火打劫的念头，从而保障了广州社会秩序的稳定过渡。1955年“万隆会议”期间，他临危受命，通过印尼洪门组织协助，与当地政府密切配合，挫败了美蒋特务阴谋，保护了中国代表团的人身安全，使会议顺利进行。后来，在长期的海外联谊活动中，他又发挥了别人难以替代的

作用，赢得了“海外联谊活动家”的美称。几十年来他以“廉以洁己”自勉，公私分明，一身正气，两袖清风，享有“清廉自律真君子”的美誉。他关心群众生活，经常解囊帮助经济困难的职工，“房改”时把分配给他的那套新房一分为二，让给居住环境较差的干部，自己依然住旧房。改革开放后，他主持的致公党广东省委高招迭出，开创了新局面。他高风亮节，千古流芳。

中科院南海海洋研究所研究员秦启伟，是海归科技界的杰出代表。他在日本、新加坡的科学研究成果丰硕，工作待遇优厚，生活很好，但他却始终心系祖国。2004年回国，秦启伟克服了工作和生活条件比国外相去甚远的困难，苦中求乐，潜心海洋生物学研究与开发工作，取得了一系列创新成果，继被授予“优秀导师”之后，前不久又获“全国优秀科技工作者”（终身荣誉）称号，他还实现了他的崇高理想，光荣地参加了中国共产党。

著名民主人士梅日新是侨眷，他有一颗永恒的中国心，对祖国一贯无限忠诚。青年时期，叔父要他赴美求学，但他却选择参加抗日斗争；抗战胜利后，叔父催促他去美国继承产业，他却为“打倒蒋介石，解放全中国”而赴汤蹈火。他说：“个人的命运一定要同祖国的命运，同人民的命运联系起来，这样的生命才有意义。”进入改革开放年代，不少人由于各种原因移民国外，其中有的已变成了外籍华人，也有些人继续绞尽脑汁往外跑。梅日新，忠心耿耿，铁骨铮铮，毅然选择扎根中国，永做中国人。1984年，他第一次到美国访问、探亲。入境时，美方“手下留情”，没有签署他的停留时间，这意味着可以长期待下去。这对某些人来说，无疑是天上掉下来的馅饼。可是，梅日新却没有领美方的情，一个多月后又回来了。他的孙子要到国外深造，他写了八字赠言：“学成归来，报效祖国。”

在远离祖国的天涯海角，常常听到“我是中国人”、“中国是我的第一祖国”、“我爱中华”、“我的故乡在唐山”（唐山，海外老华侨对祖国的称呼）、“我是炎黄子孙”等充满赤子情怀的心声！

还有改革开放老功臣梁灵光、海洋环境污染学创始人何悦强、女科学家唐丹玲、民主人士李维纲，以及美国电视强人靳羽西、旅日歌影星陈美龄、马来西亚华侨慈善家张武帮和白手起家港商张高贤等，他们的故事同样令人感动。

在广东侨界中，类似上述人物有成千上万，不可胜言。他们爱国怀乡，赤子情深；他们不畏险阻，大有作为；他们节操高洁，光彩夺目。我作为一个归侨、一个华侨文学工作者，理应力争出版更多更好的华侨文学作品，希望以这萤烛之光为天下侨界和华夏大地增辉！

2013 年 8 月

目　录 CONTENTS

粤侨先锋
黄方生著

第一章 海外归来惟报国

梁灵光，马来西亚归侨，原籍福建。1937 年回国参加抗日战争，在解放战争时期曾任中国人民解放军第二十九军参谋长。新中国成立后，先后任厦门市、福建省领导。文化大革命中，遭残酷迫害。1977 年，任新组建的国家轻工部第一任部长。1980 年后，任中共广东省委书记兼广州市委第一书记，后任广州市市长、广东省省长。

人民衷心赞扬的好省长

在神州大地刚吹响改革开放号角的时候，梁灵光欣然受命南下主政广州，接着主持广东省政府工作。他在广东工作的时间虽不长，但他思想解放，敢为人先，开拓创新，政绩显赫，深得广大人民爱戴，在海外和港澳地区也享有盛名。许多人都亲切地称呼他“老省长”，海内外侨界更是尊称他“归侨老省长”。

梁灵光

抓广东先抓广州，“三招”开全国先河

改革开放的春风吹遍赤县神州。地处南方的广东得天独厚，中央决定对其实行特殊政策、采取灵活措施。梁灵光于 1980 年底受命南下，任中共

广东省委书记兼广州市委第一书记，次年被选为广州市市长。

这一年的10月至11月初，邓小平、叶剑英等中央领导先后接见了新任广东省委第一书记任仲夷和即将赴任的梁灵光，要求他们进一步解放思想，发挥广东优势，发展国民经济，改善人民生活，要闯出一条新路来。总的精神是希望广东在全国的改革开放中先行一步，成为第一个“吃螃蟹的人”。中央在有关文件中，还特别提到“抓好了广州也就抓好了广东的一半”。

梁灵光在主政广州期间，一切从人民的根本利益出发，想人民之所想，急人民之所急，在花大力气抓紧改革开放和经济建设的同时，还竭力改善人民群众生活。除了加快住宅建设、扩建供水设施、改善交通状况等外，广州市政府还使出“三大高招”：

第一招：放开物价。以往的农副产品实行统销政策，价格由政府制定，生产者既没有生产自主权，又没有销售自主权，价格受到限制，出现了“鱼米之乡无鱼吃”等怪现象。经过周密的调查研究，广州市政府决定率先放开鱼价。顿时，鱼价暴涨，议论纷纷。市政府顶住诸方压力，坚持按价值规律办事，大大提高了渔民和养鱼专业户的积极性，使鱼产量很快上升，鱼价逐步回落。三年后，在全国大中城市中，广州市成为居民吃鱼最多、鱼价最便宜的城市，出现了史无前例的“南鱼北运”的新景象。接着大幅度缩小计划产品范围，并逐步放开商品价格。

第二招：减少商品流通环节。打破长期由国营企业和供销社“一统天下”的旧传统，恢复和兴办各种农副产品、日用百货贸易货栈，使购销方便，信息灵通，联系广泛。这一招很快显示出生命力，对活跃城乡市场，促进物资交流发挥了良好的作用。

第三招：开放农贸市场。政府拨款扩建、新建农贸市场，打开城门，允许农民进城摆摊经营，从而弥补了国营商业的不足，且有效地调动了农民的积极性，同时也促使国营商业开始进行自我改革。

以上开创全国先河的“高招”，不仅繁荣了市场，较好地满足了人民日益增长的对生活必需品的需要，而且促进了经济发展，受到人民群众的普遍欢迎和赞扬。

归侨省长广东第一人

1983 年春，南粤大地阳光灿烂，百卉含英。广东省的几套领导班子顺利地完成了换届工作。原任广州市市长的梁灵光众望所归，被省人代会选举为省长。海外归侨当省长，他是新中国成立以来广东的第一人。

梁灵光没有辜负人民的期望，他坚定不移地贯彻执行中央制定的特殊政策和灵活措施，努力发挥广东毗邻港澳、华侨众多和对外开放比较早的优势，着重抓好体制改革、对外开放及加强基础设施建设三件大事。

如何把潜在的独特优势转化为现实优势？梁灵光清醒地认识到，必须彻底肃清“左”的流毒，全面落实侨务政策，从而激发归侨、侨眷和海外乡亲对祖国、对故乡的深厚感情，激励他们为振兴中华的伟大事业作出积极贡献。

祖国社会主义建设的欣欣向荣，侨务政策的全面落实，大大激发了海外乡亲和港澳同胞的爱国爱乡热情。全省侨务工作出现了前所未有的新局面。侨务界普遍认为，这是新中国成立以来广东侨务工作的黄金时代。

在梁灵光任省委书记和省长期间，广东的改革开放和社会主义建设取得了令人瞩目的成就。国民经济持续稳定地发展，成为新中国成立以来经济发展最快的时期；打开了对外经济新局面，引进了大批外资和先进技术设备；基本建设规模扩大，技术改造步伐加快；城乡市场繁荣，流通渠道畅顺；财政收入逐年增长，对国家的贡献越来越大；人民生活水平明显提高，城市职工和农民收入平均每年递增近百分之十（排除物价上涨因素）；精神文明建设进一步加强，社会治安有所好转。广东人民从心里赞扬这位归侨好省长。

（《羊城晚报》于梁灵光溘然长逝后的第二天即2006 年2 月26 日发表此文）

改革开放老功臣

——归侨省长梁灵光在广东

在神州大地刚吹响改革开放号角的时候，梁灵光受命南下主政广州，接着主持广东省政府工作。虽然他在广东工作的时间不长，但他敢为人先，以民为本，开拓创新，励精图治，政绩显赫，深得广大人民爱戴，并在海外和港澳享有盛誉，大家都衷心赞扬他是好省长。他是中国改革开放前沿阵地的急先锋、奠基人、老功臣，是海内外侨界的光辉旗帜。海内外侨界尊称他是归侨省长第一人。

放开物价，催发了改革开放奇葩

中共十一届三中全会后，广东得天独厚，成为改革开放的前沿阵地，得以实行特殊政策、灵活措施。

“千军易得，一将难求。”1980 年末，经中央反复考虑，最后决定：由原辽宁省委第一书记任仲夷任广东省委第一书记，原国家轻工部部长梁灵光任广东省委书记兼广州市委第一书记。这一年的 10 月至 11 月初，邓小平、叶剑英、胡耀邦等 9 位中央领导先后接见了任仲夷和梁灵光，要求他们进一步解放思想，发挥广东优势，发展国民经济，改善人民生活，要闯出一条新路来。总的精神是希望广东在全国的改革开放中先行一步，成为第一个“吃螃蟹的人”。中央在有关文件中，还特别提到“抓好了广州也就抓好了广东的一半”。11 月 8 日，鬓发染霜的任、梁两人肩负重任，南下广东。

梁灵光主政广州期间，一如既往，一切从人民的利益出发，想人民之所想，急人民之所急，在花大力气紧抓改革开放和经济建设的同时，还竭力改善人民群众生活。当时副食品供应奇缺，人民怨声载道。在广东省委的支持下，广州市政府使出“三大高招”：

第一招：放开物价。率先从放开鱼价入手进行价格政策改革。鱼价一放开，顿时暴涨好几倍，不少群众议论纷纷，还有人向国务院告状，闹得满城风雨。梁灵光认为这是打破计划经济束缚，按照价值规律办事，解放生产力必然带来的“阵痛”，时候一到，“阵痛”就会消失。果然不出所料，在价值杠杆的作用下，养鱼专业户和其他农民大养其鱼，产量很快上升，价格逐步回落，市民们结束了“鱼米之乡无鱼吃”的历史，大家都高兴了。正好邓小平南下，任仲夷向他汇报工作时，特地谈到关于开放鱼价的事，小平问：“这样做老百姓高兴吗？”仲夷回答：“高兴。”小平说：“老百姓高兴的事，你们就大胆去做吧！”三年后，广州市成了全国大中城市中吃鱼最多且价格最便宜的地方，还出现了史无前例的“南鱼北运”的新景象。

放开鱼价第一炮打响了，梁灵光他们乘胜前进，进一步缩小农副产品统购统销和工业产品统购统销范围，逐步减少计划管理产品，关系到几百万市民生活的粮食价格也随之逐一开放。

第二招：敞开城门。拨款扩建、新建全市农贸市场，打破城乡封闭，允许农民摆档经营，有效地调动了农民的生产积极性，各种农副业产品和土特产琳琅满目。

第三招：改革体制。打破长期以来商品流通旧体制，陆续恢复、新办各种农副产品、日用百货、中药材和粮油等贸易货栈，大大减少了流通环节，促进了商品流通，对活跃城乡经济、地区之间物资交流等，直接发挥了很好的作用。同时打破批发与零售界限、本行业与不同行业界限、内贸与外贸界限等束缚商品经济发展的条条框框。

以上开创全国先河的“高招”，宛如一声春雷，催发了广州、广东乃至全国改革开放的灿烂之花。

微服私访，“疍民”告别辛酸史

梁灵光长期以来坚持一种微服私访了解社情民意、为百姓排忧解难的好作风，他的一些重大决策往往就来源于此。

他到广州后，常常利用节假日，穿着便装到一些街道、市场明察暗访。还经常轻车简从到工厂去，事先不招呼有关领导，不告诉新闻记者，只带着秘书和个别搞调研工作的普通干部，到现场视察，找职工谈话。有时还深入到车间、宿舍和饭堂，看看那里的生产情况，听听工人群众的意见和呼声。有的时候还挤上公共汽车亲身体验群众的坐车难。在走走看看的过程中，往往会发现在办公室里发现不了的问题，想到在办公室里想不到的大事。

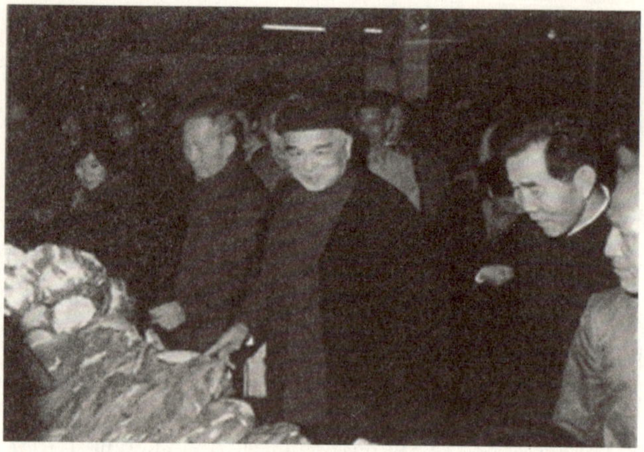

1981 年，梁灵光在广州参观菜市场，右四为许士杰、右二为左铭

有一天，他走到珠江北岸的沿江路一带，在熙来攘往的人流中，向江面望去，看到了许多被称为“疍民”的水上居民。他们世世代代以小木船为家，生活艰辛，尤其是翻风起浪的时候很不安全。在天寒地冻、刮风下雨时也要到很远的地方去挑生活用水，实在苦不堪言。梁灵光把这一切看在眼里，记在心上。

回到办公室，梁灵光当机立断，首先责令城建部门尽快铺设自来水管到江边去，暂时解决水上人家的生活用水困难。接下来，建议由市政府投资建设“解困”住宅，好让“疍民”们全部搬迁上岸。这些“疍民”在乔迁新居的时候，无不热泪盈眶，衷心感谢共产党和人民政府的关怀，赞颂改革开放带来的福祉，让他们结束了祖祖辈辈在水上居住的辛酸史。

梁灵光心里的一块石头终于放下了，他对自己说，自从在福建筑起厦门海堤、修建南福铁路之后，而今也算在广州做了一件看得见、摸得着的好事、实事。

力挽危难，花园酒店终于屹立羊城

广州是中国的第一侨都，又是对外贸易的重要口岸之一，改革开放后每年前来经商贸易和旅游观光的外国友人、华侨华人和港澳同胞有好几百万。然而，人们却戏称广州是“进不来，住不下，出不去”的地方。

梁灵光当时兼任广州出口商品交易会主任，深知发挥这个连接五洲四海的“中国第一展”作用的重要性。近几年来，各地客户大增，住宿成了大难题。广州住不下，只好安排到佛山、从化等地，而当时交通又不方便。那时有个客商很生气，将交易会给他的邀请函撕毁，声称：“居住条件不改善，就不再来参加了。”为了给过往客人一个较为舒适的住宿环境，也为了改善吸引外商投资的环境，广州市引进外资先后新建了花园酒店、中国大酒店和白天鹅酒店，这些都是中国改革开放后时间最早、规模最大的“无烟工业”项目，后来成为中国内地的第一批五星级宾馆、酒店。

然而，这些酒店的兴建过程却一波三折。

正当香港知名人士利铭泽先生为了支持广州改革开放，打算将 1 亿港元全部投入花园酒店的平整土地等前期工程时，香港出现了严重的经济危机。同时，有些港商得知中央政府于 1997 年要收回香港主权，感到前途未卜，人心惶惶。这些意外，使得利铭泽先生原本打算从其他几个大财团中集资的计划落空，为此投资陷入了困境，无奈之下决定中途放弃花园酒店项目。

停工的消息很快传到梁灵光那里。他想，利铭泽先生是打开国门后第一个冒着风险到广州投资的香港知名人士，如果连他都半途而废，打退堂鼓，势必影响很大，使香港的其他财团、商界人士失去到中国投资的信心，也会在海外造成不良影响，因此而造成的后果将不堪设想。梁灵光当机立断，一面通知负责施工的工程公司继续施工，一面向中央反映有关情况，并千方百计筹措资金。接着，他以市长名义促使香港中国银行同意贷款 7 亿港元给利铭泽先生。最后，他又得到副总理谷牧的支持在国内贷款了几千万元人民币，花园酒店因此才得以屹立在南粤大地上。

1984 年初，邓小平视察南方时，听说在建设过程中一波三折的花园酒店即将竣工开业，十分高兴，便破例为酒店题写了“花园酒店”四个大字。

在兴建中国大酒店的时候，梁灵光也曾遇到许多难题，但他使出浑身解数，见招拆招，困难最终都迎刃而解。

清理“左”毒，发挥优势，开创侨务黄金时代

1983 年春，广东省的几套领导班子顺利地完成了换届工作。原任广州市市长的梁灵光众望所归，以高票当选广东省省长。海外归侨当省长，他是新中国成立以来广东的第一人。

梁灵光的工作岗位变动了，但是他在广州却留下了难忘的回忆。他说，那时每走一步都是在摸索中前进，不管怎样，广州的经济取得了长足的进步，改革开放初展端倪，人民的生活水平也有了较大的提高。

梁灵光南下时，中央领导特别强调要发挥广东的优势。他当选省长后，发现广东的最大优势在于：毗邻港澳，华侨众多，先天给予，独一无二。梁灵光深有感触地说：“广东是全国最大的侨乡，海外侨胞和港澳同胞都有爱祖国、爱家乡的光荣传统，他们是一支促进广东发展不可忽视的潜在力量。”

如何把这巨大的潜在力量转化为现实力量？梁灵光从广东实际出发，强调必须彻底批判和清理“左”的尤其是“文革”的流毒和残余，正确认识华侨的历史地位和作用，一丝不苟地全面落实各项侨务政策。

祖国社会主义建设的欣欣向荣，侨务政策的全面落实，大大激发了海外华侨华人和港澳同胞对故土家乡的深厚感情，出现了历史上罕见的新景象。最令人振奋的是美国、加拿大和东南亚一带兴起了“回唐山”寻根访祖、旅游观光的热潮，并且从世界各地前来中国内地投资工商业和兴办公益事业的人也越来越多，堪称历史之最、全国之冠，有力地促进了广东改革开放和各项建设事业的发展，开创了广东历史上侨务工作的黄金时代。这后来被评为“广东改革开放十件大事”之一。

高瞻远瞩，提出建立珠江三角洲模式

80 年代的深圳

国家实行改革开放后，首先在广东设立深圳、珠海和汕头三个经济特区。刚上任的省长梁灵光主持省政府全面工作，并兼管特区。

1984 年初，梁灵光全程陪同邓小平视察深圳和珠海两个特区。邓小平先后题词：“深圳的发展和经验证明，我们建立经济特区的政策是正确的”、“珠海经济特区好”。邓小平的两次题词，对两个特区的建设和发展趋势作出了明确的肯定。

紧接着，省委、省政府对两个特区进行一系列大胆改革，并取得了丰硕成果，获得了可贵经验，初步发挥了特区改革开放试验场的作用。

邓小平曾告诉梁灵光，深圳特区的发展要和香港密切联系，互为依托，要促进香港与深圳将来的稳定和繁荣。这使梁灵光得到了很大的启发。他想，深圳已显示了特区的强大生命力，但毕竟经济底气不足，如果以广州为中心的珠江三角洲能与商贸金融发达的香港密切协作，那么，深圳就会像大鹏那样振翅长空。于是，梁灵光提出了建立珠江三角洲经济开发区的设想。在他的构想中，是设立比地理概念更大的大珠江三角洲，结合香港、澳门回归后，以广州为中心，以深圳、珠海为前沿阵地，包括省、港、澳在内的大三角洲。这样三地结合，在工业基础和科技力量方面，可能赶不上以上海为龙头的长江三角洲，但在其他方面，如金融、交通、国际贸易、信息、电子、家电等，都有超过上海经济特区的优势。

80 年代的珠江

1983 年冬，省委、省政府向南下视察珠江三角洲的谷牧汇报了经过反复调查研究后确定的《珠江三角洲经济特区规划的初步设想》和需要请示中央帮助解决的一些经济工作问题。1984 年 1 月，谷牧向中央和国务院上报了《关于珠江三角洲经济发展情况的报告》。

1985 年 1 月，梁灵光率领广东代表团赴京参加长江、珠江三角洲和闽南厦漳泉三角地区座谈会，向与会的党中央、国务院有关负责人汇报了珠江三角洲开发区的发展目标和将采取的相应措施。同年 2 月 18 日，北京传来了振奋人心的喜讯：中共中央、国务院发出《关于批转长江、珠江三角洲和闽南厦漳泉地区座谈会纪要的通知》。由于各方面的共同努力，珠江三角洲经济开发区终于正式建立。经中央认可，1986 年、1987 年，珠三角开发区扩大到了梁灵光原来设想的“大三角”范围。开发区享受国家和省给予的优惠政策，走上了一条贸、工、农并进的道路，经济发展取得了可喜的成绩，人民物质生活水平明显提高。开发区内的南海、顺德、中山、东莞四个市、县，被人们誉为广东“四小虎”。珠三角开发区的发展模式，被国内外称之为“珠江三角洲模式”。

打破传统，“铁交椅”、“铁饭碗”年代不再

过去，我国的经济管理体制过度集中，政企不分，条块分割，影响了企业积极性，并阻碍生产力发展，还造成了人们思想的僵化。梁灵光认为，这种状况非改不可。他首先提出下放权力，给企业“松绑”，除煤、钢、电等重点企业外，先将省属部分企业下放给地、市管理，减少多重领导，扩大自主权。接着，省政府补充制定了十项政策规定，给企业更大限度地“松绑”。这有利于企业逐步实现从单一的生产型转变成为相对独立的商品生产者，进而增强企业的经济活力、创新能力和竞争能力。

国营企业的干部任免及人事制度，长期以来都是由上级部门“一竿子插到底”，企业“有职无权”。梁灵光提出进一步改革企业的领导体制，下放干部管理权限。他还提出，企业的管理干部、技术干部可以试行招聘制、合同制和职务浮动，把干部任免同企业经营好坏挂钩，搬掉“铁交椅”。同时对招收的工人实行劳动合同制，打破了国营工厂是“铁饭碗”的旧传统。

引进外资办电厂，发动社会办全运

广东实行改革开放后，各行各业发展迅速，人民生活水平不断提高，而电力供应却远远不能满足需求。珠江三角洲的不少工厂每星期只能开工三四天，居民照明用电没有保障，工厂暗暗叫苦，居民怨声不绝。

缓解电力供应紧张成了燃眉之急。梁灵光找来有关部门的负责人和专家共商对策，决定采取水、火、核并举和大、中、小结合的方针。同时，打破常规，向香港买电。

在大抓几个电力骨干工程建设中，沙角电厂的A厂一期60万千瓦工程，本来是中央批准投资的，后来广东实行财政大包干，中央有关部门便不再拨款了。梁灵光计上心来，邀请任仲夷等省领导一起赴京申诉，打了一场“口水战”，沙角A厂才得以继续建设下去。

沙角A厂从动工到全部投产用了差不多10年时间。在梁灵光看来，这样蜗行牛步，速度太慢了，即便再建几个A厂，也是远水救不了近火。于是考虑利用特殊政策引进外资争速度。

梁灵光把香港的老朋友胡应湘先生请来广州洽谈合作开办核电厂事宜，提出在A厂旁边再建一座B厂，胡先生爽快地答应了。为了尽快扭转电力供应紧张的局面，梁灵光催促胡先生加快上马，特事特办。第一台35万千瓦机组建成投产，仅用了一年零十个月，比原计划提前了半年。这个速度创造了奇迹，刷新了世界纪录。沙角电厂的建成，对广东经济的发展起到了巨大的推进作用，也在全国范围内提供了一个快速施工、快速办电的好经验。广东利用外资办电厂的办法，是发展电力事业的一个新突破。后来，中央也开始大力推广广东的办电经验。

新中国成立后，广东体育运动长期居全国前列，而第六届全国运动会也将在广东举行，这是前任省长刘田夫接下来的任务。梁灵光接任时，广东不仅没有富余资金，而且有上亿元的财政赤字，绝大部分市县都是穷得发慌。承办全运会，大概要花三四亿元，而国家只补贴1 000万元，杯水车薪。

广东财政困难，能否承办全运会？1983年的冬天，梁灵光主持召开省长办公会议，他最后下决心说："硬着头皮也要坚持办下去。"那么，巨额资金从何而来呢？大家各抒所见，最后达成共识：

首先，充分调动省、市、县和各部门的积极性。确定由省和广州合办，在广州的体育场地由广州负责。其他各市、县也一样，自建体育场馆。拟动用的大学体育设施，由政府补贴改建。

其次，积极鼓励社会办体育。发动社会各方面、各部门大力资助，发售体育奖券，多渠道集资。

广东不仅成功地举办了第六届全国运动会，还获得金牌总数第一的好成绩，并在政治、经济、文化等方面给国人留下了良好的印象，在境外也产生了很大影响。令人高兴的是，广东由此开辟了一条社会办体育的新路子。

把暨大办成名实相称的华侨高等学府

梁灵光上任省长的同一年秋天，国务院任命他兼任暨南大学校长。可

80年代香港石景宜先生向暨南大学赠书

是，他怎么也不会想到，这个兼职竟然长达八年之久，而且还不是一般意义上的兼职，而是不仅参与重大决策，还要过问校风建设、教学质量和对外联络，甚至还要定期作政治报告。

以梁灵光为首的暨大领导班子，对学校进行了一系列的改革。首先，扩大对外招生，对华侨和港澳学生给予优惠政策。其次，大力开展教学改革，面向港澳和海外。再次，在国内率先实行校长负责制，接着开始实行院长、系主任对校长负责制。这些改革，均受到了社会各界的普遍欢迎。由此，暨大的境外学生数量大幅度上升，为港澳和海外华人社会培养了一批又一批人才，他们分布于世界五大洲的几十个国家，且大多事业有成。

梁灵光还在扩大、充实教学设施等方面发挥了不可替代的作用。在他的努力下，不少港澳和海外知名人士大力支持暨大，相继捐资兴建了医学院门诊部、宗汉楼、学生校友活动中心、学术会议厅、暨大体育馆等。1986年，暨大教育基金会在香港成立，郑裕彤一人便捐赠了400万港元。

在梁灵光校长的领导下，暨大不断深入教学体制改革和扩大对外招生工作。到了1988年，华侨和归侨子女、归侨青年、港澳台籍青年，共占暨大学生总数的90%，达到了历史最高峰，使暨大成为名副其实的华侨高等学府。

关爱百姓，赢得“平民省长”美誉

梁灵光具有许多优秀的品德，他平易近民，和蔼可亲，深入群众，关爱百姓，享有“平民省长”美誉。

在战争年代，梁灵光无论是当根据地的领导，还是当武装部队的指挥

员，他总是和大家同甘共苦；在和平年代，无论当市长、省长还是部长，下到工厂一样排队买饭，下到商店一样站柜台，绝不搞特殊化。

梁灵光南下当广州市市长、广东省省长期间，人们更加亲身感受到他的平民作风。他刚到广州便到肉菜市场、大街小巷或挤上公共汽车明察暗访，倾听群众的意见、心声，了解群众最关心、最迫切需要解决的问题，从而作出相应的决策。

梁灵光虽身居高位，但宽怀雅量，对人不分尊卑贵贱，一视同仁。自打开国门后，他在公开场合会见了许多海外和港澳的各界知名人士，业余时间在自己家里也经常会见许多名不见经传的海外华侨和港澳同胞，还亲自为许多归侨排忧解难。

老省长对那些生活上遇到困难的平民百姓，也是竭尽所能地提供帮助。2003 年夏天，他在医院留医治疗，一个中年妇女来到他的病房，诉说儿子患了严重脑炎，而她家经济上很是困难，不知如何是好。梁灵光很理解一个母亲的爱子之情。他正好认识一个脑科医疗研究所的所长，便抱病写了一封介绍信请求其为病者医治。经过专家的精心治疗，男孩的病情明显好转，研究所还承诺全免医疗费，直到病人康复。其间，热心肠的老省长曾多次打电话询问情况，当得知患病男孩已苏醒过来的时候，心里十分高兴。

梁灵光在广东人民心目中有很高的威望，在他离休前后许多社会团体都聘请他任名誉职务，头衔都有七八十个。对这些团体，梁灵光都尽力给予关心和支持。

梁灵光的平民作风，还表现在他长期以来坚持艰苦朴素的生活和廉洁奉公的态度。他任省长时曾兼任暨南大学校长，任省顾问委员会主任时也曾兼任香港中旅集团第一任董事长。这期间，他没有拿过两个兼职单位的分文工资，也没有拿过任何补贴。半个世纪以来，他全靠微薄的工资生活，轮到他提升时他都主动把机会让给别人。这种关爱百姓和严于律己、廉洁奉公的美德，使他赢得了“平民省长”和“一代清官”的美誉。

“任梁时代”彪炳千秋

80 年代梁灵光与任仲夷合影

梁灵光 1980 年冬受命南下后的五年间，是广东实行特殊政策、灵活措施由起步进入全面发展的重要阶段。在这历史的转折点，梁灵光一直担任广东省的党政主要领导职务，他和省委第一书记任仲夷亲密合作，成为了交口称誉的“最佳拍档”。他们互相尊重，互相支持，互相配合。任仲夷因公外出时，省委工作便由梁灵光主持。梁灵光常常主动向任仲夷汇报请示，都会得到任的大力支持。他们配合默契，共襄盛举，带领全省人民艰苦拼搏，并得到了海外侨胞、港澳同胞的大力支持，使广东在改革开放和社会主义建设中取得了举世瞩目的成就，开创了广东历史上的最好时期。这几年，国民经济持续稳定发展，是新中国成立以来发展最快的时期；打开对外经济新局面，引进大批外资和先进设备，是广东历史之最；能源、交通、通建等基本建设有较大改善，现有工业技术改造步伐加快；城乡市场的繁荣，商品的日益丰富，扭转了长期以来供应紧张的局面；人民群众生活水平明显提高。与此同时，广东的财政收入逐年增长，对国家的贡献越来越大，文化、教育、卫生、体育等方面也有了较大发展。作为中国实行改革开放的前沿阵地，广东省走出了一条新路子，为建设中国特色社会主义摸索出了一系列新经验，正如中央所期望的“杀出一条血路”！有识人士认为，任仲夷和梁灵光在短短几年间功业彪炳映千秋，可称为“任梁时代”，并载入史册。梁灵光也始终没有忘记和老拍档任仲夷风雨同舟、披荆斩棘的艰苦岁月。他说：“广东的改革开放，经历了很多曲折，但最终成功了。这里面，任仲夷作出了最大贡献，他是第一功劳。”

梁灵光从省长岗位上退下来后，于 2006 年 2 月 24 日安详地走完了九十个春秋的人生旅程。他曾深情地说：“在长期的革命斗争和社会主义建设中，自己与中华民族同呼吸、共命运，为人民的翻身解放和社会主义祖国的繁荣富强，尽了一份绵薄之力，做了一些有益工作。”他的赤子情怀，他的动人故事，将流传千古，启迪后人。

2005 年初，梁灵光（右）和作者合影

（为纪念老省长梁灵光去世六周年而作）

2012 年 2 月于广州

侨务黄金时代的开拓者

广东第一个归侨省长梁灵光主政广东期间，解放思想，敢为人先，充分运用中央的特殊政策和灵活的措施，和省委第一书记任仲夷组成“最佳拍档”，带领全省人民在改革开放和社会主义建设事业中奋发前进，不仅使当时成为当代广东经济发展最快的时期，而且还开拓了侨务工作的黄金时代。

如今，在海内外享有盛名的老省长安详地走了，但他却给人们留下了深切的怀念和无尽的追思。

探索广东的最大优势

原任国家轻工部部长的梁灵光，具有强烈的开拓务实精神，政绩斐然。1980 年秋，他奉命南下。临行前，邓小平、叶剑英等中央领导都分别给新任中共广东省委第一书记的任仲夷和即将赴任省委书记兼广州市第一书记的梁灵光作了重要指示，语重心长。让梁灵光感受最深的是：要进一步解放思想，发挥广东优势，搞出个样子来，使广东在全国的改革开放中先行一步。

梁灵光到广州后的第二年开始担任广州市市长，1983 年春当选为广东省省长。他反复思考着什么是广东的优势？经过深入的调查研究，并翻阅了许多历史资料后发现，广东的最大优势是：毗邻港澳，华侨众多，先天给予，独一无二。他了解到祖籍广东的海外华侨华人几乎占全省人口的一半。他们饱含根深蒂固的爱国爱乡情感，始终和中华民族同呼吸、共命运，“振兴中华”是他们的共同愿望。在每一个关键时刻，无论在辛亥革命时期，还是在抗日战争、解放战争年代，他们或尽力捐资支援，或挥戈鏖战沙场，发挥着重要作用，贡献巨大，功不可没。新中国成立之初，一批又一批华侨青年满怀赤子深情，冲破重重困难，从世界各地回到祖国的

怀抱，投入社会主义建设洪流或参加文化学习，从而出现了前所未有过的回国热潮。

遗憾的是，后来由于“左”的错误，尤其是在文化大革命中，原来的侨务政策遭到严重破坏，各级侨务部门基本处于瘫痪状态，并且不分青红皂白地把海外华侨和港澳同胞视为“资产阶级”，使他们在国内的合法权益也受到了侵害，许多人“有国没有家，有家归不得，有亲不敢认”。另外，对一大批有“海外关系”的干部进行打击、迫害，造成了许多冤假错案。为此，广东成了侨务工作的重灾区。这一切，严重挫伤了广大海外乡亲、归侨、港澳同胞及其眷属的感情，影响极坏。梁灵光对这些不正常的现象，从心底感到十分难过和不安，为其中一些骇人听闻的冤案受害者不禁泪洒衣襟。

梁灵光还了解到另一个重要情况：1983年，海外华侨华人的经济实力继续增长，财产总额达2 000多亿美元，其中广东籍人士所占比例不小，举足轻重。港澳同胞的经济实力更是有目共睹，相当强大。在历史上有不少海外亲人回来投资创办工商业和其他事业的记录，侨汇数额可观，这在很大程度上促进了广东侨乡的经济发展和社会进步。

梁灵光深有感触地说：“广东是全国最大的侨乡，海外侨胞和港澳同胞都有爱祖国、爱家乡的光荣传统，他们是促进广东发展不可忽视的潜在力量。”

把潜力转化为现实

如何发挥广东的优势，把这股巨大的潜在力量转化为现实资源？梁灵光从切身的经验和广东的实际出发，强调必须彻底批判、清理“左”的流毒和残余，正确认识华侨的地位和作用，全面落实各项侨务政策；认真改进和加强侨务工作，设身处地，以心换心，这样才能最大限度地激发海外和境外亲人的故乡情、爱国心。

为了落实侨务政策，妥善处理历次政治运动中的遗留问题，广东省委、省政府下发了一系列政策性文件，采取了一系列具体措施。梁灵光尽管已鬓发苍白，但依然赤胆忠心，殚精竭虑，废寝忘食，不仅亲自主持召开侨务工作会议，提出明确要求和具体部署，还轻车简从亲自深入到乡村、街道体验视察。1983 年，省政府在广州召开了全省侨务工作会议，上任不久的梁灵光作了《努力开创侨务工作新局面》的报告，引起了人们强烈的共鸣。会后，他前往台山、开平、新会等重点侨乡，着重了解落实侨房政策的情况以及研究如何进一步调动海外、境外亲人支援家乡建设的积极性。

台山是全省乃至全国海外华侨华人最多的一个县，约有 117 万人，比县里人口还多。该县很重视侨务工作，一、二把手亲自抓，摸索出这样的经验：无农不稳，无工不富，无商不活，无侨不快。梁灵光充分肯定了他们的工作，并动情地说："我深深体会到，做好侨务工作，争取侨心，意义重大。"

梁灵光主政广东期间，从根本上改变了广东侨务工作重灾区的被动局面，"左"的思想遭到有力批判，华侨的地位和作用得到了普遍认同，邓小平"海外关系是个好东西"的观点得到很好的实践。这些年，各级侨务部门逐渐恢复和完善，还纠正了因"海外关系"造成的冤假错案 5 500 宗，发出改正家庭成分证书 48 000 份，回城复职的华侨子弟 4 300 人，安排到各级领导岗位的归侨、侨眷 7 000 人，安置难侨 107 000 人，还大大加快了退回被挤占侨房的进度。

侨务政策的全面落实，大大激发了海外华侨华人和港澳同胞热爱祖国、思念故乡的热情，出现了历史上罕见的新景象。最令人振奋的是，美国、加拿大和东南亚一带兴起了"回唐山"寻根访祖、探亲观光的热潮，连那些多年没有和甚至从来没有回过"唐山"的老华侨和他们的后裔也结伴回来了，海内外的距离由此拉近了。其次，来中国大陆投资工商业或兴办公益事业的热情高涨，至 1984 年上半年，共签订利用外资合同41 000 宗，合同投资 53 亿多美元，实际利用外资 15 亿多美元。他们还大办"三资"企业和"三来一补"企业，引进设备 10 多万台（套），还捐资兴办了一大批学校、医院、桥梁、道路和文化体育设施。华侨华人和港澳同胞捐资兴办的公益事业堪称历史之最，全国之冠，后来被评为"广东改革开放十件大事"之一。

1984 年初，时任副总理的谷牧写了一篇考察珠江三角洲经济发展的报告。他向中央汇报说："华侨这篇文章做好了，利用外资、引进新技术就

可以迈出更大的步子，对解决香港、台湾问题，对我们在海外的其他工作，也会起到积极的作用。”在侨务工作上呕心沥血的梁灵光对这一报告体会深刻，完全赞同。

老省长梁灵光开拓了广东侨务工作的黄金时代，振奋了民心，赢得了侨心，有力地促进了广东改革开放和社会主义建设事业的发展。

（为纪念归侨省长梁灵光去世一周年而作）

2007 年 2 月

梁灵光领导暨大旧貌换新颜

曾任广东省省长的归侨梁灵光，兼任暨南大学校长达八年之久，直至七十五岁高龄才获准辞职。在他的领导下，暨大旧貌换新颜，饮誉海内外。

1983 年 10 月，秋高气爽，烦暑涤尽。刚出任广东省省长不久的梁灵光正忙于落实侨务政策和试办经济特区。一天，他接到了国务院要他兼任暨南大学校长的任命。

当大学校长，身经百战的梁灵光从未想过，感到很突然，但他毫不推卸，接受重任。

他心想，暨大面向海外，面向港澳，素有“华侨最高学府”之称，要自己当校长，可能与自己是归侨，并在历史上和暨大有一段渊源有关。那是从马来亚（今马来西亚）回国参加抗日战争之前，1935 年“一二·九”学生运动前后，他正在上海读书，寄宿暨大的校外学生宿舍，和暨大学生朝夕相处，并一起投入抗日救国洪流中，后来还参加了暨大的地下组织抗日青年团和半公开的抗日救国会。如今，将近半个世纪过去了，往事依然历历在目。

梁灵光还考虑到，为了适应改革开放的发展形势，中央把暨大确定为一所重点大学，自己作为学校所在地的省长，有义不容辞的责任给予其更多的支持。

可是，曾被陈毅赞扬“会出点子”的梁灵光，怎么也不会预想到这个兼职校长竟然当了八年之久，而且也并非一般意义上的兼职。梁灵光知道，要使暨大在拨乱反正中不断前进，培育出更多更优秀的人才，必须付出更大的努力。他身体力行，真抓实干，不仅参与学校的重大决策，还关注校风建设、教学质量，甚至定期向师生作思想政治报告和亲自开展对外联络。作为一个政务繁忙的省长，这兼职的担子确实不轻。梁灵光上任后，对校领导班子进行了调整和充实，在校一级党政内部发扬民主作风，统一思想认识，明确分工负责，扭转了不协调的被动局面，然后逐步调整，加强各院、系的领导力量。

在南下主持广州工作之时，梁灵光因出“三招”开全国先河，解决了广州副食品供应紧张的“老大难”问题而轰动一时。现在主持暨大，他一如既往，解放思想，大胆改革，高招迭出。

第一招，打破旧传统，扩大对外招生。对华侨和港澳学生给予优惠政策，并在港澳设立考场，灵活设置考试科目、命题和录取方法等。

第二招，敢为天下先，在国内第一个实行校长负责制。然后，在全校实行学院制，院长、系主任直接对校长负责，形成层层负责的领导体制。

第三招，闯出新路子，大力开展教学改革。按照面向海外、面向港澳的办学方针，突出基础理论和应用科学，普遍加强中英文和计算机应用科学，增加社会急需的新专业，实行学分制、双学位制。

事实证明，这些都是中央实行的“特殊政策、灵活措施”的具体化，在暨大实施后收到了良好效果，使整个校园呈现出崭新的面貌。工作效率提高了，教学质量提高了，学习内容丰富了，更加贴近海外和港澳社会，暨大受到了普遍欢迎，境外学生大幅度增加，培育了一批又一批人才。这些学生学成归国以后，分布在世界五大洲的60多个国家和地区，大多事业有成。他们不仅促进了当地社会发展，并在传播中华文化、发展海外华文教育以及团结华侨华人和促进中外友好等方面都作出了积极的贡献。

梁灵光不单在推动暨大的教学改革上取得了丰硕成果，而且在逐步改善、充实教学设施等方面也发挥了不可替代的作用。在他的努力下，不少港澳和海外知名人士开始在经济上大力支持暨大，先后捐资兴建了医学院门诊部、宗汉楼、学生校友活动中心、学术会议厅和体育馆等。

1986年，暨大教育基金会在香港成立，郑裕彤一人便捐赠了400万港元。当年9月，在改革开放的明媚阳光中，暨大迎来了八十周年校庆，中央领导人王震、叶飞和广东省党政负责人等都参加了庆典。前来庆贺的海外和港澳校友十分踊跃，其中暨大泰国校友会还组成了40多人的庆贺团。梁灵光校长在大会上作了题为《发扬优良传统，努力办好暨大》的讲话，回顾暨大在风雨中走过的八十年历程，决心借鉴历史经验，努力把暨大办出特色，办出水平，使之更加面向现代化、面向世界。

梁灵光从省长岗位退下来以后，改任中共广东省顾问委员会主任和全国人大华侨委员会副主任。尽管如此，梁灵光依然情系暨大，一直兼任校

1986 年参加暨南大学建校八十周年校庆（前排左起：叶飞、王震、荣毅仁、林若、梁灵光、彭佩云）

长。直到 1991 年 6 月暨南大学八十五周年校庆时，七十五岁高龄的老省长梁灵光才辞去了暨大校长一职。

梁灵光在抗日战争、解放战争的战场上，在参加社会主义建设的历程中，尤其在改革开放的大潮中，都创造了许多动人的奇迹。他在晚年还兼任暨大校长达八年之久，且在七十五岁高龄之时才获准辞职，这恐怕可以说是我国华侨史、教育史上所罕见的。

2009 年 3 月

梁灵光的最后五十天

体检项目一切正常

广东老省长梁灵光，少时是翩翩少年，青壮年时更是英俊威武，到了晚年虽稍为消瘦，但身板结实，腰杆挺直，步态稳健，而且精神矍铄，口齿清楚，看上去比实际年龄要年轻很多。

“体检项目一切正常。”这是2005年9月老省长例行住院体格检查后的结论。

常言道，老人身体健康就是福。老省长快九十岁了，除眼睛有点老花外，血压、心脏、肺部等内外科均未发现异常。这样的体检结果，使他自己及其家人都感到很高兴，许多关心他的人都为他老人家的健康祝福，祝他福如东海，寿比南山！

老省长对自己的身体向来都很自信、乐观。年事已高的他离开领导岗位后，还经常忙于许多社会活动。素有“儒将”美誉的梁老，很欣赏王安石“杏花杨柳年年好，南去北来人自老”的诗句，却不赞同冯梦龙“剑老无芒，人老无刚”的说法。随着岁月的推移，他成了人们称呼的“老同志”，但他的壮骨、志气不减当年。

老省长从小爱好体育，几十年来一直坚持锻炼。那次体检后，他兴致勃勃地应邀参加在江苏南京举行的第十届全运会开幕式，然后与一些在战争年代一起英勇杀敌的老战友会面。接着，他南下故乡福建，参加泉州黎明大学（该大学是由梁灵光的兄长梁披云老先生早年创办的黎明中学发展而来的，梁灵光时任校董会董事长）的一次重要会议，共商大计。开完会他就马不停蹄前往厦门，这是他解甲从政的始点——曾担任厦门解放后的第一任市长。五十多年了，他老人家对那里总是梦魂牵萦。原本打算多住两天，好仔细看看厦门改革开放以来的巨大变化，在他当年发起和参与筑成的闻名海内外的厦门海堤上多走几趟，可此时却突然接到任仲夷老书记去世的噩耗，他便立即赶回了广州。梁灵光主政广东时，和任老组成“最佳拍档”，领导全省人民创造了“任梁时代”，并载入了史册。老省长对老书记怀有极其深厚的情谊，因此，对任老的去世感到悲痛欲绝。在送别任老后，他亲自写了一篇5 000多字的悼念文章，以抒发心中的思绪，评论世俗的事态。遗憾的是，由于某种原因，这篇文章未能及时发表。

经过几十年的坎坷，梁老养成了闲不住的生活习惯。他很喜欢走出家门，亲身感受神州大地日新月异的变化，从而在扩大视野的同时也能陶冶情操。

2005年的最后一个月，冬日的岭南依然还是春天的样子，时和气清，花草滋荣。老省长应邀先后参观了香港特区和澳门特区。他任省长时，高瞻远瞩，敢为人先，提出了建立以广州为中心，包括港澳在内的珠江三角洲经济开放区的设想。如今，他看到的可喜景象与他原来的设想几乎完全一致，这让他倍感欣慰。正是由于祖国的日益强大，曾被殖民主义者掠夺的港澳两地才得以顺利回归，那里的广大同胞才能实现回到祖国怀抱的夙愿。

该月下旬，梁老不顾疲劳，又前往久违的侨乡顺德。这里，曾是他1984年初陪同邓小平老人第一次南下视察的一个落脚点，也是广东实行改革开放的一块试验田。当他又一次目睹顺德经济腾飞，继续名列全国前茅的时候，心情舒展，乐不可言。

回国七十年后与世长辞

古人云：“人生百岁千古稀，松树千年未为老。”老省长的大女儿梁抗，在父母参加抗日战争时出生，退休后也定居广州，常伴双亲左右。她很了解父亲，知道他一直坚持体育锻炼，身体底子好，又有家族的长寿基因，纵然不能够像松树那样千年不老，但一定能够超过族人长命百岁的纪录。性格豁达的老省长，则认为自己虽到了垂暮之年，而身体尚好，还可大有作为，就像日落前天空出现的绚丽彩霞，仍能给人们带来一番景致。

可是，人非金石，生老病死往往不以人们的意志为转移。到2005年末，老省长的身体并没有显出任何异常症状，但刚踏入2006年便急转直

下，且很快发展到严重的地步。

2006年元旦刚过的第二个晚上，老省长感到身体不适。次日清早到医院诊治，医生说可能是急性肠胃炎引起的，并建议他住院观察。梁老说："家里有一份关于黎明大学的报告未写完，病情也不是很严重，不留医了。"

1月6日的半夜，月色深沉，万籁俱寂。老省长突然发病，呕吐不止，把大片床单都弄脏了。他不忍心惊动家人和小保姆，直至天亮了才前往医院。这次，他被院方"强行"留医，梁老也不再拒绝了。

谁也没有料想到，这竟然是他老人家最后一次住进医院，也是他最后一次走出家门。

医院的大夫们启动了所有必要的检查手段，11日上午得出结论：老省长患了晚期十二指肠腺癌。医院的诊断，犹如晴天霹雳，令人震惊。可是，大家都自觉保密，守口如瓶，谁也不忍心把这个残酷的诊断结果透露给他。已病入膏肓的老省长对自己的病情一无所知，只是有点埋怨检查项目繁多，闹了好几天还没有明确的说法。那时候，他心里最牵挂的是泉州黎明大学的前途。他躺在病床上，叫女儿梁抗把那份要给福建省委的关于黎明大学的报告拿过来给他作最后一次修改。女儿强忍眼泪轻声哀求说："歇歇吧，今天您太累了，等到病好一点再改吧！"

可能是一时心情烦躁的缘故，一向疼爱女儿的老省长忽然声色俱厉地说："等，等，等，多少学生等得了？这份报告今天一定要寄出！"梁抗无可奈何，只得把报告稿送给正在生气的爸爸。然后，她掉过头来快步走出病房，对父亲的各种感情此时交集在一起，痛苦难言，泪水直流。老省长啊，您命在旦夕，还牵挂着黎明大学，关心着祖国的教育事业。

癌症，晚期癌症，癌细胞不断扩散。老省长的免疫系统功能已到了崩溃边缘，生命垂危。经专家会诊，决定进行手术。医院领导亲自出马，言不由衷，瞒着梁老说："您的肠子里长了个肿瘤，我们想开刀把它摘除。"老省长很尊重医生，爽快地回答："好，我同意手术。"

1月17日，中共广东省委秘书长肖志恒代表省委书记张德江前来探望老省长，并亲自送他进了手术室。

在手术后的十多天里，老省长思维清晰，说话正常，可就是卧床不起。身经百战的老人家也曾怀疑过自己到底患了什么病，为什么手术后那么多天还不能起来走动？病房的医护人员都异口同声说是患了严重的肠胃炎，会慢慢好起来的。

这期间，前来探望的人络绎不绝。大家都盼望着老人家能够战胜病魔，像战争年代和建设时期那样再一次创造奇迹，早日康复。

人有深情，病魔无情。癌细胞又疯狂肆虐起来，不断攻击老省长已经越来越虚弱的身躯。手术后约半个月，老省长的思维开始日渐模糊，四肢也开始不听使唤，后来又动了气管手术，话也说不出了。

2月24日晚，老省长病情恶化，抢救无效，于次日早上7时50分结束了九十个春秋的人生旅程。

从他突然发病到住进医院医治无效与世长辞，只不过短短的五十天。这是老省长生命最后的五十天！

从他海外回国奔赴沙场参加抗日战争开始，老省长在他热爱的祖国土地上整整战斗、工作了七十年。这是老省长人生旅途上最光辉灿烂的七十年！

有生必有死，天地之常理。老省长把自己的一切都奉献给了祖国事业。他的生有益于祖国，有益于人民，有益于海外华侨和港澳同胞；他的死重于泰山，虽死犹生！

2006年3月2日下午，中共广东省委在广州举行梁灵光同志追悼会。追悼会大厅正面悬挂着梁灵光老省长面带微笑的大幅彩色照片，照片两旁的一副挽联将永远铭刻在人们的心中：

赤子情怀奔赴国难挥戈鏖战饮马长江驱日讨蒋威震华东丹心建国功昭日月

改革开放功业彪炳高风亮节英名永存雄杰胸怀临危受命北国南天奋发兴邦

这副挽联，就是对老省长伟大生平的生动而逼真的写照。

2007年2月4日

风雨同舟七十载

——中国致公党元老伍觉天

伍觉天，归侨，原籍广东海丰。曾任中国致公党中央副主席、广东省主委、广州市主委，全国人大常委、广东政协副主席、广东侨联副主席。他是中国共产党的亲密朋友，是杰出的民主人士，享有“海外联谊活动家”、“廉洁自律真君子”等美誉。

在中国共产党走过九十周年光辉历程的时候，我又一次想起了与共产党风雨同舟七十载的杰出民主人士、中国致公党元老伍觉天前辈。伍老和我都是原英殖民地沙捞越（位于婆罗洲西北部，今为马来西亚最大的州）的归侨，又是同一个党派，而且深交多年，我对他倍感亲切，格外敬重。虽然他老人家已驾鹤西去，可是他的高尚操守、坦荡胸怀、廉洁作风和卓著功绩，始终令人难以忘怀。

伍觉天

推动致公大转折

中国致公党是当代中国八个民主党派中唯一成立于海外的政党，与世界各地洪门组织有着历史渊源。同海外华侨广泛联系，以归侨、侨眷中上层人士为主体，是致公党的特色。

伍觉天与致公党结缘始于抗日战争时期，并在致公党的重建和发展中发挥了重要作用，他因年辈长、资历高而被公认为致公元老。

他 1910 年生于广东海丰，童年时跟随母亲远渡重洋到了沙捞越。因家境贫穷，中学未毕业便当了矿工。他亲身经历和目睹了华工遭遇殖民统治者的沉重压迫和艰苦生活，由此产生了“祖国不富强，华侨挺不起胸膛”的反压迫、爱祖国的思想。“九一八”事变爆发，日本武装侵略我国东北大片土地，更加激发了这位海外赤子的爱国热情，他毅然决定回国投身到抗日救亡洪流当中。1933 年 5 月，二十多岁的伍觉天告别父母回到香港，然后辗转来到内地。起初，他单打独斗，在四川成都利用在印刷厂工作的机会，印发了许多宣传抗日的名为《抗日统一战线》的小册子。抗战全面爆发后，他结识了几位中共地下党员，共同创办了一份小报《时事新刊》，开始了与中共风雨同舟的漫长征程。1939 年秋的一个晚上，国民党当局突然逮捕了住在报社的全部工作人员，杀害了共产党人。伍觉天因在外住宿，逃过一劫。对于身边发生的一切，伍觉天痛恨交加，于是横下一条心跟着共产党走。

1941 年，是抗日战争最艰难的岁月。伍觉天从四川到香港，准备再回广东参加东江纵队上战场。东纵驻九龙联络处一位负责人认为他的身份和经历更适合在大后方工作。伍觉天接受建议，重返四川并加入了刚组建不久的中国民主政团联盟（今中国民主同盟前身）。第二年，中共南方分局负责统一战线工作的领导人找到伍觉天，建议他参加美国著名侨领司徒美堂（致公党创建人之一）等人在重庆发起的恢复致公党工作，伍觉天欣然受命。

抗日战争胜利后，蒋介石发动全面内战，中国共产党领导全国人民开始了伟大的解放战争。伍觉天奉命到香港与致公党人陈其尤等会合，并正式加入致公党，加紧重组致公党工作。

未到不惑之年的伍觉天是当时致公党的生力军、少壮派。在与中共地下党的多次接触中，他对中国共产党和当前形势、国家前途等的认识有了很大的提高，并与其他有识之士产生共鸣，在接受中国共产党领导、参加新民主主义革命等原则问题达成了广泛共识。

1947 年 4 月，致公党第三次代表大会在香港举行。会议产生了以李济深为首的新的领导集体，伍觉天第一次当选为致公党中央常委。这次会议，是致公党历史上的重大转折，大会向海内外宣告：致公党从此参加中国共产党领导的新民主主义革命。这意味着致公党从一个带有帮会性质的华侨组织转变为了一个具有政治奋斗目标的政党组织，从旧民主主义政党转变为新民主主义政党。伍觉天是这次会议的推动者和决策者之一，他在致公党何去何从的关键时刻发挥了关键作用，功不可没。

深入虎穴见忠诚

伍觉天此前一直在为宣传抗日和发展爱国统一战线奔波，而在新中国成立前后的一段时间他却经受了深入虎穴、短兵相接的严峻考验，表现出了对祖国、对共产党的无限忠诚。

1949 年 9 月，致公党中央主要领导人赴京参加第一届全国人民政治协商会议，伍觉天留守香港。新中国即将成立，蒋家王朝驻港澳的许多机构仍然存在，当时局面动荡不安。伍觉天抓住机遇，不顾个人安危，潜入国民党政府属下民生公司进行策反，说服了对方负责人，促使该公司在国外新订购的八只内河客轮全部安全停泊香港，没有落入敌人手中。此事轰动港澳，影响深远。

同年 10 月初，伍觉天随同中共华南分局统战部门回内地配合解放军攻占广州。他的主要任务是协助稳定广州解放前后的社会秩序。广州的帮会组织是一股很大的黑社会势力，尤其在国民党军败退后与解放军入城前这一段“真空”期，甚至可以左右整个广州的社会秩序，具有很大的破坏性。伍觉天临危受命，冒着被生擒活拿的危险接触帮会头目。他不亢不卑，刚柔并济，讲形势，讲政策，劝导他们放弃了浑水摸鱼、趁火打劫的念头，从而保障了社会秩序的稳定过渡。此外，伍觉天还和其他致公党人一起，在保护工厂企业和人民财产等方面也做了许多卓有成效的工作，为解放广州作出了积极贡献。

海外联谊建奇功

致公党中央机关于 1949 年底从香港迁回刚解放的广州，次年春在广州召开致公党第四次全国代表大会，伍觉天连任致公党中央常委。1952 年，他从省行政机关调入致公党任专职干部，主要负责海外联谊。他足智多谋，驾轻就熟，留下了许多动人的故事。

1955年4月11日，美蒋特务企图谋害周恩来和以他为首的出席万隆会议的中国政府代表团，制造了“克什米尔公主号”飞机爆炸事件。周恩来因故没有乘坐这架飞机，幸免于难。意外事故的发生，引起了中国方面的高度关注，除了采取了相应措施，同时还强调要加强港澳和海外工作。广东方面征得已迁往北京的致公党中央同意，急调伍觉天回广东开展“民间外交”。伍觉天不辱使命，想方设法，得到了万隆会议所在地印尼洪门组织的竭诚帮助，由他们组织万隆、雅加达两地的“壮汉”（身强力壮兼有真功夫的男子汉），分别保护会场和中国代表团驻地。这些“壮汉”既熟悉当地环境，又有人缘优势，严阵以待，与印尼方面紧密配合，使得那些妄图进行破坏活动的美蒋特务无从下手，从而保证了会议的顺利进行，保障了中国代表团的人身安全，印尼政府对此表示高度赞赏和深切谢意。

参与保卫举世瞩目的万隆会议，伍觉天立下了汗马功劳，这是他海外联谊的经典之举。在以后的诸多对外联谊活动中，也一再印证了他的才能和影响力，充分发挥了中共联系海外华侨华人的桥梁与纽带作用，即使在极“左”高峰期，别人也难以替代他的地位。文化大革命时期，伍觉天横遭迫害，被打成“牛鬼蛇神”，送往干校劳动改造。一次，在中秘建交中发挥了重要作用的秘鲁侨领古容先生访华，北京有关方面考虑到伍觉天在海外享有的威望和影响，特地邀请他出面接待。后来，在有关部门的要求下，伍觉天陆续接待了大批海外来访的侨领。劳动改造中的“牛鬼蛇神”接待海外侨领，可以说是文化大革命中一个荒唐可笑的小插曲。回忆往事，伍老不禁摇头苦笑。

在文化大革命中，我国历史上与海外几千万华侨华人的亲密联系和深厚情结遭到了空前破坏。进入新的历史时期，必须群策群力扭转这种不利局面。伍觉天遵照致公党的部署，施展才华，积极工作，促成了以美国洪门人士组成的一个大型代表团来华访问，开创了海外洪门组织和华侨华人社团来华访问的先河，推动了海外乡亲回国寻根认祖、探亲旅游的高潮。在一系列的接待中，伍觉天围绕祖国经济建设这一中心，积极为有关部门引进资金、技术和人才穿针引线，同时热情引导、协助海外亲人为家乡兴办各种公益事业。

身为致公党中央副主席和广东省主委的伍觉天敢于开拓，走出国门。

1987年，他率领致公党中央代表团参加澳大利亚洪门民主党墨尔本总支部成立九十周年庆典，并拜会了悉尼洪门致公总堂。第二年，又率团参加加拿大洪门民主党温哥华支部成立一百周年庆典等三个庆祝活动，接着顺道访问了美国的纽约、旧金山和夏威夷，拜会了各地洪门组织和华侨华人社团。这次出访，历时两个月，是新中国成立后致公党与海外洪门和侨团零距离接触最广泛的一次联谊活动，收到了增进了解、凝聚侨心的效果，对提高祖国声誉、推动改革开放和促进祖国和平统一发挥了独特作用。

值得一提的是，素有长者风度的伍觉天在和海外朋友的交往中，从不居高临下，也没有打官腔，总是以礼相待，推心置腹，给人亲密无间的感觉，从而受到了普遍欢迎和赞赏。

伍觉天在数十年的海外联谊活动中，充分显露了他的外交才华，积累了丰富的经验，功绩卓著，赢得了“海外联谊活动家”、“民间友好外交家”美称。

高招开创新局面

十年文化大革命结束后，1977年初中共中央号召各民主党派恢复组织活动。伍觉天被任命为致公党中央临时领导小组成员和广东临时工作小组负责人。那时致公党广东地方组织的情景，真是萧条万分。全省（包括今海南省）党员寥寥无几，而且分散各地。原本为数不多的市县级组织，一时难以恢复元气。原有的党员大多是老归侨和基层工作者，他们虽有爱国热情，但普遍缺乏参政议政能力。

伍觉天认识到，要恢复组织和发挥民主党派作用，必须做到“兵多将广”，就是要在积极发展党员和恢复组织的基础上，大力提高党员的综合素质和参政议政水平。

伍觉天集思广益出高招，打破旧传统，开始向高等院校、科研机构进军，大胆吸收那里具有社会影响、参政议政水平较高的中高级知识分子入党。他们以高等院校集中的广州市五山地区为突破口，首先在华侨最高学府暨南大学成立全国高校第一个支部，填补了致公党历史上的空白，该支部在一个月内便发展了正、副教授14人。一石激起千层浪，中山大学、华南理工大学、华南农业大学等十多所院校和科研机构、省级医院也相继成立了基层组织。这一招效果显著，不仅发展了一大批综合素质较高的党员，还发现和培养了雄厚的后备干部队伍，对增强致公党的战斗力、凝聚力发挥了重要作用，开创了广东致公党的新局面。

这一期间，恢复组织工作难度很大，20 世纪 50 年代广东只有广州、惠州、梅县、开平等少数地方建立了致公党组织。年近古稀的伍觉天紧跟改革开放的脚步，重点协助沿海城市和具备条件的侨乡县恢复和成立组织，使全省的市县级组织和党员人数跃居全国各省之冠。

伍觉天身为致公党中央领导小组成员，还亲自前往福建、广西两个侨乡省协助恢复和建立组织，并以各种方式协助和指导湖南、山东、大连等省市开展工作。

天道酬勤，伍觉天"玩命"的勤奋得到了丰厚的收获。他不仅开创了广东致公党组织工作的新局面，还为致公党的全面重建和稳步发展打下了坚实的基础。

中共十一届三中全会后，开始全面拨乱反正。伍觉天的另一个繁重任务是带领省委机关干部以强烈的责任感和同情心，积极协助有关部门做好平反冤假错案工作。当时的党员人数只有 100 多人，但在文化大革命中蒙冤受屈的却多达 35 人，在反右派斗争中被打成"右派分子"的有 21 人，这些人全部得到平反和恢复了致公党党籍。他们摆脱了压在头上多年的"紧箍咒"，恢复了做人的尊严。伍觉天等人还大力协助侨务机关落实侨务政策，1983 年至 1988 年，他们协助落实归侨、侨眷知识分子政策共 2 000 多件，协助归还侨房面积达 3 万平方米。在上述数字的背后，可以窥见"反右"、"文革"给国人带来了何等深重的灾难。

伍觉天与中共是风雨同舟的忠实朋友和互相监督的忠实诤友，他在全国和广东人大、政协中积极履行参政议政职责，直言不讳地对有关党政部门提出意见和批评。1984 年，他获悉家乡海丰县许多干部违法乱纪，滥用职权参与、策划当地走私活动，而由于这些干部的推波助澜，致使全县走私活动十分猖獗。伍觉天义不容辞，对此进行了深入调查，取得了确凿的证据，并顶住多方阻力，分别向中共省委和汕头市委投诉、揭发该情况，揭开了广东打击海丰大规模走私活动的序幕，为广东改革开放的顺利开展作出了又一重大贡献。

清廉自律真君子

出身贫穷、做过矿工的伍觉天，从小艰苦朴素。参加工作后常以古人说的“为政者，廉以洁己，慈以爱民”自勉，要求自己廉洁奉公，关爱百姓。

他在20世纪80年代便当上省级高官，但无论在工作上，还是在生活中，他没有一点某些达官贵人的俗气、傲气。熟悉伍觉天的人，无不异口同声赞扬他清廉自律的品格。一次，他说要借用致公党省委机关小汽车用公休日回海丰老家处理祖屋产权的问题，按照当时社会上的不成文规则，他作为机关第一把手，大可以名正言顺地利用到海丰公干的机会顺道回家处理一点私事。可是，伍觉天态度很明确，绝不假公济私，谢绝了有关同志的好心建议。他从海丰回来后依数给付了汽油费和司机出差补贴。有同志开玩笑说：“伍老啊，你比共产党还要共产党。”他在心里对自己说：“吃公家饭，就要公私分明，绝对不能以权谋私。”

他不抽烟，不喝酒，不收礼；家居不装修，适用为宜；衣着简朴，热天穿衬衫，冷天只穿中山装、唐装，出席重要活动才“入乡随俗”偶尔穿西装；外出公干，轻车简从，下榻招待所，谢绝住宾馆；一日三餐，粗茶淡饭；单独接待海外来宾时，以请饮广州传统的早茶为主，且自己“埋单”；有时请客吃饭，也都是自掏腰包。

他自己不仅生活俭朴，而且关心民瘼。20世纪末，党政机关进行“房改”，按伍觉天的级别，机关分配给他一套宽敞的新房。这对有的人来说，求之不得，甚至还不满足。但伍老却把新房一分为二，分给住房条件较差的两位干部，自己仍住原来的旧房。有同事一时经济困难，他便解囊相助，绝不吝啬。在这个物欲横流、贪官泛滥的社会，伍觉天的高尚情操实在难能可贵。

伍觉天为政多年，一身正气，两袖清风，大家交口称誉他为“清廉自律真君子”。

原本身体瘦弱的伍觉天，因长期忘我工作，积劳成疾，终于在1992年开始抱病在床，且每况愈下。伍觉天和病魔顽强斗争了十多年，于2007年

11 月 30 日走到了生命的尽头，享年九十八岁。

伍觉天赤胆忠心以身许国，冰霜历尽不移其志。他努力实现海内外同胞振兴中华的追求，与中共风雨同舟七十载，高风亮节，可歌可泣！

伍觉天老前辈与世长辞的噩耗传来，我万分悲痛，流着泪水写了下面的挽联：

一片丹心海外归来献身振兴中华鞠躬尽瘁日月知

忠贞不渝扎根神州坚持多党合作死而后已忠魂补

2011 年 7 月

归侨光辉典范蚁美厚

蚁美厚，是应中共邀请参加开国大典的最年轻的海外侨领。他赤胆忠心，长期从事侨务工作，作出了特殊贡献。他德高望重，从创建广东侨联之日起，连任六届主席。曾任全国人大常委会委员、广东人大副主任兼侨委会主任、中国侨联副主席等职务。广大侨界人士赞扬他是广东土生土长的归侨光辉典范！

风华正茂，开国大典上最年轻的侨领

1949年10月1日，北京万里长空，天安门广场人海欢腾。风华正茂的蚁美厚，和开国元勋们一起站立在天安门城楼上，热烈庆祝中华人民共和国的诞生！

蚁美厚

应中共中央邀请，参加盛典的海外华侨领袖有陈嘉庚等七人，其中蚁美厚还不到四十岁，是最年轻的一位。

蚁美厚第一次亲眼观看到如此波澜壮阔的场景，第一次亲身感受到祖国强大起来了！他激情翻滚，热泪盈眶，为中华儿女百年来“振兴中华”的愿望即将变成现实而感到自豪，为海外华侨结束“海外孤儿”的命运而感到骄傲！

据蚁美厚回忆，这是他有生以来最激动的时刻。从此开始，他赤胆忠心向祖国，义无反顾地把自己的一切奉献给了新中国的伟大事业。

别妻弃财，踏上改变人生的征途

1949 年 6 月的一个夜晚，蚁美厚告别了妻儿老小，舍弃了丰厚的财产，冒着人身安全风险，毅然回国，踏上了改变人生的征途。

当时，国际形势复杂，香港还在英国政府的控制之下，祖国大片土地尚未解放，蒋家王朝封锁台湾海峡，这些使他的归国路途极为艰辛。

蚁美厚此行，是应中共中央邀请，肩负泰国广大爱国华侨重托，准备取道香港前往北平参加全国政治协商会议和中华人民共和国开国大典。

蚁美厚采用“金蝉脱壳”之计，以泰京光兴利船务有限公司总经理等公开身份，前往香港和东南亚各地视察、经商为由，并得到香港和新加坡有关商行、银行担保，由“秘书”陪同，从泰国首都曼谷坐飞机到达香港。

他的行踪，引起了港英当局的注意，但在中共地下党的安排下，都化险为夷。

一天，港英当局派人盘问他：“你是去北平吗?”

美厚从容淡定，回答说：“不，我是来香港做生意的。”

那人进一步追问：“你在泰国做什么生意?”

美厚出示了名片和担保书，理直气壮地说：“米业，进出口，还有慈善事业。”

那人又问：“你认识杜国庠吗?”

蚁美厚抵港后的第一天，曾应邀和杜国庠（广州解放后，曾任中共华南分局宣传部副部长等职）共进晚餐。此时，他深知“兵不厌诈”的道理，便回答说：“不认识。”

那人黔驴技穷，只得说：“好吧，你什么时候出境?”

“过两天就走，我已买好了去广州的船票。”

港英当局派来的人离开后，美厚为自己扮演的角色捧腹大笑了好一阵。

接下来，蚁美厚“乔装打扮”以隐蔽自己的真实身份。一天晚上，他登上了停泊在港湾的“挪威号”，这是货客两用的外轮，是由香港进步力量租来运载纺织品和医药用品等北上支援祖国解放战争的。为了避开港英当局和盘踞台湾的国民党军舰的耳目，蚁美厚乔装打扮成一个有模有样的二副，并化名陈义民。轮船在夜间熄火航行，悄悄地离开香港，经过台湾海峡，然后往东海、黄海前进。经过六七个昼夜，终于平安抵达青岛，他第一次踏上解放后的祖国大地。由于长途跋涉，加上水土不服，他突发高烧，在青岛稍作休息后，又马不停蹄地路经济南前往北平。

他没想到的是，在中南海出席中国人民政治协商会议时，他竟当选为第一届全国政协委员，还受到了党和国家领导人毛泽东、刘少奇、周恩来、朱德等的接见，毛泽东、周恩来分别和蚁美厚进行了亲切交谈。

经受磨炼，“富二代”也要做学徒工

蚁美厚生于清末的1909年，广东省澄海县南畔洲的一个穷苦农家，乳名美扬。小时生活清苦，常以番薯充饥，又受大姓强房欺凌，而且土豪劣绅、贪官污吏横行霸道，三灾八难不断，小小年纪的美扬对黑暗社会深恶痛绝，渐渐形成了吃苦耐劳、发奋图强和追求光明的品格。

1922年的冬天，旅泰侨商蚁光炎回南畔洲探亲和办公益事业，并受亡兄蚁允照之托在本村物色一个义子。经村里私塾老师推荐和他的仔细考察，又得到族长和家长的同意，蚁光炎最后确定美扬为亡兄的义子、自己的义侄，还给他起了一名字叫美厚。临别时，光炎语重心长地对新侄儿说：“你在家乡再努力读几年书，平时多吃点苦，等你长大了才带你去泰国！”

三年后，十六岁的美厚离开故乡，远渡重洋到了泰国曼谷。叔父蚁光炎没有给侄儿“富二代”的待遇，而是首先培养他继承老华侨艰苦创业的精神传统，经受磨炼，让他从搞清洁、干粗活、抄账簿等学徒工做起，还要他晚上学泰文。叔父笑着对他说：“年轻人要多吃苦，多磨炼，日后才会有出息！”伴随着年岁的增长，美厚开始跟着叔父涉足经商，并参加上层社会活动。

蚁美厚年近三十的时候，叔父当选为泰国中华总商会主席，还兼任许多华侨社团的重要职务，成了当地的著名侨领，公私事务繁忙。从此，美厚便成为叔父的得力助手，并担起了一个船务公司经理的重任。

爱国爱乡，积极支持祖国抗日战争和解放战争

在身为侨领的叔父的影响下，美厚的爱祖国、爱家乡的情感日趋浓厚。抗日战争爆发后，他义愤填膺，积极协助叔父在华侨中开展抗日救国运动，并设法把募捐款和各种军用物资转送到香港廖承志办事处。对国内来泰国宣传抗日和募捐的人士，美厚也热情接待和竭力支持。

旅泰华侨的一些有识之士认为，要在远离祖国和错综复杂的环境中更好地开展抗日救国活动，必须加强宣传工作。美厚遂代表叔父参与筹办了《中国报》，并成为该报的五位股东之一。该报于 1938 年创刊，阵容强大，每天出版四大张，每逢周日还出版《中国周刊》。为了防备意外发生，他们未雨绸缪，增加出版了每天一大张的《中原报》，代替早报《中国报》。《中国报》坚持正义，宣传抗日，但受到广大华侨赞扬的同时，却引起当地政府的不满，于 1939 年 8 月被查封。而《中原报》幸存了下来，成为当时唯一的华文报，直至日本侵占曼谷，该报才被迫停刊。

叔父蚁光炎为华侨、为祖国做了大量工作，是爱国的华侨领袖，是抗日的华侨英雄。1939 年 11 月 21 日，他遭反动势力刺杀，不幸身亡。美厚悲痛欲绝，站在叔父遗像前发誓："阿厚坚决继承叔父爱国遗志，踏着叔父血迹前进，继续努力完成叔父未竟事业，以慰叔父在天之灵！"

蚁美厚爱国爱乡的赤子情怀和参与华侨社团的活动能力，逐渐受到人们的赏识和赞扬，并很快被增选担任泰国中华总商会常委、泰国潮州会馆执行委员等职务。

第二次世界大战期间，日本侵略军于 1941 年 12 月登陆泰国曼谷。蚁美厚铁汉男儿，拒绝与日军合作。局势比较稳定后他从内地重回曼谷，虽然不便公开参加抗日活动，但他仍以其他各种方式大力支持。

1945 年，日本投降，祖国抗日战争取得了伟大胜利，蚁美厚等爱国华侨在泰国华侨抗日组织"反日大同盟"的基础上发起成立"暹罗华侨各界建国救乡联合总会"，简称"暹华建救总会"，蚁美厚当选总会会长，各地陆续成立了分会。

该会成立后，与祖国宋庆龄领导的中国福利基金会、香港何香凝领导

的华南救济协会、新加坡陈嘉庚领导的南侨总会取得密切联系和配合，在团结泰国各界华侨，救济祖国难民，恢复和发展当地华文教育，以及支援祖国解放战争等方面，都发挥了重要作用。宋庆龄还曾多次致函蚁美厚深表感激。

该会成立的第一年，便筹集泰币一百万铢，这在当时是相当可观的数字，其中约70%交付中国福利基金会和华南救济会。在以后的几年中，该会除了把侨胞义捐汇寄有关团体外，还将一部分用于泰国的社会福利事业。他们还发动各地分会和和团体会员，协助各地恢复和发展了几十所华校，招收学生达几千人，其中著名的华校中学，就是以“暹华建救总会”的名义创办的。

为了建立和拓展爱国统一战线，蚁美厚挺身而出，于1946年以“暹华建救总会”会长身份参加了中国民主同盟泰国支部筹备工作，并担任支部机关报《曼谷商报》的董事长。该报对广泛团结各阶层侨胞支援祖国、打倒蒋家王朝、争取民主解放发挥了积极作用。

赤子情深，海外归来思报国

“平生铁石心，忘家思报国。”（宋·陆游）蚁美厚赤子之心像铁石那样坚强，祖国解放战争的胜利给了他极大的鼓舞，他随时准备着放弃家业回到祖国奉献自己的一切。

1949年，他结束了二十四年的海外生涯，开始了赤子归来报效祖国的新征程。那年他当选为第一届全国政协委员，接着参加开国庆典，并于同年11月奉命南下广州。

刚解放的广州，面临着稳定社会秩序、解决群众生活困难和恢复国民经济等重大考验。中共华南分局领导人兼广州市长叶剑英等亲自上门拜访蚁美厚等华侨，希望他们发挥海外关系优势，从国外进口7万吨大米和大批人民生活用品。蚁美厚不辞劳苦，到处奔波，终于通过泰国泰京五福轮船公司购运了几批大米回广州，缓解了粮食供应紧张的局面。海南岛刚解放时，粮食匮乏，人心浮动，蚁美厚又与泰京五福轮船公司联系，及时把大批大米运往海南救急。在东南亚某些国家排华的时候，大批难侨被迫回国，蚁美厚再次通过海外爱国华侨租用五福轮船公司接运印尼等地的难侨，这些船只成了新中国成立后第一批进入汕头港和海口港的客轮。

为了冲破帝国主义和台湾的禁运封锁，蚁美厚于1950年积极参与组建大陆第一家吸收华侨和港澳同胞投资的“华南企业股份有份公司”，1951年又成立“义益行”，蚁美厚分别担任副董事长、董事总经理。这两个企业以侨商、港商名义做进口生意，进口被禁运封锁的大陆急需工业产品和军用物资。同时，还进行出口土特产业务，创收的外汇相当可观，并且促进了大陆的城乡物资交流。

为了帮助祖国恢复国民经济和支援祖国人民抗美援朝，蚁美厚无私奉献，做了一些常人难以做到的事情。新中国成立初期，他的夫人金素娟从泰国给他汇来十万元港币，他毫不犹豫全部用来购买了公债。有人问他：“为什么不拿来投资，不是同样可以帮助国家吗?”他回答：“目前国家财政有困难，又缺外汇，购买公债更能直接帮助国家解决困难。”后来，他还慷慨解囊，捐款和赠送大批医药用品支援抗美援朝。

20世纪50年代初，广州出现了一大批由华侨投资的工厂、企业、学校、大厦、酒店以及全国第一个华侨新村，这些都有蚁美厚的一份心血。在对私营工商业进行社会主义改造后，蚁美厚担任新组建的广东华侨投资公司副董事长，继续发动海外和港澳同胞回来投资。他还发起创办了北京新侨饭店。

为了表达对蚁美厚赤子之心、爱国之情的敬佩和感激，中央侨务委员会主任何香凝于1951年2月偕同另外三位著名画家，分别画了梅、兰、菊、竹于一帧赠送给蚁美厚，由副总理黄炎培题词，作“美厚先生爱国纪念”。

特殊礼遇，毛泽东、邓小平、江泽民等多次亲切会见

有幸从共和国成立前到改革开放后的各个年代，都曾和中央最高层领导亲切会见的广东侨界人士极为罕见，蚁美厚可谓受到特殊礼遇。

1949年10月1日，在北京天安门举行完开国大典后，中共中央在中南海设宴欢迎以陈嘉庚为首的七位海外爱国华侨领袖，毛、刘、周、朱等

党和国家领导人都出席了宴会。当毛泽东主席用带着浓厚湖南口音的普通话询问蚁美厚的姓名时，蚁美厚“礼尚往来”，用带着浓郁潮州口音的普通话回答：“我叫蚁美厚，蚁是蚂蚁的蚁”。毛主席不觉笑了起来，风趣地说：“蚂蚁的蚁，这个姓很少见。姓毛的人不多了，姓你这个姓的更少了。”说得大家都乐了起来。接着，周总理问蚁美厚的家乡在广东的哪个地方，蚁回答：“澄海。”新中国成立前就很熟悉广东的周总理似乎联想起什么事情，说：“海，好啊！我们的事业就像大海那样连在一起。”

澄海风景

随后，毛主席、周总理关切地询问泰国的华侨情况，蚁美厚一一作答，并感谢祖国对海外侨胞的深切关怀。

1988 年 8 月的一天下午，邓小平和蚁美厚两位老人在北戴河的一个会客室亲切交谈，蚁美厚向小平汇报了改革开放以来海外侨胞和港澳同胞率先回来投资设厂和捐资赠物兴办公益事业的情况，邓小平频频点头称赞，然后步出会客室，两人在北戴河畔合影留念。

1992 年 3 月，全国七届人大五次会议在北京召开，中央领导人接见广东代表时，江泽民特地走过来看望已年过八十的蚁老，并和他亲切握手，祝福他老人家健康长寿。

一次又一次和中国领导人的会面，使蚁美厚受到莫大的鼓舞和激励，感受到这也是中央和祖国人民对海外华侨的深切关怀和爱护！

爱妻辞世，蚁老失声痛哭泪纵横

在那场愚昧、残酷的文化大革命中，蚁美厚也在劫难逃，受到了沉重的打击。但是，这并没有动摇他对祖国的赤子之心，他坚信总会有风雨过后见彩虹的一天。正当他为平反众多归侨、侨眷历史冤案，为改革开放引进资金、设备和技术废寝忘食的时候，传来了他的爱妻在泰国不幸去世的噩耗。这是给他的又一次沉痛打击，而这一次却是刻骨铭心的。

在曼谷，年轻英俊、风流蕴藉的蚁美厚，娶了一位美丽贤惠的泰籍妻子金素娟，春去秋来，鸾凤和鸣，儿女绕膝，事业有成，一家大小过着舒适、幸福的生活。

蚁美厚夫人金素娟

1949 年 6 月的一个晚上，明月悬空，穿城而过的昭坡耶河静静地流淌，似乎还可以听见远处曼谷港的浪涛声。蚁美厚在曼谷自家的楼房里，和妻子一起坐在沙发上，两人相对无言，可是这对有情人的心里都很不平静。

夜深了，窗外的明月缓慢西斜了，孩子们也早就进入梦乡。蚁美厚还是欲言又止，怎么说呢？妻子能理解吗？如果她点头同意，则万事大吉，如果，如果她不同意，那又怎么办呢？

细心的妻子心里在想，他今晚的情绪有些反常，一定有事要说，到底要说什么呢？此情此景，正好是唐人李冶《明月夜留别》中“离人无语月无声，明月有光人有情”的形象诠释。

美厚再也沉不住气了，咳了一声，像是给自己增加点勇气，微笑着对妻子说：“我想说一件事。”

“我已猜到你有话要说。”素娟嫣然一笑，回答道。

美厚喜形于色，向着妻子的座位靠近了一点，压低声调说：“告诉你一个好消息，祖国快要解放了，要在北平开全国政治协商会议。共产党中央那边要我代表泰国华侨回去，共商国家大事。”美厚边说边观察妻子的反应。

素娟感到很突然、很惊奇。思考片刻，方冷静地问道：“那你打算怎么办呢?”

“打算回国去!”美厚领悟到妻子并没有反对的意思，坚定地回答，“海外华侨盼望了这么多年，现在振兴中华有希望了，祖国有希望了。”

素娟聆听着，思量着。这意味着夫妻今后将天各一方难相见啊!

美厚继续说：“因为事情紧急，那边要我几天后就动身。他们会派人来接应的，你放心好了。”

身上同样流着中华民族的血液且善解人意的妻子说：“你的心思我知道了，留也留不住你。家里的事很多，还拖着六个孩子，说真的，我是不愿意让你走的。”她忍不住流下了眼泪，说：“人各有志，留不住你了，但你一路上要小心，保重身体。你就放心走吧！平安到达那边了，赶快给我通个消息。”

自结婚以来，美厚和妻子心意相通，无比恩爱。此时此刻，又得到了妻子的理解和支持，美厚情不自禁站了起来紧握妻子的双手，心里一酸，虽有千言万语，却无以表达。

妻子看着即将远行的夫君，心如刀绞，说：“阿厚啊！我们夫妻多年了，相亲相爱，从来没有这样分离过。你到那边以后，有机会的时候一定要回来夫妻团聚，一定要回来看看你的几个小宝贝啊！……”素娟含情脉脉，呜咽泪沾巾，再也说不下去了。

美厚强忍着泪水说：“素娟啊，你的心意我都知道了，你放心吧!”

蚁美厚平安回到祖国后，立即全身心投入工作。在中泰关系尚未实现正常化的年月，他也不可能回到泰国去看望亲人。妻子素娟要打理家业，抚育儿女，百事缠身，也无法前来中国探望朝思暮想的夫君。夫妻天各一方，相望相思却不能相见。

几经曲折，到了1956年，素娟把丈夫疼爱的长女和长子送回了故乡，让他们和父亲团聚，并让他们接受中华文化的哺育。

文化大革命造成了中国大动乱，曼谷传闻蚁美厚惨遭迫害已不在人世的消息，金素娟闻讯后极度的惊恐、痛苦，无时不为夫君的命运担忧。

1969 年，她冒着危险秘密前来中国，当亲眼看到丈夫还活着的时候，重负方释，喜极而泣。

十年动乱结束后的 1979 年春天，蚁美厚跟随中国人民对外友好协会代表团访泰。其间，年近七旬的蚁美厚三十年来第一次在曼谷的家里和妻子素娟以及儿孙们团圆。人生几何？能有几个三十年啊！夫妻别后经历的辛酸苦楚，从变白了的头发就可以看出来。

1981 年 11 月 30 日，年迈的金素娟正准备前来中国和夫君团聚，却因心脏病突发抢救无效，与世长辞。噩耗传来，蚁老无法抑制内心的悲痛，不禁失声痛哭，老泪纵横。

三十多年前，是妻子的深明大义，自己才能走上报效祖国的光明大道，是妻子舐犊情深，自己才能放心留下几个幼小的儿女。三十多年来，相隔千山万水，各在天涯海角，如今永别音容千行泪，只望来世再结缘。

倾心侨界，五十春秋恒不渝

蚁美厚在省侨联成立三十周年大会上发表讲话

蚁美厚于 1949 年冬受命南下，回到了享有“中国第一侨乡”美誉的广东。他欣然接受地方党和政府的重托，坚持高举爱国主义旗帜，团结和依靠广大侨界人士，发挥自己海外关系广泛和华侨社团工作经验丰富的优势，倾心侨界，五十春秋恒不渝，取得了显著成效，受到了普遍赞扬。

那时，广州刚解放，蚁美厚除了设法从国外购进几批大米缓解粮食供应紧张的局面外，还及时进口大批粮食支援海南应急，这些举措在稳定社会秩序方面发挥了积极作用。此前，他还为人民解放军解放海南筹备了许多军用物资。

广东向来是华侨、归侨和侨眷众多的地方。在中国近代史上，他们对建设家乡、振兴中华作出了重大贡献。新中国成立后，又有一批又一批热血华侨青年从天涯海角回到祖国参加工作、学习，还有不少爱国侨商回来投资设厂或兴办公益事业。广州成了他们的第一站，出现了历史上前所未有的归国热潮。

针对这一新情况，除了党政部门要做好侨务工作外，还必须有一个相应的社团组织作为党和政府联系广大侨界的桥梁和纽带，作为党政机关的得力助手。于是，在侨界中享有极高威望的蚁美厚，首先发起和筹建了全国第一个地方归侨组织——广州市归国华侨联合会。接着，他又奉命筹建广东省归国华侨联合会，并从其正式成立的 1958 年开始，连任六届主席，直至 1994 年逝世为止。任职期间，他还曾担任全国侨联副主席、广东省人大副主任兼侨委会主任等有关职务。

出身贫苦，当过学徒，又在海外拼搏多年的蚁美厚，对海内外侨界有着特别深厚的感情，为了祖国的侨务工作，为了维护侨界权益，竭尽了毕生精力。

20 世纪 50 年代，东南亚某些国家实行排华政策，在新中国远洋海运尚未发展和当时国际环境的限制下，蚁美厚千钧重负，多次配合中侨委租用外轮接回受迫害的大批难侨，并曾到黄埔港热情迎接、慰问，然后奔赴各地华侨农场协助做好安置工作。

在文化大革命时期，国家侨务工作遭到严重摧残，广东成了重灾区，各级侨联被扼杀，直至进入新的历史时期才焕发新生。当时，蚁美厚以协助党和政府平反侨界冤假错案和落实其他各项侨务政策，协助引进资金、设备、技术和推进改革开放为重点，不舍昼夜辛苦奔波。

在许多关系到广大归侨、侨眷和华侨切身利益的问题上，蚁美厚作为人民代表，作为侨务工作者，总是义不容辞，仗义执言，提出了许多批评和建议。

以华侨农场为例，由于历史原因和各种人为因素，华侨农场出现了严重亏损，归侨、难侨生活十分困难。蚁美厚抱着多病之躯多次手持拐杖深入各地调查了解，并和省侨务机关共同研究讨论，提出了解决问题的办法。后来又向国务院有关部门提出给华侨农场免税五年的要求，并很快得到批准，使华侨农场状况有所好转。接着，他又郑重建议：希望国务院有关部门和各级政府重视解决华侨农场的归侨、难侨脱贫问题，让他们分享改革开放的成果，让他们感受祖国母亲的温暖。

蚁美厚深入农村了解社情民意

在过去的很长一段时间里，由于无法可依和受“左”的干扰，侨界受到歧视，他们的正当权益也遭到侵害，在文化大革命中更是达到了极其严重的地步，这些引起了蚁美厚的担忧。中共十一届三中全会后开始拨乱反正，蚁美厚多次提出：“我们的国家，必须从政策管理逐步过渡到法制管理。只有通过立法，广大华侨、归侨、侨眷的合法权益，才能从根本上得到保障。”从 20 世纪 80 年代末到 90 年代初，他深入各地调查研究，广泛听取侨界人士意见，分别向全国和省人大提出有关议案，为《中华人民共和国归侨侨眷权益保护法》和《广东省归侨侨眷权益保护法实施细则》的制定和贯彻，披肝沥胆，栉风沐雨。

在如何做好华侨后代和新移民工作、如何放宽接受海外亲人捐赠小型生产设备、如何进一步落实各项侨务政策等方面，蚁美厚都提出了许多有益的建议。

侨联是归侨、侨眷和海外华侨之家，也是蚁美厚的家。他热爱侨联，从他发起和筹建广东侨联之日起，便不辞劳苦，连任六届主席，执着地为侨联事业奋斗终生，谱写了中国侨联史上的一个奇迹。省侨联事业之所以

能紧跟时代前进的步伐，与他的贡献息息相关。

在蚁美厚的领导下，广东省侨联敢为人先，创造了全国侨联系统中的几个第一：第一个省级华侨历史学会，第一个华侨律师事务所，第一个向海内外发行的省级侨刊《华夏》杂志，第一个省级奖励基金会。同时，创办了20多个企业。这些都取得了不同程度的效果。例如，散发着浓厚南粤侨味的《华夏》杂志，内容丰富，装潢美观，在宣传华侨事务、讴歌侨界人物、反映侨乡新貌、交流侨联经验等方面都发挥了积极作用，被评为“优秀侨刊”。

在推进广东的改革开放和现代化建设方面，蚁美厚表现出了宏大豪迈的气魄和高瞻远瞩的智慧。他以省侨联主席身份亲赴泰国，向乡亲介绍祖国的成就，邀请华商回国投资，泰国正大集团成为第一家到广东投资的外资企业。他先后向中央和广东提出扩建汕头国际机场、扩大汕头经济特区、开放南澳岛、建设广梅汕铁路以及改善投资环境等许多具有真知灼见的建议，且都得到重视和采纳。

在多年的侨务工作中，蚁美厚最深刻的心得体会是：“做侨务工作，最重要的就是要有侨心。”事实正是如此，因为他有侨心，才能和海内外广大侨界心连心。现任省侨联主席的王荣宝女士赞扬蚁老说：“他不愧是侨胞和归侨、侨眷的贴心人。”

蚁美厚对侨务工作的一片丹心和对祖国的特殊贡献，得到了全国人大侨委会和国务院侨办的充分肯定。江泽民曾为蚁老题词，对其一生给予很高的评价。广大归侨、侨眷和华侨都由衷颂扬他崇高的爱国思想、高尚的道德情操和对祖国的重大贡献，赞誉他是当代归侨的光辉典范！

2012年11月

广东，黄清渠走向辉煌的地方

一个穷小孩跟随母亲背井离乡，漂洋过海到了遥远的地方。长大了，只因热爱祖国而被殖民统治者逮捕入狱。

在解放战争硝烟弥漫的岁月，他千里迢迢奔回祖国。后来虽幸运地逃过了反右派斗争那场劫难，却在文化大革命中被视为“里通外国”的特务分子，遭到残酷折磨。

春天来了，神州大地阳光明媚。他在新的人生旅途上谱写了辉煌的篇章。

告别新加坡

赤道附近的天气，往往变幻无常。那天，滂沱大雨刚过，烈日又从云层背后露出脸来了。

地处太平洋与印度洋之间的新加坡港，停泊着许多来自世界各地的大小船只。码头上吊塔林立，车水马龙，人流不息。

黄清渠

一位戴着轻度近视眼镜的英俊青年，依依不舍地辞别前来送行的亲人，扶着舷梯登上了开往香港的“海菲号”邮轮。再过几天便可以回到日思夜想的祖国了，他那波涛起伏的心情怎么也无法平静下来。

船上的烟囱吐出了一簇簇黑色的浓烟，汽笛发出呜、呜、呜的吼叫声，螺旋桨激起湍急的漩涡。轮船起航了，缓缓地冲破湛蓝的水面朝着南海方向移动。

那青年人一动也不动地站在甲板上，目不转睛地看着还逗留在码头上的慈祥的父母、温情的未婚妻和其他至亲，还能隐约听到“一路平安”的祝福声。船加快了速度破浪前进，他依然深情凝望，直到再也看不见亲人和码头的影子。

这青年人，就是后来被誉为归侨知识分子楷模和先后担任广东省政府、政协以及中国致公党中央、广东省委要职的黄清渠。

他，1929 年 11 月 23 日在福建省南部的一户农家出生。四岁的时候跟随母亲彭君娇下南洋，几经周折，才找到了在印尼谋生的父亲黄复康。祖国“卢沟桥事变”后，黄复康因投入抗日救亡洪流，被荷兰殖民当局驱逐出境，后来辗转到新加坡。不久，黄清渠又跟随母亲渡过爪哇海前往新加坡与父亲团聚。现在，是他第三次亲临大海。

“海菲号”邮轮绕过了许多长着热带植物的岛屿，进入了天水一色的南海海域。壮观的日出，绚丽的落日，多姿的浪花，还有紧贴着海面飞翔的海燕和从海里一跃而起的飞鱼……这一切大海特有的景色，并没有引起黄清渠多大的兴致。他更多的时间是和几位同行的青年朋友在半明半暗的大舱里，兴高采烈地谈论着祖国解放战争的喜人形势，满怀激情地畅谈各自的理想和抱负。

自从 40 年代末中国人民解放战争由战略防御转入战略进攻后，相继取得了辽沈、淮海、平津三大战役的重大胜利。1949 年 4 月，百万雄师渡过长江天险，攻占了南京，宣告了国民党反动王朝的灭亡。正当黄清渠在那年 6 月 18 日起程回国前夕，又从当地华文报纸上看到了在北平召开有海外华侨代表参加的新政治协商会议筹备会议首次会议的消息。而今，黄清渠乘坐的邮轮已进入祖国的海域了，他仿佛又一次听到了祖国母亲对海外赤子的亲切呼唤：回来吧！祖国需要你们，祖国欢迎你们！

经过六七个昼夜的航行，“海菲号”邮轮带着倦意抵达了目的地香港。尽管当时的香港还处在英国的殖民统治之下，但毕竟是踏上了祖国的土地。那时，黄清渠的家乡福建和毗邻香港的广东仍未解放，国民党反动派势力仍然存在，且加紧了对沿海和台湾海峡的军事封锁，致使黄清渠一行在香港滞留了不少时日。当他们不顾生命危险冲破军事封锁乘船北上到达天津，再转乘火车前往北平的时候，那里正在紧张地筹备着举行中国人民政治协商会议第一届全体会议和中华人民共和国开国大典。

松花江畔的岁月

1949年10月1日，首都北京天气晴朗，长空万里。古老的天安门显得格外庄严雄伟，第一面鲜艳的五星红旗在这里冉冉升起，中华人民共和国开国大典在这里隆重举行。此时，黄清渠已经离开北京前往大连工学院机械工程系学习报效祖国的本领了。

经过五年的学习，黄清渠以优异的成绩毕业，后被校方选送到松花江畔的名校哈尔滨工业大学深造精密仪器专业。哈尔滨气候比大连更加寒冷，生活也更艰苦，黄清渠硬是克服了这些困难，以火样的热情争分夺秒地勤奋学习，终于在1957年毕业并留校任教。在教学活动中，黄清渠身教重于言传。那时的大学老师不实行坐班制，他却经常一大早骑着自行车去上班，午饭后稍作休息又忙着工作了。为了提高教学质量，他总是伏案备课到深更半夜，累了饿了，便吃点自备的炒黄豆充饥提神。他关心学生，平易近人，生活朴素，严于律己。他的思想品质和作风，让许多学子在不知不觉中受到感染而成为品学兼优的好学生。

黄清渠干一行，爱一行，精一行。他对精密仪器和计量学的造诣达到了炉火纯青的地步，主编和撰写了不少高水平的专著和教材，由他主编的长达140万字的《实用度量学》，成为我国第一部计量学教材。他写的《建立误差新概念与合成研究》一文，被国家计量研究所选送参加国际计量大会，获得国际专家学者们的好评。

1966年下半年开始，中国上空乌云密布，神州大地狂风大作，长达十年的文化大革命给中国带来了空前严重的灾难。黄清渠作为一个归侨知识分子，虽幸运地逃过了50年代末那场反右派斗争，却在文化大革命中劫数难逃。他被视为“里通外国”的大特务，遭到残酷批斗，关进不见天日的“牛棚”，还先后被“下放”到学校锅炉房和农村进行“劳动改造”。

在“批判”黄清渠的过程中，曾出现过这样荒唐透顶的场面：

“这是什么?”不懂外文的红卫兵声色俱厉地把一个证件摔在地上责问道。

“新加坡通行证，是我回国时候用的。”黄清渠解释道。

"我们无产阶级革命造反派不要这个资产阶级的臭东西。你为什么要保留它，用心何在?"

"不是保留，我的许多有关回国的证件都放在家里。"黄清渠如实回答。

红卫兵气急败坏，继续追问："你远在海外，为什么回国? 老实交代。"

"为了爱国。"黄清渠理直气壮地说。

"为了爱国? 你这个臭老九有资格爱国吗?"

……

黄清渠心里既难过又气愤，没有也不愿意再作回答。

他在印尼读小学的时候，曾参加义卖支援祖国的抗日战争。在新加坡读中学的时候，被同学们推举为学生自治会副主席，以各种方式支持祖国解放战争。后来英殖民当局鉴于世界各地民族解放运动风起云涌和中国解放战争节节胜利，颁布了"紧急法令"，镇压、打击一切革命的和进步的活动，一些马来亚共产党员和爱国华侨纷纷被捕入狱或被驱逐出境，他本人也曾因此被捕入狱。他万万没有想到，自己回国以后却被当作特务嫌疑犯，被质问为什么要回来，甚至连爱国的资格也没有了。难道具有爱国的优良传统，首先喊出"振兴中华"口号，并为祖国作出了重大贡献的广大海外华侨，现在连爱国的资格都没有了吗?

新的人生历程

70年代末，祖国的天空重现瑰丽的彩霞，广袤的大地吹拂着暖和的春风。文化大革命终于被人民判处极刑，悖逆历史潮流的"两个凡是"也呜呼哀哉了。

随着中国历史的大转折，黄清渠踏上了新的人生征程。

1982年，他被调到广州。行装甫卸他便前往广东省科学院测试分析研究所报到，急切要求给自己安排工作。领导见他已年过半百，又是初来乍到，劝他别着急，休息几天再说。黄清渠却恳切地说："我工作惯了，在家里待不住啊!"

就这样，黄清渠马不停蹄地开始了来广州后的第一个攻关项目：研制反射式红外线水分测定仪。这测定仪，要求精密、准确，技术难度大。黄清渠作为项目负责人，以身作则，事必躬亲，常常吃住在所里，一天当两天干。一次，为了检验自己设计的零件，他和同伴们专程前往江门甘化厂，耐着高温跟工人们一起进行试验。经过夜以继日的辛勤努力，终于在较短的时间内成功研制了反射式红外线水分测定仪，填补了广东省在这方面的空白。

虽然黄清渠到广州的时间不长，但很快就显示出他的博学多才，以及敢于探索、一丝不苟和联系群众的思想作风，得到了所里上下的赞扬和省里有关部门的赏识。

1984 年 7 月，在广州举行的广东省人大六届二次会议圆满闭幕的第二天，粤港澳媒体普遍报道了会议补选黄清渠为广东省副省长的消息。已故著名爱国侨领黄复康之子、新加坡归侨高级知识分子黄清渠荣任侨乡广东省政府要职的消息，成了轰动一时的大新闻。

黄清渠百感交集，心潮起伏。自己不过是个科技工作者，资历不深，能力不强，业绩不大，又从未接触过政府工作，能承担如此重任吗？他转而又想：既然共产党和人民群众信赖我，给予重任，那我就应该鼓起勇气，努力工作，鞠躬尽瘁，死而后已。

力排众议支持“炒更”

按照省里的分工，黄清渠副省长分管科技和侨务两大类。他上任后的第一件事，就是全面深入调查研究广东的科技状况，写了一份洋洋万言的《广东科技现状的报告》，实事求是地反映了广东科技的现状和存在的问题，设计了广东科技发展的新规划。这份符合广东实际又富于创新意识的报告，得到了省委和省政府的高度重视，对广东科技的发展方向、体制改革，对促进科技水平的提高，发挥了重要的作用。

黄清渠思维敏捷，与时俱进，大力支持新鲜事物的发展。珠江三角洲出现“星期六工程师”活动的初期，受到了一些人的非议，差点使这一新鲜事物夭折。黄清渠毫不含糊地力排众议，表示大力支持，认为工程师们利用业余时间“炒更”，可充分发挥他们的聪明才智，也有利于经济发展。后来，这个活动开展得有声有色，大大改善了乡镇企业缺乏科技人才的落后状况，为乡镇企业的腾飞增添了一支数量可观的科技队伍。

佛山市敢为人先，创建了内地第一个以买方为主的科技市场，改变了以往科研与生产脱节，甚至被“冷藏”起来的局面。黄清渠看准了这个市场前景，亲自去帮助他们总结经验，并亲力亲为地加以推广。

身体力行“搭桥铺路”

黄清渠深深地体会到，侨务工作要为发展广东经济作出贡献，很重要的一个方面就是要发挥广东海外乡亲众多的优势，做好“搭桥铺路”工作，尽可能多地引进资金、技术、人才和信息。他不仅发动其他人这样做，而且身体力行。屹立于海珠广场的三十层的华夏大厦，就是他花了不少时间精力和华商洽谈，协调各方关系，引进资金兴建的大型中外合资项目。

身为技术专家，黄清渠对引进科技人才情有独钟。他上任那年的国庆节刚过，在接受记者采访时，便畅谈如何从海外和港澳地区引进科技人才为广东经济建设服务等问题。他说，目前广东各项建设急需人才，在国内培养人才当然是一个最根本的办法，但是远水救不了近火。因此，目前从海外和港澳地区引进人才便成了当务之急。他说：“我前不久到新加坡探亲，给我印象最深的是，当地华侨华人从事高等教育和科研工作的早已不乏其人，他们热爱故乡，许多人都有志于来华作定期或短期讲学，或进行科技交流等。我们应该很好地满足他们这个可贵的意愿。滞留在港的科技人才数量也相当多，他们的处境和心情是可以理解的。省政府已发了文件，欢迎他们回内地参加经济建设。”

随着祖国改革开放和建设事业的发展，海外华侨和港澳同胞掀起了捐资赠物兴办故土家乡公益事业的热潮。可是此时，内地个别新闻机构不作调查研究，便发表了“百分之九十以上的捐赠是假的，货物进口后便高价出售，牟取暴利”的严重失实消息。这条消息带来了非常恶劣的影响，引起了广东侨务部门和各界人士的极大不满。黄清渠十分气愤，义正词严地指出："华侨、港澳同胞爱国爱乡，近几年捐资赠物为家乡兴办公益事业的成绩是主要的，他们为广东的经济建设和社会进步作出了巨大贡献，这是任何人都无法否认的千真万确的事实。"

进入新的历史时期，经过几年大刀阔斧的拨乱反正，广东的侨务工作开始出现了可喜的景象：华侨房屋政策全面铺开，许多冤假错案得到了平反，海外乡亲报效祖国的热情更加高涨，纷纷扶老携幼回来寻根访祖、旅游探亲，远道而来投资经商或者捐资赠物支持公益事业的人亦与日俱增。与此同时，归侨、侨眷集资兴办的企业也犹如雨后春笋。

最牵挂为温饱挣扎的归难侨

在侨务工作中，最令黄清渠牵挂的是全省二十九个华侨农场十多万归侨、难侨（当时包括海南岛在内）的生活问题。这些农场大多环境差、底子薄，管理体制又存在弊端，长期亏损，要靠国家补贴才能勉强过日子，且许多归侨、难侨仍在为温饱挣扎。

黄清渠冒着酷暑严寒，跋山涉水，全省的华侨农场无不留下了他的足迹，洒下了他的汗水。他看到农场周围已发生了很大变化，许多农民开始富裕起来了，而场内却几乎看不到一点改革开放的痕迹。他们穿的是缝缝补补的衣服，吃的和 60 年代初经济困难时期差不了多少，住的是雨天漏雨、冷天透风的简易宿舍。黄清渠把这些都看在眼里，记在心上，流下了许多同情的泪水。祖国解放那么多年了，改革开放也时日不短，他们的生活仍无半点起色，我们难以向他们和海外的亲人交代啊！

黄清渠每次从华侨农场回到广州，人变瘦了，皮肤也变黑了。可是却看不到他任何沮丧、失望的神情，反而在他的眼睛里射出了更加坚定、自信的光彩。

1986 年春，广东召开了全省华侨农场工作会议。会议着重研究农场的管理体制、经营思想和经营方针等关系农场生存和发展的问题。会议提出了扩大农场自主权、办好职工家庭农场、开展多种经营、发展横向经营等农场改革和发展的方向。会议还宣布，成立华侨农场改革小组，任命黄清渠为主要负责人之一，由此拉开了华侨农场改革的序幕。

为了进一步帮助华侨农场摆脱困境，改善归侨、难侨的生活，省政府决定给予农场若干年免税的优惠，同时加强和改善对农场的领导。经过上下的共同努力，许多华侨农场呈现出了生机，经济状况开始好转。许多归侨、难侨也得到了施展拳脚的机会，有的自办农场，有的创办企业，有的经营商业……红红火火，物质生活得到了不同程度的改善。

回眸应笑慰

1988 年初，广东省政府换届，年近六旬的黄清渠从副省长的岗位上退下来后，当选为广东省第六届政协副主席。同年底，他被选为致公党广东省委第六届委员会主任委员。此前，他任致公党中央副主席。

他担任副省长期间，为广东的科技进步和开创侨务工作新局面，呕心沥血，作出了重大贡献。如今，虽然工作性质、工作岗位改变了，可他的担子并未减轻，仍然任重道远。

黄清渠在省政协兼任提案委员会主任。提案是政协发挥“政治协商、民主监督”的重要形式之一。他边干边学，一丝不苟，对每一个提案都认真审阅，然后组织工作人员对其分门别类，再送交相关部门办理，并督促检查落实情况，取得了很好的效果。

黄清渠主持致公党省委工作的鲜明特色是：重视有识之士和实干家，重视增强政党的活力。虽然他这段工作时间不长，但在加强致公党的自身建设、发挥致公党的参政议政作用等方面，做了大量的工作，显示了他出色的政治活动才华。省致公党成员都庆幸有这样一位好领导带领大家前进。

1989 年 1 月，正值江南的隆冬，常刮起一阵阵的西北风。黄清渠冒着寒冷带领省政协委员在外地视察，一路风尘仆仆。刚回到广州，接着又奔赴深圳，参加在那里举行的致公党深圳市委成立大会，还兴致勃勃地到沙头角参观一个成员艰苦创办的磁性材料厂。

1 月 23 日，即黄清渠从深圳回到广州的第二天下午，他穿着儿女们送给他的那件夹克衫，来到致公党省委机关主持常委会。刚坐下来，突然脸色苍白，浑身瘫软，再也没能说话。在场有经验的人知道这是急性心肌梗死的症状，随即对其进行人工呼吸，并向附近的医院呼救。中共省委书记林若闻讯，立即赶往医院看望。但终经抢救无效，黄清渠不幸逝世，终年不足五十九岁。

在追悼会上，广东省政协主席吴南生在致悼词时高度评价了黄清渠同志的一生，评价他的一生是爱国的一生，追求进步的一生，致力于扩大爱国统一战线、发展教育和科技事业的一生。悼词中还特别提到他曾多次渴望加入中国共产党，而今这个愿望已得到实现。

黄清渠对振兴中华一片丹心，对共产主义事业无限忠诚，虽然人生道路坎坷，但初衷不改，义无反顾，为祖国的繁荣、广东的发展殚精竭虑，作出了重大贡献。广东是黄清渠走向辉煌的地方，也是他走完人生旅途的地方。他深情地关爱广东人民，广东人民也深情地爱戴他、怀念他。他的音容笑貌永远铭记在人们的心里，他的爱国情操将永远激励着人们！

清渠啊！你回眸应笑慰！

2000 年 10 月于广州

报界奇人梁若尘

梁若尘从20世纪20年代初开始，跨越中国现代史上几个重要时期，踏遍祖国南方大地和几乎整个东南亚，参与和创办报社共26家，会见和拜访过诸多叱咤风云的人物，曾三次入狱、一次拘押和两次临捕脱险，实为国内外报界所罕见。

梁若尘，是我从海外回国后认识的归侨前辈第一人，是我遇到的从事新闻工作跨越四个年代的第一人，也是鼓励我参加中国共青团的第一人。时隔六十春秋，我从二十小伙到八十老翁，仍将他铭记心中，感激不忘。

小青年初露锋芒，撰文揭露旧社会丑恶

梁若尘，1903年生于粤东丰顺县的一个小商人家庭。受“五四”运动影响，他读丰顺中学时思想进步，任学生会墙报负责人，由此开始对新闻工作产生了兴趣。1922年，他受聘汕头《群声日报》特约通讯员，发表了不少揭露旧社会贪官污吏、苛捐杂税和黑暗势力等丑恶现象的稿件，锋芒初露，开始涉足新闻事业，时年十九岁。

梁若尘中学毕业后，任中共地下党领导的潮梅通讯社记者。1926年，参加中国共产党，任汕头国民通讯社社长，并创办《岭东日日新闻》。1927年，奉命任黄埔军校校报《黄埔潮》主编，同年参加广州起义，起义失败后，与党失去联系，逃亡新加坡。

走遍东南亚宣传抵抗日本侵略

从1928年至1937年，梁若尘继续以笔杆为武器在异域他乡的新闻战线上奋战不息。先后在新加坡、马来亚、泰国、老挝、柬埔寨、越南和菲

律宾、印度尼西亚等地创办、主编和参与采写的华文报刊有《南洋商报》、《爱国周刊》等近十种。

1937年抗日战争全面爆发，海外华侨义愤填膺，同仇敌忾。梁若尘以《南洋商报》特派记者的身份回国，在两广和中南、华东一带采写了许多祖国军民英勇抗日的消息、通讯，并寄往新加坡和中国香港等地发表。梁若尘还去了当时国民政府首都南京，拜访了八路军驻京办事处主任叶剑英，将自己在海外和在国内的所见所闻一一向叶反映，两人交谈长达三个小时。后来他还拜访了抗日名将叶挺，聆听了关于抗日组织新四军的情况介绍。梁若尘离京前写了一篇题为《在首都访两叶》的专稿寄给《南洋商报》，发表后影响很大。

战火硝烟弥漫江南，南京即将沦陷。梁若尘得到国民党左派邵力子的帮助，领到了国民党军政部签发的“战地记者证”，经武汉南下广州。在武汉时，他拜见了董必武。回到广州后，被《民族日报》聘为特约记者，前往东南亚各地向华侨宣传支援祖国抗战。

1938年冬，广州沦陷。梁若尘赴港协助筹备乔冠华主笔的《时事晚报》，同时继续向海外发稿。1939年，任刚成立的中国新闻学院教务长，并现身说法讲授新闻采访学，还发动首届学生回内地抗日前线采写战地新闻。

坚决反对内战

1940年冬，太平洋战争前夕，梁若尘回广东临时军政中心韶关前，曾和廖承志、夏衍、乔冠华等共商回内地开展工作的大计。1941年，他和一些仁人志士共同创办了《时报》、《晨报》等报刊，并任社长。1945年1月，韶关沦陷。梁若尘受命转移到广州筹备出版《广州晨报》。同年8月，该报首先报道了日本无条件投降的消息。国共两党公布《双十协定》后，因该报发表社论表示坚决拥护，反对挑起内战，被国民党当局查封。

梁若尘又一次逃往香港继续投身新闻战线。他驾轻就熟，参与创办和主编《愿望》周刊，并为《星岛日报》撰写文章，还兼任香港达德学院的副教授。解放战争开始后，他参加了中国民主同盟，直接从事爱国统一战线工作。

接管广州报刊

1949 年 9 月，梁若尘奉命到赣南迎接南下的中国人民解放军。10 月到达广州，参加军管会，接管在广州的报刊、通讯社和广播电台等工作，接着任新创立的大型新华印刷厂总厂厂长。1950 年，参与出版《联合报》，任报委会副主任兼经理。

梁若尘从 1922 年开始从事新闻出版事业，经受了第一次大革命、土地革命、抗日战争、解放战争等几个重要历史时期的严峻考验，还见证了新中国的诞生，既是归侨前辈，又是革命前辈。我刚回到祖国怀抱时，便在他的直接领导下工作，实乃三生有幸！

1952 年 11 月，《联合报》停刊。同年 12 月，中共广州市委机关报《广州日报》创刊，工作人员随之发生较大变动。幸运之极，梁若尘和我都被调到广州日报社，他还是任经理部经理，我到编辑部任助理记者。

由于工作岗位的变动，我接触梁公的机会相对减少了，但每次不期而会时，他都嘘寒问暖，有时还向我传授当记者的经验。有一次，他殷切地鼓励我参加中国共产主义青年团，他说："你很年轻又有朝气，工作热情，应创造条件争取加入共青团，为祖国多作贡献！"

1955 年元旦过后，《广州日报》第一次停刊，工作人员分散到了其他单位。梁若尘调任广州市文化局副局长，依依不舍地告别了持续三十多年的报界生涯。此后，他还担任广州市文史馆馆长等职。虽然他和我不在同一单位了，但依然保持联系，情谊久长。1957 年我结婚的时候，还收到他热情洋溢的来信，令我至今难于忘怀。从来信中，我再一次看到了他功底不俗的硬笔书法，飘若浮云，矫若惊龙。他的签名更是笔力劲骏，心手相应，只可惜未能保留下来。

凌冬不改青坚节

天有不测风云。我新婚燕尔便在那场被称为知识分子大劫难的反右派斗争中被打成“右派分子”。更不可思议的是，梁若尘也在劫难逃，还被强加了所谓“政客”的骂名。祸不单行，梁公在后来的文化大革命中又遭到了更加残酷的打击和迫害。

“凌冬不改青坚节，冒雪何妨色更苍。”（宋·朱淑真）梁若尘在漫长的岁月里，曾三次入狱、一次拘押和两次临捕脱险，实为国内外报界所罕见。他不论在国民党的白色恐怖中，还是在殖民主义的魔爪下，都保持着忠心正气和坚贞骨节，好像严冬的竹子依然不改变颜色，下雪时更显得苍翠。在祖国解放后发生的“阶级斗争”中，他胸怀坦荡，初衷不改，坚信暴风雪后终会见阳光。中共十一届三中全会开创了新的历史时期，梁若尘重获新生放异彩，先后出任中国民主同盟广东省委副主委、广州市主委和广州市人大常委会副主任等职。他在新的岗位上继续继承和弘扬爱国主义精神，为振兴中华作出新的贡献。

1990 年 8 月 19 日，海内外报界奇人梁若尘因病与世长辞。在追悼会上，广州市人大常委会主任赖竹岩致悼词时，对梁若尘的一生作了很高的评价。我曾写诗一首表示对梁公的深切悼念：

书剑报国怀壮志，挥笔转战万千里。
报界奇人梁若尘，坚守节操有余香。

2011 年 9 月

传奇人物李维纲

李维纲

2010年，是德高望重的老前辈李维纲先生一百周年诞辰。

他的一生，充满传奇色彩：

他年轻时，追求真理，因“文辞偏激”而被中山大学拒之门外；

他逃亡海外期间，走入深山老林，用笔杆抗击日本侵略军，并成为颇有影响的华文作家；

他乔扮富商回国，几经曲折参加了人民解放军，为解放广州作出了贡献；

他忠肝义胆，忍辱负重，以振兴中华为己任，到了天国才得以恢复中共党籍，前后长达四十年。

岁月无情，历史永恒。李维纲在海内外的传奇事迹依然为世人传诵。

风雨夜逃亡

李维纲原名逢欣，1910年6月3日生于广东省梅县炳村。幼时在乡村学堂读书，后来考进县城的东山中学。东山中学地处穷乡僻壤，一些革命志士常在这里传播革命火种。叶剑英元帅、萧向荣将军等都曾在这里接受过启蒙教育。李维纲也深受影响，向往革命。

1927年，国民党右派在北伐战争中叛变革命，时局严峻。刚好这一年，李维纲到省城广州投考中山大学，成绩超群，却因文章“文辞偏激”被拒之门外。他初到大城市，耳闻目睹国民党对内剥削压迫人民群众，对外投靠帝国主义的卑劣行径，悲愤交集，于是决定回乡从事教育工作，以唤醒普罗大众。任教期间，他结识了一位参加过革命暴动的陈老师，懂得了更多的革命道理，并向学生宣传。不久，国民党地方当局加紧搜捕、屠杀共产党人和革命人士。陈老师和李维纲等决定暂时逃往东南亚以避风头。

1928 年春一个风雨交加、电闪雷鸣的夜晚，李维纲、陈老师和另一位同事一行共三人，背着简便的行装悄悄离开了学校，告别了故乡。他们没有走捷径前往汕头，而是翻山越岭进入闽南，经过十多天的艰辛跋涉才抵达厦门。陈老师向当地的同学筹集了盘缠，大家一起乘邮轮经香港前往新加坡。

挥笔抗击日本侵略军

李维纲到达新加坡后，继续从事教育工作，居住在马来半岛的时间较多。他曾当过小学老师，但更长的时间是任中学校长。

客观环境的改变，为李维纲发挥文学天赋提供了机遇。他充分利用业余时间辛勤写作，在当地的华文报刊发表了许多文学作品和文艺评论。其中长篇小说《红溪的故事》反映了广大华侨和印尼人民共同反抗黑暗势力的心声，引起了当地读者的强烈共鸣。李维纲还与别人合作创办了一些文艺刊物，为发展华文文学推波助澜。

1931 年爆发了“九一八”事变，日本帝国主义武装侵略我国东北三省。具有爱国传统的广大海外华侨义愤填膺，青年学生的情绪更是高涨。时任怡保育才中学音乐老师的李维纲，以教乐理、五线谱为掩护，教学生们唱《在松花江上》、《国际歌》等抗日救亡的革命歌曲，同时结合歌词讲解、宣传抗日形势，揭露日军罪恶，激发青年学生的爱国热情。

1937 年，日本帝国主义发动了“七七”卢沟桥事变，全国人民奋起反击，抗日战争爆发。海外华侨同仇敌忾，共赴国难。李维纲血气方刚，一方面积极组织学生走出校门向华侨募捐支援祖国抗战，另一方面又在华文报刊发表许多宣传抗日的文艺作品，推动了华侨募捐和回国参战的浪潮。

1941 年，太平洋战争爆发，日本进军东南亚，马来半岛和新加坡硝烟弥漫。李维纲更是怒火中烧，毅然离别妻儿，率领一批青年学生走入深山老林，参加了马来亚共产党领导的马来亚人民抗日军，决心与日寇作殊死斗争。这期间，他创作了许多群众喜闻乐见的抗战歌曲、诗词和戏剧，如《我们相见在前线》、《天是我们的天》等，都是激励人们英勇抗战的壮歌，在抗日战士和广大华侨中广为传唱。那时受到普遍欢迎的戏剧《明天的太阳》的主题歌，也是出自李维纲笔下。随着时间的推移，李维纲逐渐成为颇有影响力的华文作家。

经历了三年多的艰苦斗争，日本侵略军投降了，李维纲也随着人民抗日军下山。不幸的是，新加坡和马来半岛又重新沦为英殖民地，李维纲以新闻工作为阵地，投入到当地被压迫人民反对外来统治的斗争中。后来他还参与创办了闻名东南亚的《南侨日报》筹备工作，并主持发行部。

乔扮回国参加解放战争

20 世纪 40 年代末，世界民族解放运动风起云涌，中国人民解放战争胜利在望。殖民当局加紧实行反共排华，到处搜捕马共党员和进步人士，李维纲也被列为搜捕对象，而且风声日紧。李维纲和一位女士乔装打扮成一对富商夫妇，于 1948 年 6 月和其他几位革命人士一起从新加坡乘邮轮到香港，决心回内地参加解放战争。李维纲和同船回来的儿子两人于 1949 年 5 月从香港到惠州，几经曲折抵达博罗县山区游击根据地，父子俩参加了闽赣粤边纵队东江第三支队，李维纲本人被派往支队直属先遣总队。

先遣总队的主要任务是在番禺、增城和从化一带发动群众，扩大解放区，配合大军南下解放广州。李维纲任总队的民运工作队长，曾改名为志刚，表示要意志刚强革命到底，报效祖国永不变心。后来，先遣总队改编为东江第三支队第六团禺北办事处，李维纲任副主任，成绩显著，为配合大军解放广州作出了贡献。

忘记自己已至古稀之年

新中国成立后，李维纲走上了新的征途。他先后担任广东增城县石滩区副区长、县人民法院副院长职务。后来被调回广州，任中国致公党中央宣传部长，其间曾随该党中央北上首都。1956 年，致公党广州市委成立后，他历任副主任委员、主任委员。此后，还担任过全国政协委员、致公党广东省委副主任委员、广州市政协副主席、广州市侨联主席，还曾任广东省归国华侨作家联谊会理事长等职务。

李维纲从部队转业到地方，绝大部分时间都在从事爱国统一战线工作。中共十一届三中全会后，神州大地解冻回春，他一如既往，忠肝义胆，忍辱负重，忘记了历次政治运动给自己的严重创伤，忘记了自己已至古稀之年，而以“黄花秋到香犹烈，翠柏冬深劲益雄，寥若星辰怀旧雨，为干四化立新功”的诗句自勉，孜孜不倦，为协助落实侨务政策和开展海外联谊操劳，为发展统一战线和参政议政忙碌，为引进资金、技术及设备奔波。这些年来，李维纲为国为民做了许多好事，最令人赞赏的是他经三四年的不懈努力协助引进巨额外资，成功创办了广美香满楼畜牧公司，引进优良奶牛 1 500 头和快长菜牛数千头，采用世界先进技术装备生产优质纯鲜奶、鲜奶制品和鲜牛肉，其中酸牛奶品质独特，深受消费者欢迎，荣获羊城杯优质奖，其他产品还畅销港澳。

四十年后恢复中共党籍

李维纲早在马来亚参加人民抗日军的时候，便加入了马来亚共产党。日本投降后，中国民主同盟在东南亚一带的进步华侨人士中相当活跃，李维纲被吸收为盟员，并担任新加坡支部宣传部长。1948 年，他从新加坡回到香港，时值以归侨侨眷中上层人士为主体组成的中国致公党进行改组，并发表声明拥护中共关于召开新政治协商会议的主张。李维纲出于对共产党的敬仰和对祖国的热爱，以及开展工作的需要，参加了致公党，并当选为港九支部委员。1949 年，他回到内地参加人民解放军，次年 8 月在增城县光荣加入了中国共产党。后来，由于在“三反”、“五反”中受“华南旅行社事件”牵连而被取消候补党员资格，并受到行政处分。1981 年，有关部门撤销了对原华南旅行社的判决，随后致公党中央也取消了对李维纲的行政处分。李维纲去世后，归侨老省长梁灵光亲自过问此事，随后中共

广东省委统战部决定恢复他的中共党籍，且党龄从 1951 年 8 月算起。阴阳两隔，长达四十年才得以恢复党籍，可谓天下奇闻。

最后的文学作品

李维纲是广州知名民主人士、归侨作家，尤其在广州侨界具有很高威望。他自 1986 年病魔缠身以后，或常住医院，或在家休养。

1987 年红棉绽开的一天，面容慈祥、满头银发的李老在家里接受了我的采访，当他谈到侨居东南亚进行文学创作的往事时，诗兴大发，欣然命笔填词，其诗云：“百卉飘香，红棉吐棉。东风迎来春暖，大地闪耀金光。欢呼捷报频传，百业兴旺。激发了，八十衰翁，斗志昂。干劲复发，心情无限欢畅！”言辞质朴，蕴含灵秀，洋溢着他老人家对祖国的深情和对改革开放的憧憬，抒发了他老骥伏枥的志气。我反复拜读，感受极深，后来把这首词寄给《诗词报》发表。可是，谁也没有料到，这竟是李老留给人间最后的文学作品。

人生非金石，岂能长寿考？1988 年 5 月 14 日，七十八岁高龄的李老因脓毒性败血症、阻塞性肺气感染和冠心病等恶化，经抢救无效与世长辞。李老去世后，广州市政协决定举行追悼会，并要求致公党广州市委负责起草悼词。致公党市委领导把这一任务交付给我。市政协主席罗培元在致悼词时，对李维纲的爱国思想、革命精神、道德情操、工作作风和社会贡献等都作出了很高的评价，并赞扬李维纲几十年来始终以振兴中华为己任，鞠躬尽瘁，死而后已。

李维纲一颗赤子之心，把全部生命奉献给了祖国和人民，可歌可泣。

（为纪念李维纲老前辈诞辰一百周年而作）

2010 年 9 月

秦牧，当代华侨文学先驱

拥有如此众多的华侨、归侨和海外亲人的国家，本来以这方面事迹作为题材的文学作品应该十分丰富才对，但是很可惜，事实上我们书店的柜台里，这类作品寥寥可数。

——秦牧（《愤怒的海》后记）

当代散文大师、华侨文学先驱秦牧先生，于1992年10月离开我们，至今已隔二十周年了。但是，他的生命在他的作品中不断延续，他的作品的思想火花、艺术光华，久盛不衰，滋润了一代又一代海内外读者的心田。

秦　牧

出于对他的深切怀念，我近来又拜读了一些他的华侨题材作品，其中有长篇小说《愤怒的海》，这是他唯一的长篇小说，也是他华侨题材作品的代表作。它像是具有很高强度的磁体，牢牢地吸引着我。有一次，夜很深了，我仍看得不忍放手，直至看完才罢。他早年在古巴“契约华工”的悲惨遭遇和奋起斗争的故事打动了我，使我感慨系之，思潮起伏，想起了许多仍历历在目的往事。

两次握手

秦牧名声在外，但在日常生活中却是和蔼可亲，平易近人。偶然的机会，我这个小辈曾幸运地两次和他握手，并聆听他的教诲。事隔多年，给我留下的美好回忆依然深刻。

1953 年，我刚二十出头，从广州日报社经理部调进编辑部。作家吴紫风时任副刊编辑，她待人随和，又关心青年人成长。一个假日，我登门拜访向其讨教，巧遇她的丈夫秦牧先生在家，当他得知我是不久前从海外殖民地逃亡回来的归侨时，特别高兴，遂与我侃侃而谈，还鼓励我要多看、多思、多写，在实践中不断提高写作水平。临别时，秦牧先生紧握我的双手，亲切地叮咛："大家都是归侨，你和紫风又是同一单位，欢迎今后常来共叙情谊。"

秦牧和夫人吴紫风

后来我才知道，秦牧祖籍广东澄海，1919 年生于香港的一个破落侨商家庭，有傣族血统。童年在新加坡和马来亚度过，十三岁回到澄海和香港读书。"七七"事变爆发后，他离开香港华侨中学回内地参加抗日宣传活动。1938 年，他开始发表反侵略、反独裁的杂文。1943 年，在桂林和志同道合的《广西日报》编辑、记者吴紫风结为伴侣。1945 年加入中国民主同盟，在香港从事写作。第一部作品《秦牧杂文》，于 1948 年在上海出版。新中国成立后回广州，在广东省文教厅等单位任职。我第一次见到他时，他的中、短篇小说《贱货》、《珍茜姑娘》和话剧《北京的祝福》等均已先后问世。

历经沧桑，日月重光。我第二次见到秦牧的时候，是他大难不死，祖国实行改革开放生机蓬勃的1985年了。那时，我在反右派斗争和文化大革命中的冤案已得到昭雪，从工厂调到广州市归国华侨联合会。

秦牧是深受广州侨界欢迎的归侨作家，他先后访问过蒙古、古巴和新加坡等地，刚出版了《秦牧华侨题材作品选》，市侨联邀请他作一次关于海外侨情和华侨文学的报告。不像有的官员开口闭口尽是官腔、套话，他的报告开门见山，谈笑风生，内容丰富，切中事理，赢得热烈掌声。

因为我是侨联宣传联络部门的工作人员，领导吩咐我陪送已六十多岁的秦老回家。在缓慢行驶的小轿车里，我们久别重逢。我说："三十多年没有见到您老人家了，但断断续续拜读了您的一些华侨题材的大作，可惜书店里很少这种题材的书。"他似乎很有感触地说："我们国家，尤其是我们广东，有那么多华侨、归侨和海外乡亲，本来这方面的文学作品应该十分丰富才对，事实上却少得可怜。"接着又对我说："侨联是否可在这方面发挥更大作用呢？你以前当过记者，而今又在侨联搞宣传联络工作，建议你结合日常工作，多写些这方面的作品，比如通讯、散文、专访什么的。"他的亲切话语，给我很大的启发和鼓励，我回答说："承蒙前辈点拨和鞭策，我会努力这样做的。"他脸上露出了笑容，说："这样就太好了！"正谈得高兴，车子已到了他家门口，我们依依不舍地握手道别。

过了不久，我在《羊城晚报》（海外版）发表了《绵绵故乡情——美籍华人结伴寻根散记》，从此开始了华侨文学业余创作生涯，在海内外发表了一些作品，出版了长篇人物传记《归侨省长梁灵光》等几本书，走进了文学殿堂，先后被授予"广东省优秀归侨作家"、"全国百佳新闻文化工作者"等称号。从这个意义上来说，秦牧前辈是我这个半路出家的写作人的恩师啊！

决意一死了之

在20世纪那个不堪回首的年代，秦牧和众多具有深厚爱国思想、强烈民族情怀的作家、知识分子以及归国华侨一样，都遭受过不同程度的折磨和劫难。

在1957年的反右派斗争中，他发表了“右派言论”，虽然“帽子”没给戴上，但摆脱不了“下放”农村当农民的厄运。

1962年，他在《羊城晚报》任副总编辑，并参加了中国共产党。可是，在1966年开始的文化大革命中他却变成了“反共老手”、“国民党残渣余孽”、“漏网大右派”……

一天，他被通知停职反省。接着，广州所有报纸对他发难，都在头版头条的版位对他进行“大批判”，矛头指向他的作品《艺海拾遗》，中南五省的报纸也不例外。这些报纸接二连三刊登文章，语气愈加凌厉，叫喊着要把秦牧“斗垮、斗倒、斗臭”，要让他“永世不得翻身”！被煽动起来的各阶层群众一批又一批轮番冲到他家“兴师问罪”，满屋子贴满了诬蔑、攻击他的大字报。家给抄了，一些人翻箱倒柜寻找“反革命罪证”，满屋给砸得不成样子，卧室房门给踢破了，床架给踩烂了，甚至夜里还不断有人大吵大闹要上楼“大批判”。在一个深夜，秦牧被安排到另一个神秘的与外界隔绝的地方。后来房管部门“勒令”他的妻子搬到近郊一个简陋小屋。

在无休无止的“批斗”会上，他被戴高帽，画黑脸，被强制做“喷气式飞机”，在他的胸前挂上写着各种罪名的大黑牌，要他低头弯腰交代“反共罪行”，要他承认是“反革命”。“打倒秦牧”、“拒不交代，死路一条”之类的口号声，震耳欲聋。许多时候，他或被游街示众，或被押到暨南大学、中山大学接受大学生“批斗”。

秦牧不仅身受其害，还耳闻目睹了许多令人恐惧不安、毛骨悚然的情景。

到处妖魔乱舞，阴云密布。全国各地一个个大、小人物被揪出来“批判”，有的被抓住头发跪在地上，有的被五花大缚低头弯腰。有的地方两派群众武斗升级，枪声日夜不断。广州出现了人们手持棍棒、口咬匕首，抬着尸体游行的悲惨场面。一些中学门口张贴着因武斗死亡的讣告，上面写着“享年十七岁，永垂不朽”等字眼。更可怕的是，一些人因无法忍受残酷迫害和野蛮凌辱而自杀身亡的消息亦纷纷传来，曾和秦牧握过手的相识，横死者竟达27人。

对秦牧的“批斗”，夜以继日地进行。有一个夜晚有人对他轮番“轰炸”，疲劳逼供，不让睡觉。而秦牧，决不承认这无中生有的罪名，他宁死不屈。就这样折磨了一个通宵后，第二天照常参加繁重的劳动。

在秦牧的心里，具有几千年文明史的中国“此刻仿佛变成了疯人院”。他气愤，悲哀，烦闷，痛苦，消沉到了极点。他百感交集，茫然不知就里。“国家为什么变成这样?”“葫芦里到底卖的什么药?”他百思不解，而现实已剥夺了他做人应有的尊严，失去了生存的起码权利。他越想情绪越低落，越想意志越消沉，终于横下一条心，决意一死了之。他又想到，本来自己还可以做些有益于祖国有益于社会的事情，可惜遭遇如此不幸，让一切皆付之东流了。

他苦苦寻思了结束自己生命的方法和地点。一天大清早，他悄悄地走出软禁室，寄出了给妻子的诀别信，买了几米长的绳子，来到了白云山，发现这里游人颇多不便行事，便向人迹稀少的位于郊区的华南植物园走去。这时，一辆迎面而来的小轿车急速停了下来，走出一个人来伸手拦住了他的去路，来人惊奇而又关切地询问他：“你为什么一个人跑来这里?要到哪里去?”秦牧抬头一看，原来是中共中南分局的一位副部长。秦牧毫不保留地说：“没法活下去了，准备到植物园找个安静的地方自杀!”

部长摇头叹息，黯然无语。过了一会才耐心劝说道：“快别往死处想了。要有共产党人的气质，是非曲直自有公论。”部长搀扶着疲困的秦牧上了自己的车，把他送回了羊城晚报社。

十年搁笔

中国有一句成语叫“十年寒窗”，而现实生活中，著名作家秦牧却发生了“十年搁笔”的悲剧。

那天，他自杀未遂被送回报社。有人责问他为什么要偷跑出去?秦牧愤然道：“对当年和我们打仗的日本鬼子、美国鬼子，对国民党俘虏，都没有采取的手段，你们都用来对待自己人，这对头吗?”这时，他已把生死置之度外，也就不存在什么畏惧了。

报社对他的监视更加严厉了，让他住在临时腾出来的小厅房里，派出两个“看牛棚的人”专门看管这个“牛鬼蛇神”。有一天，他被叫到报社劳动，见到总编辑杨奇也在内，还有部级以上的干部多人。从那时起，他天天参加劳动，干的都是粗活、脏活、重活。不久，这些“牛鬼蛇神”被集中看管，过着囚犯式的生活。

当时，广州到处乌烟瘴气，“无政府状态”蔓延。两派群众内战更加激烈，还出现了路边树上吊着大量尸体的惨状。大、中学校的许多老师被凌辱虐待到了骇人听闻的地步，有的被麻袋套住拳打脚踢，有的被强逼跪在烈日之下以致晕倒过去，也有的被迫害致死，还被说成是“畏罪自杀”。报社看管“牛鬼蛇神”的人，神气十足地训斥秦牧等人：“你们这班人还不知道，外面学校是怎样对待像你们这样的一班人！”

有关部门和那些很“革命”的人，采用了各种卑鄙手段都找不到能置秦牧于死地的“罪证”，秦牧成了那时的“死老虎”。报纸上对他的詈骂、侮辱渐渐接近尾声了，报社对他的看管也时紧时松。严格起来的时候，工资冻结了，银行存折也没收了。然后，报社的“牛鬼蛇神”被“勒令”到三元里的一间停办了的学校集中，继续进行审查。折腾了两三个月，又被解送到粤北英德一个神秘的地方，说是新办的“五七”干校。对秦牧的“批斗”，那时已经不怎么频繁了，但劳动强度大大增加了。

随着岁月的推移，在“干校”里一个个原来的“审查对象”被宣布“解放”了。秦牧在挨过几次“批判斗争”会后，也被宣布“解放”了。那是1970年10月，其时五十一岁。

秦牧九死一生，获得了自由，但他并没有感到什么欢乐。三年多的痛苦折磨，使他仿佛提早进入暮年。他心灰意冷，回肠九转。他想了很多很多：在自己热爱的祖国大地上，遭到了一场空前的浩劫，多少人含恨而终，多少人颠连困境，多少家庭分崩离析，多少少年儿童变成了恶棍流氓，多少书籍被付之一炬，多少名胜古迹横遭破坏，多少珍贵文化遗产被毁灭，多少先贤坟墓被挖掉，多少人假革命之名进行罪恶活动啊！国家在蒙羞，民族在滴血，造神运动以及“神的权威”把中国拖进了苦难的深渊。而且，正像彗星从夜空飞过，必然拖着一条长长的尾巴一样，这场史无前例的灾难也将拖着一条长长的尾巴。更可恶的是那些飞扬跋扈之徒，还在使尽吃奶气力叫喊着：“无产阶级文化大革命，就是好，就是好！”

秦牧还想到周围人们的表现：那些为大势所迫，跟着喊几句“打倒”

口号以至于跟着动口"批判"的人，我半点也不想责怪他们。但是那些平日相处得好好的，一朝风云变色，立刻变成凶神恶煞、作威作福、肆意践踏同事的人，我从心里感到愤怒、憎恨、厌恶，并鄙视之。

他还感觉到，不少人的血液里的确有野蛮的兽性沉淀其中，一旦有了适当的气候，他们就会像猛兽一样冲柙而出。世态炎凉，人心难测，他不禁深深地打了一个寒噤。

秦牧获得自由之后，对世界怀着一种轻蔑冷淡的心情，无论担任什么职务，也不再写一行文学作品了。他回忆说："前后算起来，我整整搁笔十年。"

大地重光

愚昧、野蛮、残酷的文化大革命，造成了秦牧"十年搁笔"的悲剧。

当了几年"牛鬼蛇神"的秦牧，自 1970 年被宣布"解放"后，很长一段时间都没有心情写作。如果不是后来打倒了"四人帮"，不是彻底否定文化文革命，不是拨乱反正，也许他将会永远沉默下去。

用秦牧自己的话说，是大地重光，原本采取的"永远沉默下去"的态度才有了改变，逐渐地激发起写作热情。

"长风破浪会有时，直挂云帆济沧海。"（唐 · 李白）秦牧扬帆破浪，奋起直追，誓要夺回文化大革命中虚度的年华，实现"一年一书"的写作计划。

文学史上，一个优秀作家的写作都有一个信念在支撑着。秦牧写作的支撑点，就是长期以来所坚持的："写作应该对社会进步有益。"无益于教育感化读者和无益于社会进步的文章，他是不写的。

在写作体裁上，秦牧涉及范围颇广，但以散文为主，大概占全部作品的十分之七，享有"散文家"、"散文大师"美誉。

秦牧的创作反映现实，宣传真理，赞扬高尚情操，鞭挞丑恶事物。对于他散文的特点，他的夫人、著名作家吴紫风曾这样评述："秦牧的散文都是选取生活中的新鲜、奇趣、独特而富有知识性的事物，夹叙夹议，联想翩翩，抒发一种人生感悟和生活体验，并常升华为引人深思的哲理。因

为这种情思和哲理，是完全融化在情感和形象的描绘之中，所以极饶情趣，具有较强的艺术力量。”

由于他的散文作品言之有物，思想健康，文笔潇洒，富有个性，饱含感情，独具风格，被誉为“散文一绝”。

秦牧是一位多产作家，从1947年出版第一本文集《秦牧杂文》，到他1992年去世，共有40多部著作问世（不包括重版），其中文化大革命后近30部。

对发展华侨文学作出重大贡献

秦牧较之其他许多作家的一个不同点，就是他对华侨题材作品有着独特的优势和浓厚的感情。这方面的作品，在他大半生的创作中占有相当可观的比重，且在海内外产生了很大影响。

他祖籍侨乡，生于侨商之家，又曾侨居海外，还有不少亲人散布在世界各地。因为这样，他亲身经历和耳闻目睹了许多华侨生活的故事，而且这也是他一向所关心的。

新中国的成立，为他创作以华侨、归侨和海外乡亲为题材的作品提供了良好条件。他陆陆续续以散文、小说等文学体裁写了这方面的作品约50万字。其数量之多、品位之高、流传之广、影响之大以及其阅历之深，不愧是当代华侨文学的一个出色的开拓者和奠基人。换句话说，他是当之无愧的当代华侨文学先驱，对发展繁荣华侨文学作出了重大贡献！

他的华侨题材作品，琳琅满目，让人目不暇接。长篇历史小说《愤怒的海》是他的代表作，也是他付出心血最多、花费时间最长的作品，正如作者自己所说：“这是一部本身历经曲折、命途多舛的书。”

20世纪50年代初，即秦牧三十多岁的时候，曾写过一本以先代“契约华工”的生活经历为题材的中篇小说《黄金海岸》，受欢迎的程度竟是始料不及的。起初在香港被全文连载，后来，在海内外重版九次，除了在京、穗广播电台播出并编成连环画外，还在香港被拍成电影（事隔二十多年后，又获重版的机会）。这样一来，激起了秦牧的一个想法：要以华侨为题材写作一部比较满意的长篇小说。

秦牧在澄海的故居

20 世纪 50 年代末，以卡斯特罗为首的古巴人民推翻巴蒂斯塔独裁政权的斗争，震撼了全世界。当时国内报刊大量登载了有关古巴的历史和现状的文章，使秦牧得以获知古巴向来是一个华侨众多的国家，不仅当代的“七二六运动”有华侨义勇军参加，而且 19 世纪末古巴人民进行独立斗争的时候，就有大量的“契约华工”和古巴人民并肩作战，这是古巴历史上气壮山河的一页，和许多国家、地区的华侨与当地人民一起抗击压迫者、侵略者的英雄事迹是交相辉映的。由于中篇小说《黄金海岸》受到海内外的热烈欢迎，秦牧下决心要写一部场面广阔、人物众多的长篇小说，既揭示古巴“契约华工”的血泪故事，又讴歌中、古人民的国际主义友谊。

为了写好这部后来名为《愤怒的海》的长篇小说，从 1961 年初开始，他进行了充分、艰辛的准备，搜集、查阅了大量国内外的文史和图片资料，再结合自己的生活体验，使故事的轮廓和人物的特征在脑子里逐渐清晰。1962 年底，他刚写出开头的一部分，便获得一个访问古巴的机会。在那里的二十一天中，他深入采访，走遍了古巴的六个省，瞻仰、参观了许多有关文物、遗迹，会见了一些老华侨，并特地到唐人街盘桓了很久，还拜访了华人会馆。这些给秦牧写作《愤怒的海》提供了不少可贵的资料，使他增加了很多对华侨的感性知识，也增强了他写好这部小说的信心。

《愤怒的海》从1962年开始执笔，到1964年夏天终于完成了30多万字的初稿，前后花费了三年功夫。故事梗概是：19世纪末，中国贫穷落后，城乡民不聊生，一批批劳苦百姓被迫签了契约，成了“契约华工”，漂洋过海到西班牙殖民统治下的古巴做工。这些人被当作蔗奴，遭受非人的待遇，有人甚至被折磨致死，有人自杀了，也有妇女被奸污了，他们到了忍无可忍的悲惨境地。恰值古巴民族英雄何塞·马蒂领导的革命爆发，华工们纷纷参加了斗争，涌现了许多可歌可泣的英雄人物和动人故事。然后，又把故事延伸到现代，写了当年“契约华工”的儿孙们又参加了古巴人民推翻巴蒂斯塔独裁政权的斗争。这部长篇小说不仅生动地揭示了华侨先辈的辛酸史、血泪史，还热情地歌颂了他们的爱国主义、国际主义精神。事实上，这也是海外华侨历史的缩影。

这部在文学史上难得一见的华侨题材长篇小说写出来后，北京的一家出版社已同意出版，只是提出要做一些修改。但是不久，文化大革命的浊浪翻滚，秦牧遭殃，小说的底稿遭查抄，“尸骨无存”。到了1970年，曾被诬蔑为“反革命”的秦牧获得“解放”后，在归还给他的一堆物品中，发现了几年前交给北京那家出版社的一份稿子副本，虽然有所残缺，但也喜出望外。后来，秦牧在一篇文章里谈到了这件事，湖南一家出版社来信说愿意出版。秦牧补充了残缺部分，并删去不大适应当时国际形势的一些描述，最终该书于1982年公开出版，1983年重印，共发行12万册。1984年出版的《秦牧华侨题材作品选》，把《愤怒的海》也编了进去。

这部《愤怒的海》出版之前，曾在《羊城晚报》连载，后来整本出版，引起了海外社会的关注，古巴、菲律宾等地的华文报纸先后转载，在海内外反响很大。秦牧回忆这部作品时说：“大概因为华侨题材的作品一直比较稀少，而它们的出现又较早的缘故。可见，写大家所关心的题材，这一点是相当重要的。”

秦牧的一生以饱满的热情和巨大的付出创作了许多华侨题材作品，为华侨文学的发展打下了相当坚实的基础，发挥了引领华侨文学的先锋作用。他是当代华侨文学的先驱，同时他也恳切期盼我们在新的历史时期出版更多更好的华侨题材作品。他在《愤怒的海》的后记中语重心长地写道：“拥有如此众多的华侨、归侨和海外亲人的国家，本来以这方面事迹作为题材的文学作品应该十分丰富才对，但是很可惜，事实上我们书店的柜台里，这类作品寥寥可数。”

出版更多更好以华侨为题材的文学作品，最大限度满足读者的需求，是老一代著名作家们的强烈呼唤，也是广大文学工作者，尤其是归侨、侨眷作家和华侨文学爱好者的历史使命。

2012 年 10 月

丹心一片向海洋

——访海洋环境污染学创始人何悦强

何悦强

初夏的一天，天空湛蓝如海。在树影婆娑、花卉芬芳的中国科学院南海海洋研究所大院里，我拜访了该所资深研究员、著名归侨科学家何悦强先生。

何先生身材魁梧，宽大的前额下戴着金丝眼镜，两眼透出刚毅的神情，面带红光，嘴角不时掠过惬意的微笑。尽管脸上留下了岁月刻画的几道皱纹，但他看起来怎么也不像年近古稀的老人。

或许是大家都从同一个地方、同一个年代和抱着同一个志向投奔祖国的缘由，我们一见如故，倍感亲切。何先生最感兴趣的话题，是与他结下不解之缘的海洋。

创立海洋环境污染学

如果你具有海洋常识，便会知道海洋是地球上无数生命的摇篮，是她孕育了生命，养育了人类。可是，现代人类生活和社会演变却与海洋环境保护之间出现了碰撞，海洋原本纯洁的肌体受到了有害物质的侵蚀，受到了不同程度的污染。生态环境恶化的渤海湾可能成为“死海”的惊人消息，再一次向世人发出了严厉的警告。

从20世纪70年代初开始，我国广泛开展了海洋环境污染的调查研究，并取得了一定成果。但是，长期以来只能笼统地把这种海洋环境污染调查工作称之为海洋环境调查，始终缺乏一个专业的学科概念。

中国科学院南海海洋研究所研究员何悦强以他多年从事海洋环境污染研究积累的经验以及他科学家的卓识，在1982年广东省环境科学会年会上，首先提出了“海洋环境污染学”这一新概念，并阐述了提出这一概念的依据，论述了这门新学科的研究对象、内容，设计了它的分支学科及其具体的研究对象和内容。

何悦强这篇题为“海洋环境污染研究的发展趋势”的学术论文，开拓了与会者的视野，得到了普遍的好评，被认为是具有中国特色的海洋环境污染的学术思想、系统理论研究方法。不久，何悦强又撰写了《海洋环境污染学的研究对象与任务》一文，进一步丰富和发展了海洋环境污染学的科学理论和研究方法，为我国进行海洋环境保护提供了宝贵的科学依据和参考价值，同时推动了海洋环境污染学研究的纵深发展。

由于何悦强为我国海洋环境污染学的创立和研究作出了突出的贡献，他被中国科学家们确认为我国海洋环境污染学的创始人。

何悦强还和其他同行一起，提出了采用化学的方法研究地理的“化学地理学”新概念，并阐明了这一新学科的定义和研究的对象、内容、方法和任务，这一提议得到了中国科学院的肯定和科学家们的认可，他亦被称为我国化学地理学的创始人之一。

向传统观念挑战

浩瀚无垠、深不可测的海洋是人类生存和发展不可或缺的一部分资源。要有效地保护海洋和合理地利用海洋，首先必须要利用科学的方法对海洋环境质量作出客观的评价。通过评价，对海洋的污染程度作出合理的解释，并探索其成因，从而采取相应对策。否则等到她病入膏肓，成为污浊、发臭的“死海”，甚至到海洋中的生命消亡的时候才想到防治，那就追悔莫及了。

对此，何悦强有着深刻的体会。他说，过去的海洋环境质量评价，往往附加着人为的主观因素，影响了评价的真实性，有的人甚至有意无意地掩盖海洋的污染程度，造成了不必要的损失。何悦强以对科学事业极端负责任的精神，向传统的评价方法和陈旧的习惯势力挑战，首次提出了“海洋环境质量超标分类评价方法”。事实证明，使用这种新方法，不仅反映了海洋环境质量的真实性，而且直观性强，受什么物质污染，污染程度如何，让人一目了然。这种评价方法由于其科学性，被列入《全国海岸带与海涂资源综合调查简明规程》，并在全国推广应用。他首次提出的“海洋沉积物污染物质评价背景标准”，参与提出的“海洋环境污染综合制图法”，也被国家采用，分别列入上述《规程》中，对我国海洋环境质量的调查起着技术指导的重要作用。

或许是科研工作者的一种本能，何悦强即使在繁忙的日常工作中也没有忘记把自己的或集体的科学实践用文字记录下来。近十多年来，他戴着老花眼镜，废寝忘食，夜以继日地撰写了70多篇颇具专业水平的学术论文和研究报告。他的两篇代表作《南海中部海区表层沉积物污染的初步研究》和《调查海区水质、底质的污染现状及评价》，均获得中科院科技成果一等奖。何悦强还参与编写了《环境质量评价方法指南》等八部专著。由他主编和参与编写的《南海海区综合调查研究报告（一）、（二）》等，分别获得全国、中国科学院、广东和广东归侨科技进步一等奖。

许多事业有成的人都有自己的座右铭。何悦强的格言是：“成功在于勤奋。”他言行一致，以自己的勤奋换来了事业的成功。

研究和开发两条腿走路

在科学道路上，作为资深的科学家和海洋环境污染研究部门带头人的何悦强，结合实际，明智地选择了两条途径：一是把海洋环境污染研究的范围扩大到直接为沿海的经济建设服务，把科研成果形成生产力；二是正确处理应用基础研究和横向开发的关系，做到既丰富基础研究的内容，又为开展基础研究注入财力。事实证明，这种思路是正确的。

对于环境保护，国家环境保护法明确规定，一切企业“在进行新建、改建和扩建工程时，必须提出对环境影响的报告书”，经审查批准才能进行设计。从有利于促进沿海经济建设出发，何悦强和他的同事们以法律为依据，并取得相关单位的配合，先后前往汕头、海口、湛江、珠海和珠江三角洲其他地区为电力、化工、纺织、码头和深水港等十多个大型工程项目进行环境影响评价工作，提出了对环境影响的报告书六十多份，均取得了良好的经济和社会效益。例如，他们在沙角发电厂（C 厂），经过采样监测、工程分析，并对大气污染预测等进行分析研究，提出了该工程项目对环境影响的报告书，在报告书中还提出了在建设过程中和投入生产后应当注意的事项和必须采取的措施。该厂采纳了他们的建议，为此建厂投产十多年来从未发生过大的环境污染事故。

正因为南海海洋研究所具有一支以何悦强为首的高素质的环境影响评价科技队伍，他们的工作得到了社会的认可，因此，国家环保局于 1987 年发给该所建设项目环境影响评价甲级证书。

深入海区指导海水养殖

改革开放以来，人民的生活水平普遍改善了，口味要求也高了，对高档水产品的需求日益增长，从而刺激了广东沿海海水网箱养殖业的发展。

网箱养殖

据专家们介绍，海水网箱养殖是高档水产品高密度养殖的一个好办法，其产量高，收益好。日本和我国台湾、香港水域的网箱养殖已成为渔业的重要组成部分。广东大亚湾的海水网箱养殖始于 1979 年，1982 年以后迅猛发展，成为广东海水网箱养殖的主要海区。

何悦强按照研究所的要求，带领精干的科研队伍前往大亚湾海区，对

海水网箱养殖与海洋环境之间的互相影响进行了为期两年的调查研究。他们发现，各网箱养殖区的开发初期，水质良好，鱼类成活率高达90%。但经多年养殖的海区，鱼类发病及死亡时有发生，成活率严重下降，有的地方仅达20%。经研究，发现其主要原因是：养殖区内的海水和沉积物分别受营养盐、硫化物污染，直接影响生态环境，促使病菌繁殖和鱼病增加，导致鱼类成活率下降，产量减少。同时，海区附近的工程建设，也给养殖区带来严重污染，威胁着鱼类的生存。

何悦强在大亚湾网箱养殖区调查海流

针对上述情况，专家们指出，在合理利用海水养殖环境资源的同时，应注重保护养殖区的海水环境，力求做到发展网箱养殖与保护海水环境同步进行。为了保证养殖生态环境形成良性循环，他们提出了具体的防治措施和对策。其中包括选择良好的生态环境，定期清理各种有害生物，合理投放饵料和采用喂食台，定期轮换养殖海区，及时清理受污染表层沉积物等。

功夫不负有心人，何悦强等专家们的辛勤劳动得到了丰厚的回报。当地有关部门和众多海水网箱养殖专业户对专家们的科研成果和积极建议交口称誉，并将其应用到实际养殖中，取得了很好的效果。一些外国专家也对他们的研究成果产生了极大兴趣，特意来函索取。

海岸绵长、港湾众多，是广东的自然优势。位于大鹏湾和红海湾之间的大亚湾，不仅是我省海水网箱养殖的主要海区，而且在广东的经济建设中有着重要的地位。为研究和保护这里的生态环境和水资源，由何悦强牵头，与中山大学环科所等单位联合向国家自然科学基金申请的“大亚湾近海污染与生态综合调查”基金课题虽获批准，但经费少得可怜，这对进行大面积、长时间、多学科的海上研究课题来说，还不够一个航次的支出。

作为课题组长的何悦强迎难而上，依靠伙伴们的智慧和努力，取得了当地的支持和配合，既缓解了经费问题，保证了综合调查的顺利进行，又巧妙地把应用基础研究和横向开发结合起来。在1988年工作开展初期的一次海上调查中，当地就派出了34个航次，航程1 000多海里，有20多位科技人员上船进行了水质、底质、测流和生物等10多个项目的采样和调查，搜集了湾内五个小岛的大气降尘样品，取得了大量的资料数据，出色地完成了预定的任务。他们这次的研究成果和新鲜经验，得到了上级的肯定和赞扬。

休渔时节的雷州乌石港口

寻找防治江河污染的排污途径

海水污染、江河污染、空气污染、土地污染……正在对人类的正常生活和地球生态平衡造成危害。南海海洋研究所的科技人员恪尽职守，在大力进行海水污染防治研究的同时，并没有忽略对江河污染的防治研究工作。

目前，我国各大江河口的水环境都不同程度地受到三氮和油类等有害物质的污染。何悦强认为，如果采用建立污水处理厂的办法进行处理，投资巨大，以目前的国家财力恐怕一时难于办到。因此，寻找合理利用大江河口的化学自净能力和纳污量，作为选择大江河口大城市和工业污水排放区的依据，将是一条经济可行的途径。但是，首先必须对大江河口的物理、化学和生物对污染物质自净效应和纳污容量进行系统、精确的试验研究，丝毫不可掉以轻心。

前些年由何悦强领导的南海海洋研究所海洋环境科学研究室与香港浸会学院化学系合作，首次选择珠江口咸淡水交汇区化学自净效应进行系统的试验研究，摸清了珠江口的水环境状况，揭示了这一河段的自净规律，并对污染自净能力作了初步估算，撰写了长篇报告《珠江口咸淡水交汇区化学自净效应研究》。后来，广东省环保局正式发出的应用证明报告提出：该成果“对珠江口污染的防治、珠江口沿岸污水排放口的选择、珠江口排污总量控制均有重要的参考价值和应用价值，对珠江口生态环境与建设具有一定的社会效益和经济效益”。

广东应加强对“赤潮”的科研

前不久，中共广东省委宣传部、广东省环保局联合举行了一个“诸葛亮”会议，邀请省内十多位知名专家学者座谈我省的环境保护问题。何悦强出席会议并作了精彩的发言。会后，会议主持单位约请何老就“赤潮”问题撰写文章。

何悦强对1998年3、4月间广东沿海和香港海域出现的“赤潮”造成的严重损失深表痛心。他说，我省对“赤潮”的研究已近十年，而对这次灾难性的“赤潮”，却完全处于被动状态，束手无策，严重危害海水网箱养殖业，造成优质鱼损失约1 700万斤，价值近2亿元。事情发生后，一些专家进行了考察，也在报刊发表文章，泛泛而谈“赤潮”的成因是污水排海、网箱养殖密度过大等造成富营养的污染。

何悦强对这些专家的分析持不同看法。他说，这次“赤潮”的海域广阔，从香港到大鹏湾、大亚湾、桂山岛以及阳江东平这么长的海岸线几乎同时发生，而大鹏湾、大亚湾的海水并未达到富营养化标准，阳江东平海域的富营养化程度也不高，却发生了“赤潮”，汕尾海域污染较为严重又没有发生“赤潮”。再回顾历史，从清朝到民国期间，湛江、桂山岛等海域曾出现过“反海”或“死海”（其实就是现在讲的“赤潮”），那时当地还没有什么工业污水和生活污水的大量排海。由此可见，这次“赤潮”的主导因素并非富营养化，而有可能与水温、气温和闷热静风天气有关，也有可能与某种微量元素的激发有关，具体原因有待进一步研究、证实。

在发言中，何悦强难于抑制自己的感情。他说，这次“赤潮”的时间长、面积宽、损失大，未能预测预报，也未能提出任何防治措施。由此可见，我省对“赤潮”的一些基本问题还没有认真地进行科学研究。他认为，今后应加强对“赤潮”的科学研究，并将其与实际应用密切结合起来。

祖国没有忘记海外归来的赤子

何悦强深情地爱着祖国，而且把这深情的爱倾注到本职岗位上，把本职工作融化到振兴中华的伟大事业之中。这些年来，他努力学习，埋头苦干，一步一个脚印地攀登，取得了一个又一个成果。祖国和人民没有忘记这位千里迢迢从海外归来的赤子，并且给予他各种奖励和荣誉。在他的办公室里，堆放着许多奖状、证书和纪念品。“这些只能说明过去，但可以鞭策自己、激励自己。”何悦强对我如此说。

我随手翻阅，发现他领导的海洋环境污染学科组曾于1988年分别被广东省人民政府、省环保委员会授予“先进集体”称号。1989年，他荣获全国“优秀归侨知识分子”称号。1993年，国务院颁发证书，表彰他为发展我国科学技术事业作出的突出贡献。1990年以后，他多次被评为中科院广州分院、省科学院和南海海洋研究所的“优秀中共党员”。他的名字和业绩还先后被收入《中国科学家人名录》、《地球科学家人名录》、《中国当代知名学者辞典》和《世界名人大辞典》等。

弘扬爱国主义精神的家庭

何悦强的父亲祖籍广东开平，在兵荒马乱、民不聊生的年代背井离乡前往马来亚谋生，开过锡矿，当过橡胶工人。第二次世界大战爆发，日本帝国主义侵占马来亚时，他的父亲参加了马来亚人民抗日军，并把自己的家作为抗日军的地下联络站，与日军进行顽强的斗争。母亲李女也是开平人，积极支持和协助丈夫参加抗日斗争，并教育儿女要热爱祖国、不忘故乡。十多岁的何悦强深受父母影响，担任抗日军的情报工作，常常跋山涉水，穿越原始森林，在橡胶园、胡椒园“神出鬼没”，不分白天黑夜送情报，大人们都赞他是机敏活跃的“小鬼”。后来，他还参加了马共领导的新民主主义青年团。

日本投降后，何悦强秉承父命进入当地华文学校读书，学习了不少关于祖国的知识。中华人民共和国成立后，何悦强更加思念故土，立志报效祖国。1951 年初，他辞别了父母兄长，从新加坡乘邮轮回国。在船上，他组织成立了马华回国青年团，抓紧在海上短短的几天进行爱国活动。回到广州后，他进入广东华侨中学补习，同年考取中山大学地理系，毕业后开始了他报效祖国的历程。近半个世纪以来，他和祖国同呼吸、共命运，风风雨雨志不移。

何悦强参加工作后，和中大同学李焕珊结为连理。夫人长期从事编辑和科研工作，曾任中科院南海海洋研究所编辑室主任，编辑了大量书刊，个人出版了好几本专著，取得了不俗的科研成果，荣获海洋女科学家贡献奖。何老夫妇在生活中相敬如宾，事业上互相支持，是幸福的“高知型伴侣”。

同时令人高兴的是，何老夫妇养育了两个具有强烈爱国主义精神的好儿女，都是中共党员，且都毕业于高等院校。女儿何雅琪继承父志，工作出色，参加中科院南海海洋研究所青年科技学术论文报告会获优秀奖。参加南沙群岛及其邻近海区综合科学考察专项工作，该项目获中科院自然科学一等奖。儿子何磅礴从事卫生防疫监督工作，从医师升任副主任医师，曾被授予“广东省白求恩式先进工作者”称号。

何悦强一家，是许多归侨家庭的缩影。在马来亚的时候，在父亲的带领下，全家大小为反抗日本侵略作出了中华儿女应该作出的贡献。回国后，特别是在改革开放洪流中，何老夫妇和儿女们坚持高举爱国主义旗帜，在振兴中华的伟大历程中谱写了崭新篇章！

追忆往事，何悦强感慨万千。而今他虽至暮年，却仍像当年一样，满怀报效祖国的远大志向，继续担任由10多个科研部门联手组成的热带地区与海洋环境污染研究中心主任等职务，他将一生都献给了祖国的海洋研究事业。

作于1998年6月，2012年修改

海归科学家秦启伟

中科院南海海洋研究所研究员秦启伟，主要从事海洋生物学研究与开发工作，在鱼类病毒学等方面取得一系列创新成果，继 2011 年获得中科院研究生院授予的“优秀导师”称号后，前不久又获得中国科协颁发的“全国优秀科技工作者”荣誉称号（终身），接着光荣地参加了中国共产党。

赶上了“海归时代”

秦启伟教授

2000 年出版的《辞海》还没有“海归”这个词。随着社会的发展，语言的演变，《现代汉语词典》增加了“海归”这个新词，是指在海外留学或工作一段时间后归国的人员。兴许由于我也是早年从海外归来（那时叫归国华侨，简称归侨）的缘故，因此我很看重海归人士。前不久，我有幸认识了在新世纪归来的科学家秦启伟。据说，不少人很羡慕他，说他赶上了千载难逢的“海归时代”。

新中国刚成立的时候，众多满腔赤子情怀的海外华侨青年，或成群结队，或孤身只影，冲破重重阻力，千里迢迢从异域他乡回到了祖国母亲的怀抱，有的直接投身社会建设，有的学习科学文化知识。几十年来，他们历经坎坷，义无反顾，始终与祖国同呼吸、共命运，奉献了青春，奉献了一切，他们中涌现了许多英雄人物，留下了许多动人故事。他们是祖国的忠贞儿女。

斗转星移，冬去春来，祖国跨进了新的历史时期。改革开放和现代化建设的洪流汹涌澎湃，祖国更加富强了，神州大地更加繁荣壮丽了，许多在海外留学或工作的有识之士，先后回到了久别的祖国施展聪明才智，受到了人们的热烈欢迎，得到了祖国的亲切照顾。

努力耕耘，取得一系列创新成果

虽略显瘦弱，但身上散发出勃勃英气的秦启伟，是2004年中山大学从新加坡国立大学引进的“百人计划”中的人才。他出生于一向有“中原”、“中州”之称的河南省，从小勤奋读书，追求科学。1986年获北师大生物学专业学士学位，1991年获武汉大学动物学专业硕士学位，三年后获中科院水生生物研究所理学博士学位。1994年后的三四年间，任中国科学院南海海洋研究所助理研究员、副研究员，曾以访问学者身份赴英国威尔士大学海洋学院进行交流合作研究，并在日本国立水产养殖研究所免疫研究室等任博士后、特别研究员。1998年后的五六年间，任新加坡国立大学热带海洋科学研究所研究员（A级）及海洋病毒学实验室主任、东京海洋大学访问教授等职务。列举那么多似乎很枯燥的学历和职称，在于说明这样的事实：从他踏入大学校门之后的二十多个春秋，他一直在海洋生物科学道路上不断追求和探索，特别是在面向国家海洋科学大发展战略需求的问题上，努力耕耘，开拓进取，取得了一系列创新性科研成果：在国内自主建立了规模更大的海洋鱼类组织细胞库，突破了国内鱼类新病毒分离培养的技术难关；发现并命名了一种新的海洋鱼类病毒SGIV，并完成了该类病毒的功能基因组学研究；在国际上首次发现了编码为miRNA的海洋病毒，并发现了由病毒感染引起的海洋生物细胞死亡的新机制；克隆和鉴定了一批新的海洋生物抗菌和抗病毒功能基因，研制出了高效的抗病毒疫苗；产学研结合，构建了高效海水健康养殖技术示范体系。

看着这些专业的术语，大家也许并不能完全理解秦启伟及其实验团队的工作对于我国目前“发展蓝色海洋经济”的大战略有怎样的重要意义。

为此，举个例子来说明：20 世纪 90 年代初，我国南方沿海广东一带兴起了大规模网箱养殖石斑鱼。这种鱼属沿海暖水性中下层鱼类，主要栖息在珊瑚礁和海底洞穴中，肉质鲜美，嫩滑爽口，营养丰富，被粤、港、澳、台等地推为我国四大名鱼之一，有很高的经济价值。刚开始养殖的时候，海洋生态环境好，当地渔民对石斑鱼的投资养殖见效很快。渔民尝到了甜头后，争相扩大养殖规模，却由于欠缺科学管理，海水环境开始恶化，病害时有发生。病害一旦暴发，几乎无可救药，网箱里白茫茫一片，全是浮起来的鱼肚皮，石斑鱼一夜间全军覆没，很多渔民因此倾家荡产，叫苦连天。

我国是水产养殖大国，水产养殖产量占世界总量的 70% 以上。近几年来，由于养殖环境恶化，水产动物病害的种类已达 200 多种，病害频发，发病率高达 50% 以上，每年总产值损失超过百亿元人民币，严重影响了水产养殖业的持续发展和出口创汇，同时给渔民们带来了严重伤害。

病毒是主要的传染性病原。但由于缺乏对新发病毒敏感的细胞系，给世界范围内一些新近爆发的高致病性病毒的分离鉴定造成了困难。

研究防控鱼类病，是海洋生物科研工作者的天职。

秦启伟肩负祖国和渔民们的重托，重点主攻石斑鱼发病死亡这个国际上的未解难题，于是他踏上了出国深造之路。他先后到日本、新加坡进行鱼类病害免疫防控研究。1998 年之前，新加坡的科研人员已发现了石斑鱼的“昏睡病”，怀疑该病是由病毒引起的，但无法找到病原。秦启伟知难而上，潜心研究，利用细胞培养技术分离出了一种新的病毒。这种病毒爆发起来异常厉害，感染率很高，可造成石斑鱼达 90% 以上的高死亡率。秦启伟把这种新发现的病毒命名为“新加坡石斑鱼虹彩病毒（SGIV）”，后来得到国际的确认。

疾病的暴发与流行严重打击了海水养殖业

游子恋故乡

秦启伟在海外工作期间，出了成果，待遇丰厚，住在风景优美的高档公寓，生活过得很好。但他并没有“乐不思蜀”，而是时刻想念着培育自己的祖国和曾经共同拼搏的同行同事以及家乡的亲人。没有在海外工作多年的人往往难以体会祖国在他们心中的深刻含义和无与伦比的分量。“神五升天”、“申奥成功”、“除夕春晚”等但凡能牵动国人心弦的重大事件或节日庆典，都千万倍地在每一个海外游子的心里掀起狂涛巨澜。每当五星红旗伴随着激昂的国歌在电视里冉冉升起的时候，秦启伟心潮澎湃，热血沸腾。借用“征夫怀远路，游子恋故乡”这句古诗来描述他此时此刻对故国、对乡土的眷恋之情，再恰当不过。

中国建设海洋强国需要人才，更需要科学带头人，除了自己培养，也要通过各种渠道从海外引进。国家“973”等科技攻关项目和教育部“985”等工程项目，开启了引进海外科学人才的大门。

2004 年，中山大学实施海外引进“百人计划”人才项目，出动高层领导前往新加坡等世界各地诚邀一代学子回国壮大祖国的科研队伍，秦启伟便是其中的一个。他被聘为该校生命科学学院海洋生物学专家和生物化学与分子生物专业教授、博士生导师，以及有害生物控制与资源利用国家重点实验室学术带头人。

2009 年，秦启伟入选中科院引进人才“百人计划”，受聘该院南海海洋研究所研究员、博士生导师、海洋生物研究室主任以及中科院海洋生物资源可持续利用重点研究室主任。

在南海海洋研究所，他主要的研究方向是海洋分子病原微生物学及功能基因组学。在海洋鱼类病毒学、鱼类细胞和分子免疫学、海洋环境微生物学、基因组学等领域，取得了一系列创新性成果。

还是以人们看得见、摸得着的石斑鱼为例。秦启伟发现，在我国沿海广东、海南、福建、台湾等地也普遍存在的新加坡那种鱼类病毒，是养殖石斑鱼过程中最主要的病原之一。他认为，鱼病了也不会说话，几乎一发病就快要死了，要救回来是不可能的了。重要的是预防、控制，而前提是确定致病病毒，掌握这种病毒的感染发病机理，然后针对性地研究开发出特异性的检测手段、高效预防疫苗和免疫增强剂。

几年来，他带领科研团队解析了“虹彩病毒”全基因组序列，找出了病毒感染引起的细胞死亡机制，研究出单克隆抗体，开发出简便、特异且快速的免疫和分子检测试剂。接着，他们又成功研制出具有高效免疫保护作用的“虹彩病毒”全细胞灭活疫苗，并从海洋生物中研发出十几种具有抗病毒作用的免疫功能基因。最近，他们的团队正在进行石斑鱼病毒的产业化，经过小试、中试之后，再过一段时间便可以面世了。

秦启伟的重大科研成果，对我国石斑鱼养殖业乃至海洋水产业的健康发展，起到了推进作用，得到了海洋科学家们和广大渔民的赞扬。

科研之路背后的故事

秦启伟的科研之路也并非是一帆风顺的，背后有着许多辛酸故事。

秦启伟夫妇和大女儿在日本

在日本国立水产研究所从事博士后研究的日子里，由于语言和地域文化的差异，使他本来就不容易完成的实验压力更大，他曾一度整夜辗转难眠，实际上就是现在很普遍的“轻度忧郁症”。妻子温柔贤惠，但柔中带刚，在重要的事情面前则能当机立断。1997 年夏天，她毅然辞去广州的工作，带着五岁的大女儿连同 30 服调剂神经的中药火速赶到日本来到秦启伟的身边。吃家常饭，说家常话，打球、散步、逗孩子玩……家的温馨和甜蜜促使秦启伟很快从早期的病境中走了出来。

后来在新加坡期间，秦启伟经常要在35℃～38℃的高温天气下到新加坡外岛及马来西亚各地的沿海渔场进行采样、调研，曾几次出现脱水休克症状，但他清醒过来后，又继续投入工作。

有一段时间，秦启伟突然出现原因不明的头晕目眩，连走路都失去平衡。医院检查的初步判断是脑部长有肿瘤。这如同一个晴天霹雳！妻子已经辞去国内的工作，孩子正是学龄前期，乖巧可爱。如果真的是恶性肿瘤，一家人的未来该怎么办呢？也许是女人的潜在天赋，也许就是上帝在开玩笑，此时的妻子异乎寻常地冷静。她一边安慰着丈夫，一边四处拨通越洋电话向国内所能找到的医生全方位地咨询。奇迹往往就发生在不经意间，当时广州军区421总医院理疗科的边医生曾经是妻子一个学生的家长，他的一个大胆推断给了一家人极大的希望。他说病来得这么突然，说不定是由于脊椎神经或颈椎神经哪一段受到强力压迫所致，不妨做一下理疗试试看。于是全家人带着一线希望迅速搭上回国的飞机。边医生细心地摆弄着秦启伟的头部，左扭一下，右拨一下，只听到轻轻的"咔嚓"一声，果然是错位的颈椎复位了，秦启伟顿觉神清气爽，眼前一下子明亮起来。再站起来走几步试试，平平稳稳，眩晕也消失了。就这样，一家人又逃过了一次劫难。

回国以后，所在单位的领导虽然给予了尽可能的关怀和支持，但比起国外的实验条件和生活条件还是相差甚远。50万元的实验室启动经费对于一个做分子生物学的导师来说实在是杯水车薪。购买实验设备的程序之繁杂、实验材料的存放及其要求的空间洁净度的限制，都给秦启伟最初的工作带来了诸多的不如意。为了找到更多的课题项目支持，连日的出差、开会、答辩、评审等占去了他大部分的有效工作时间。那段日子，夫妻俩经常讨论的问题就是：是不是回国回错了？是不是回国回早了？

和众多的海归们一样，秦启伟夫妻最放不下的是孩子的问题。这是没有亲身经历的人无论如何都不能理解的。孩子是父母爱情的结晶，是父母的心头肉，也是父母生命的延续。秦启伟的孩子，尤其是大女儿秦臻就曾经因为爸爸的回国吃了不少的苦头。

2004年，秦启伟举家回国时，大女儿秦臻刚满十二周岁，小学毕业。她从小在身为老师的妈妈的教导下学芭蕾、素描和油画，多才多艺，尤其弹得一手好钢琴，当年曾以286分的小学毕业成绩被新加坡教育部重点中学音乐特长班录取。然而爸爸妈妈的回国，使这个品学兼优的孩子不得不放弃这么好的教育机会跟着回来，虽然也插班进了著名的中山大学附中，但英语的优势没有地方发挥，中文的欠缺使得门门功课考及格都很难。孩子受不了，妈妈也觉得对孩子不公平，不得已只好尊重孩子的决定，让她独自回到新加坡寄宿外国学生公寓，开始了成长期最重要的六年独立异国求学的时光。这对于普通家庭来说，可能仿佛一眨眼的功夫孩子就长大了，但对于秦启伟的这个家庭来说却是一段漫长而艰难的考验。妻子原来是一个连年当中学班主任的语文老师，深知孩子初中、高中六年间的心理成长对学业成长的重要性。多少小时候乖巧的孩子就是在这关键的六年中发生了很大变化的，多少学生家长的眼泪正是流在“这不知如何是好”的六年间。

为了孩子的成长，秦启伟的妻子拿出了最大的韧劲。起初是每个周末和节假日飞回新加坡陪女儿，为了减轻老母亲的负担，有时又要带着一岁多的小儿子飞回新加坡陪“大姐”，跟她聊聊同学老师，听她弹弹琴，带她出去吃点好吃的，希望十二岁的孩子能感受到父母的关爱，感受到家庭的温暖，成长为一个健康快乐的阳光少女。为了加强孩子自身内在的进取力量，她还送孩子不定时地上 *I Am Gifted* 少年自我激励课程，认识多些心理辅导志愿者，并和他们交朋友……由于孩子太过懂事了，有一次竟然连自己患上“骨痛血热症”，血小板计数严重下降到 30 都没有告诉父母。直到血小板慢慢恢复到 40 的时候才电话告知妈妈，妈妈得知消息后立马赶了过去，见面后母女俩抱头痛哭。

而今，这一切皆已成往事，成了考验他们的难忘经历。

继续稳步前进

秦启伟作为一位海外归来的杰出科学家，他除了追求在海洋科学领域不断有所创新、有所贡献外，还追求更崇高的理想：做一位在海洋科学领域里“传道、授业、解惑”的优秀博士生导师，做一个为国家海洋事业作出更大贡献的科技工作者。

与企业合作建高效海水健康养殖创新示范基地

他在攻克了一个个前进道路上的难关后，前不久又带领团队在广东汕尾、湛江、阳江等地与当地企业合作，建设了规模庞大的高效海水健康养殖创新示范基地，针对石斑鱼等名贵鱼类的工业化循环水高效养殖模式、良种培养、病害防控、营养饲料等的关键共性技术开展大规模的“产学研”研究，其中石斑鱼工业化养殖的成活率已从原来的60%提高到90%。疫苗也已经从GMP车间实验室投入到田间试验阶段。与此同时，他带领的团队和学生也正在成长中。

当笔者采访秦启伟时，他态度谦和，神情笃定地认为：搞科研，最重要的就是认准方向，坚持下去，不能跟风，要的是一种科学态度。要在国内、国际上立足，就要针对国家和地方的战略发展需求，结合国际上科学发展的趋势，认准目标，沉下心来，坚持下去，坚持十年八年，才能有大的建树。

有志者，事竟成。他在海洋鱼类病毒学及高效海水健康养殖方面取得了一系列创新成果，在科学发展、科技支撑、人才培养和发展蓝色海洋经济方面为国家作出了巨大贡献，继2009年被授予“国家百千万人才”、“政府特殊津贴获得者”和2011年获得“优秀导师”称号之后，最近他又传来两个喜讯：获“全国优秀科技工作者”荣誉称号（由中国科协颁发，每人只有一次，为终身荣誉）；实现了多年的梦想，光荣加入了中国共产党。

古人言：“忠胆贯日，壮志凌云。”赤胆忠心、胸怀壮志的秦启伟，一定会以此为新的起点，在崭新的人生旅途上，以更加坚定的科学态度，更加充分地发挥自己的才能智慧，在海洋科学研究道路上继续稳步前进！

荣誉证书
HONOR CERTIFICATE

授予：

秦启伟 同志

全国优秀科技工作者

荣誉称号

中国科学技术协会

2013 年 2 月

丹青不知老将至
——记归侨女画家关曼青

关曼青

在一次书画展上，我有幸又见到了关曼青大姐。她头发已染银霜，但眼睛明亮，神采奕奕，步履稳健。承蒙她的美意，送给我新出版的由关山月大师题写封面、著名作家楼栖作序的《关曼青画集》。收入画集的大多是她在改革开放后的作品，这是她多年来对绘画技法进行探索与改革，熔中西技法于一炉，融山水、花鸟及人物于一体，而取得的突破性成果。

关曼青可谓少年得志。小时候，在跟随孙中山进行革命的父亲关以文的艺术熏陶下，酷爱绘画，加之天资聪颖，勤奋好学，方处豆蔻年华便在侨居地新加坡为一家华侨医院作画。她画的一幅两米多高的孙中山新任大总统的全身像，气宇轩昂，生动逼真，轰动了整个华人社会，有人冠她以“神童”的美称，求画者纷至沓来。十七八岁的她只身闯荡香港，创办“曼青女子画室”。尔后，辗转新加坡、马来西亚和泰国等地传艺和举行画展。之后，有幸师从名画家徐泳青、傅菩禅及李铁夫，又得徐悲鸿大师指导，画艺大进。

“旧国经年别，关河万里思。”（唐·元淳）出生于广东著名侨乡开平的关曼青，漂泊海外追求画艺，更思念故乡。她克服了重重困难，携带着年幼的儿女离开了当时仍为殖民地的新加坡，于1949年回到祖国的怀抱。

新中国成立后，她在广州从事科普出版工作，以极大的爱国热情绘制出版了数十种科普图书。然而，她创作的黄金时代，是从祖国进入新的历史发展时期开始的。那时，她被调到广东省文史研究馆专事绘画创作。历经多年努力创作，独具特色的关氏画风渐渐形成。

她继承了国画的技法形式、表现手法，又采取了西画的素描和明暗之法，创作了许多格调秀雅、造型优美、立体感强的生动传神的作品。由于她对国画艺术的贡献及其令人敬佩的品格，她连续当选为第六、七、八届广东省人大代表，被列入《中国当代美术家名人录》，在广东侨乡享有盛誉。

第一幅《国之瑰宝》

她的代表作第一幅《国之瑰宝》惊动了神州画坛，被誉为最传神、最完美的描绘宋庆龄盛年的力作，深得邓颖超、康克清的赞赏，并建议送往北京宋庆龄故居收藏。第二幅《国之瑰宝》，在北京展出后被选入《全国文史馆员书画作品选集》。应翠亨村孙中山纪念馆之请而创作的《孙中山上书李鸿章》，画中人物形神兼得，此画长年挂在纪念馆供人瞻仰。《爱国华侨领袖陈嘉庚像》在新加坡展出后，为其亲属珍藏。

邓小平创立的伟大理论和倡导的改革开放，给古老的中华民族带来了历史性转变，给数以千万计的海外华侨华人带来了极大的鼓舞。为了表达画家的深情，为了让普天之下的炎黄子孙永志不忘，关曼青特意绘写了《邓小平像》，所画小平栩栩如生，该画多次展出，获得各界的高度好评。

关曼青性格开朗，为人随和，在创作态度上也十分认真。她领悟前人“品不高，用墨无法”的教诲，在创作中力求“写形必传其神”。

泼挥浓彩写丹青六十多个春秋的关曼青，常以“有志不在年高，无志空长百岁”自勉，创作热情至今不减。

祝她永葆青春，佳作不绝。

1997 年 10 月

我爱你，中国

——访归侨歌唱家叶佩英

叶佩英

一辆浅黄色的小汽车正向着天河机场奔驰。叶佩英来去匆忙，刚参加完在广东电视塔游乐中心举行的庆祝全国侨联成立三十周年文艺晚会，又要赶乘班机回北京。我既是采访，又是送行。

“这次回到广州，有幸第一次为这里的归侨、侨眷演唱，太高兴了！”性格爽朗的叶佩英打开了话题。

叶佩英祖籍广东，生于马来西亚。在父母的熏陶下，幼小的心灵萌发着向往故土家乡的情思。1951年，她从当地的华侨小学毕业后，便辞别双亲回到祖国的怀抱，走进华南师院附中，在广州度过了一段值得永远回忆的学生时光。那时天真活泼的华侨妹，历尽艰辛，现已成为中央音乐学院副教授、全国著名歌唱家。然而，她对广州、对归侨始终怀着特殊的感情。这次，回到阔别已久的广州，有机会为家乡的归侨们演唱，怎能不感到高兴呢？

那天晚上，越秀山上的广东电视塔游乐中心彩灯高照，人潮如海，精彩节目接二连三，气氛热烈。当节目主持人宣布“请归侨歌唱家叶佩英演唱”的话音刚落，全场立即爆发出雷鸣般的掌声。

叶佩英从观众席缓步登台，深情地演唱了归侨们喜闻乐见的故事影片《海外赤子》的插曲《我爱你，中国》。她那高亢、嘹亮的歌声划破夜空，真挚、细腻的感情拨人心弦。一曲方罢，人们报以热烈的掌声。那时，只

见一位小姑娘走上台去向她献上一束五彩纷呈的鲜花，代表七百多名观众表达了对歌者的深切谢意。盛情难却之下叶佩英继续演唱了《海外赤子》中的另一支插曲《飞向无限向往的明天》。唱着，唱着，一群身穿丽服的姑娘上台翩翩起舞，动听的歌声，优美的舞姿，浑然一体，倾倒全场。

我衷心祝贺她这次演出的成功。叶佩英风趣地说：“什么成功？我还觉得土气哩！”原来，广东电视台决定现场直播晚会实况，消息灵通的广州演员们早有准备，前一晚现场彩排时，许多人便烫了新颖的发型，穿上了时尚的服装。要上电视了，谁不装扮得讲究点？相比之下，久居北京的叶佩英似乎感受到自己的装扮有点土里土气了。翌早，她临时取消了与我原先约好的采访，上街烫了一个新发型，又跑了几家颇有名气的商场，可惜身材胖了点，未能挑选到合适的服装，量身裁衣又来不及了，只好“粉墨登台”。

叶佩英的这一席话把我逗笑了。我说：“‘土气’不过是你的自我感觉，其实你这样更显得朴素大方、潇洒文雅，更重要的是你以充沛、真挚的感情唱出了海外侨胞的拳拳赤子心，唱出了广大归侨的殷殷报国情。”

飞机起飞了。“我爱你，中国！……我要把最美的歌儿献给你，我的母亲，我的祖国！……我要把美好的青春献给你，我的母亲，我的祖国！”叶佩英的歌声仿佛仍在长空回荡。

1986 年 12 月

全国劳动模范方才天

方才天

“老方回来了!”消息不胫而走，迅速传遍了广州风帆毛巾厂，人们纷纷走出车间、办公楼，竞相向这位赴京参加全国劳动模范表彰大会载誉归来的方才天握手道贺，击掌欢迎。对着众多熟悉的面孔，高级工艺美术师、归侨方才天却腼腆地说：“谢谢大家，我要加倍努力，回报大家，报效祖国。”这是发生在1988年10月的一幕。

方才天祖籍福建，生于东南亚一个普通的华侨家庭。父母为了让下一代不忘自己是炎黄子孙，便在40年代末把年幼的方才天带回故里上学。60年代初，方才天从广州美术学院美术系染织专业毕业，被分配到广州市纺织品设计公司从事色织布设计。那时，他血气方刚，工作出色。“文革”期间，他被“下放”到农村的干校，后来又被调到“厂老、人老、设备老、产品老”的广州风帆毛巾厂搞毛巾产品图案设计，从此改了行。当初，他感觉有点委屈，一个大学生来到专业不对口的小工厂，无用武之地，弄不好面子都丢光了。朋友问他在哪里工作，他从来不敢如实相告。哥哥从国外来广州探望他，他也不好意思在工厂相会。而今，他自豪地对所有人说，只要有报国之心，小厂也有机会发挥自己的才干。

的确，他爱上了这间小厂，把心血全部倾注到事业上。一次，海外亲人回来看望他，询问他要否移民出国。方才天说：“祖国虽然还穷，不发达，但毕竟是母亲啊！中华儿女应为祖国分忧，为祖国繁荣昌盛尽力。”亲人们被他的爱国情怀所打动，不仅不再劝他出国，后来还捐赠巨资为家

乡兴办学校、医院等福利事业。

在长年累月的设计工作中，方才天一直把“一丝不苟，精益求精”作为座右铭。他认为，只有自己设计的产品得到社会的认可和欢迎，劳动才有价值，自己才感到人生的快慰。一次，他绞尽脑汁设计了一种具有民族风格的飞鹤图案的提花浴巾，以为一定会得到大家的赞赏。但有的人却挑剔说，鹤的动态变化不够，似有飞不起来之感。他虚怀若谷，反复琢磨，经多次修改，终于使飞鹤的形象更加逼真，跟活的一样展翅高飞。后来，这个设计作品被行业评为了优秀产品。

随着国际市场毛巾产品设计水平的提高，他又和同事们一起，打破工艺传统，克服困难，采取把提花、印花与喷花融为一体的新技术，并在艺术上大胆创新，使这个厂的毛巾产品图案格调清新，高雅华丽，五彩缤纷，受到国内外行家的好评。

方才天对祖国的一片丹心和对工作的精益求精，结出了丰硕的果实。这些年，他先后设计了650多种花式品种，不仅超额完成了工厂规定的任务，而且中选率高达百分之八九十，其中近60个产品分别获得国家纺织部和省、市的奖励，远销美国、日本和非洲、东南亚以及香港等五十多个国家和地区，为国家创造了大量外汇。

祖国和人民没有忘记方才天的突出贡献。20世纪80年代以来，他先后获得了“广州市劳动模范”、“全国优秀设计工作者”、“全国劳动模范”等殊荣。

1989年12月

优秀教师黄俊勇

1992 年初春，黄俊勇获得了广东省侨联颁发的“1992 年优秀归侨老师”的奖状。时隔不久，在广州市庆祝教师节的盛会上，他又荣获市政府授予的“1993 年广州市优秀教师特等奖”和广州市人民教师奖章的证书、奖牌、奖章和奖金。

1965 年，黄俊勇从华南师范大学物理系毕业后到广州市第七中学任物理教师，人们相信出自科班的他对教学大可以驾轻就熟，他却认为自己初出茅庐，要在实践中充实、磨炼。翌年，文化大革命爆发，“知识越多越反动”的论调铺天盖地而来，黄俊勇对此论调并不苟同，继续博览群书，自信“天生我材必有用”。人家停课“闹革命”去了，他却不随波逐流，置“白专道路”罪名不顾，坚持备好课，上好课。

改革开放的春风吹拂珠江两岸，压在黄俊勇肩上的担子越来越重了。他由一个普通教师升任教导主任，1989 年又由副校长受聘为校长。摆在他面前的首要任务是带领全校师生去克服重重困难。

广州市第七中学原名培道中学，是百年老校，在海内外享有盛誉。灾难性的文化大革命结束那么多年了，校长频繁调换，但校风未能根本好转，教学质量徘徊不前，甚至呈下坡趋势。眼下，黄俊勇主持校政，能扭转乾坤吗？有的人在怀疑，但更多的人在期待。

已过不惑之年的黄俊勇，冷静思索学校的历史和现状，细心领悟教育改革的方针和要求，暗下决心迎着困难前进，使学校旧貌换新颜。要变，关键是把全校上下的积极性调动起来，人心齐，泰山移。他铭记前人“行为人之师表”的教诲，严于律己，秉公办事，掌权不谋私，管钱讲清廉，坚持亲自任教，亲自抓教学改革和高中毕业班。他和同事们一起约法三章：集思广益，正副校长和有关领导联合办公，学校大事共同研究决定；办事公开，校长定期向各有关方面通报工作，广泛听取意见；发扬民主，定期对正副校长进行评议，接受群众监督。老师们赞扬他：“凡要求别人做到的，自己带头做，处处起表率作用。”他的律己行为，产生了良好效应，全校师生皆以改变学校落后面貌为己任，出现了争先进、争一流的新局面。

紧接着，黄俊勇又和同事们一起审时度势，进行大刀阔斧的改革，实行校长负责制、教师聘任制、岗位责任制等制度，并建立了一整套全面加强学生思想品德、文化知识教育的制度，又因地制宜地开展业余文体活动。由于管理的逐步制度化、规范化和科学化，以及办学条件的逐步改善，广州市第七中学终于开始发生重大变化：学生自觉遵守纪律的风气开始形成，犯罪行为从未发生；学习成绩明显上升，高中毕业升高校率连续三年大幅度超过上级规定要求；体育课合格率、达标率都在95%以上；学生课外活动活跃，在省、市中学生田径、足球、排球、武术等项比赛中均名列前茅。市七中不再落后，连续三年被市教育局评为“先进单位”。国家教委有关负责人称赞说：“七中的设施不是最好的，但管理却是一流的。”

黄俊勇生于马来西亚，童年时跟随父母回到祖国。这些年来，不少人由于这样那样的原因到港澳或海外定居去了。俊勇在海外的亲人也曾征求他的去留意见，他很理解亲人的心意，但他却回答道：“人们都在‘番背’（客家话，指东南亚），就让我做你们的代表留在‘唐山’继续当教师吧！”言辞平淡，却饱含了这位海外归来的赤子对祖国的深情。

1994年6月

让大家都富裕起来

——记退休工程师张润胜开办鸽场的先进事迹

广东省增城县朱村区退休归侨工程师张润胜自筹资金办鸽场，业务十分兴旺。人们赞扬这个鸽场路子对，效益好，风格高。

这个养鸽场于1985年10月正式开业。现已有本地和美国、日本等国的良种500对，鸽群体壮肉肥，既可观赏，逗人喜爱，又可食用。至1985年底已上市300多对，远销澳门、东南亚一带。广州的许多宾馆、酒楼、专业户和个体户也纷纷前往争相订购，鸽子供不应求。主人张润胜透露，现已获得纯利好几千元，加上其他副业收入，今年纯利可达4万元，比总投资额还要多。

年近花甲的归侨张润胜，早年曾在沈阳、广州等地任工程师。他业余时间酷爱养鸽，是广州信鸽协会会员。1985年退休后，他并不安于在广州颐养天年，却到偏僻山区办起了鸽场。对此，张工程师告诉人们一件难忘的往事，他在马来西亚的时候，常听到年迈的祖母叮嘱父亲："我百年后，你一定要把我的老骨头带回唐山故土安葬。"祖辈的思乡之情，深深地触动了张润胜的心灵。张润胜回国后，为建设祖国辛勤工作，现在年老退休了，也要发挥"余热"啊！他要回乡办好一个鸽场，帮助归侨、侨眷和乡亲们劳动致富闯出一条新路子。

张润胜的想法深受区政府和侨联的赞赏。他们在场地等方面给予张润胜热情的支持。他高兴极了，自己精心规划、设计，自筹资金3万多元，请了一位青年助手，在占地3亩的山坡上兴建了面积600平方米的20多间鸽舍。按照主人的计划，鸽场以自繁自养为主，重点发展美国大王鸽。这种鸽的体型大，投放市场后很有竞争力。此外，他还因地制宜，实行"多种经营"、兼养少量"鸭乸"（母鸭），种植一些香蕉、花生和蔬菜。在新的一年里，还将扩建鸽舍，增加饲养量，另外还要筑水池，放养鳗鱼。

张润胜的鸽场正在稳步发展，但他并不只顾个人发财致富，而是想着大家共同富裕。这些日子里，远近慕名而来的客人络绎不绝，他一概热情

接待。对前来参观学习的，他不搞“技术封锁”，而是毫无保留地介绍饲养方法和防病技术；对有志养鸽的单位和乡亲，他二话不说，割爱提供良种鸽苗；对上门购买肉鸽的个体户，他以优惠的价格出售。用他自己的话说就是：“让更多的人发展养鸽事业，让大家都富裕起来。”

1986 年 1 月

乐善好施“豆腐佬”

——访危地马拉归侨个体户陈明忠

在广州，万元个体户已不再是什么新闻了。归侨个体户施善献万金，却成为轰动一时的大新闻。

广州市归国华侨联合会等单位不久前为筹募归侨老人福利基金举行义演，社会各界和海外侨胞、港澳同胞纷纷慷慨解囊。当一位归侨个体户陈明忠自愿捐赠 1 万元的消息传开时，有的人感到惊奇，有的人感到怀疑……

我们怀着敬慕之情和极大的兴趣，准备专门拜访这位热心公益事业的归侨。那天，我们来到了白云区沙河禺东西路边一间简陋的小店。只见门旁一条粉刷着白灰的砖柱上写着“青年废品购销店”几个字，下面还写着该店的经营范围。在浅窄的铺面里和门外的空地上，分门别类地堆放着一堆堆旧报纸、旧胶鞋、旧玻璃瓶和废铜烂铁……

店中的一位小伙计得知我们的来意后，亲切地说：“陈叔刚从香港探亲回来不久，这几天身体不舒服，在家休息呢。”

于是，我们又顺着弯弯曲曲的小巷，来到陈明忠的家。这是一间四五十平方米宽的普通房子，两房一厅。小客厅的陈设和广州许多普通市民家中一样，16 寸的彩电、国产的钻石牌音响和本地生产的绒面沙发椅。我们还注意到，在他的厨房里，日常使用的是烧柴的炉灶，还有旧式的五羊牌洗衣机。

按一般人的心理，如果用 1 万元装修店铺，大可以把门面打扮得像样点，或者在家里添置空调、电冰箱、录像机、电话等设备，使生活更加舒适，工作更方便。可是，陈明忠却没有这样做。

心地善良的陈明忠坦率地说，“做生意不能靠门面，关键是要讲诚信，要大家同心协力。至于我个人的生活，几十年都艰苦惯了，现在这样已很满足了。我不吸烟、不喝酒，勤俭节约，积蓄了几万元。这些钱虽是辛苦挣来的，但捐给归侨老人做福利基金和支持老人院建设，我心甘情愿。我富了，应做点善事，以后也要尽力而为。”

我们问：“这次你将这么多钱捐献出来，事前有没有跟家人商量呢?”

“没有。那是我在街道侨联开会时自愿捐献的。我的妻子起初也有意见，说我不事前跟她商量，但听我解释后也想通了。至于儿女嘛，应该让他们自己去创业，不应坐享其成。”陈明忠爽朗地回答。

当时，他的妻子黄艳兰也在座。她笑着向我们说：“还讲哩，起初他骗我，说是拿1万元去投资，将来可以分红呢。”说得我们也不禁笑了。

交谈中，我们得知陈明忠今年五十多岁了，1949年从危地马拉经香港回到广州。60年代起，他就与勤奋、贤惠的妻子在沙河从事个体经营，做豆腐、卖沙河粉等，现在还有人亲切地叫他“豆腐佬”。他有7个儿女，其中两个幼时便送给了别人抚养。近几年政策开放了，街道里鼓励他发挥自己的专长，于是他在1982年办起了这间废品购销店，每月营业额达1万多元，雇请的几位青年职工每月工资最低也有二三百元。

沙河街侨联的工作人员和几位熟悉陈明忠的人告诉我们，陈明忠素有乐善好施的美德。60年代，邻居的孤独老人萧广家中失火，财物烧尽。当时陈明忠一家几口生活也很困难，但他仍将老人收养在家，赠衣送食，照料了一年多，直到老人被送进了老人院。此后，这位老人常叨念着陈明忠，把他视作自己的亲人。前不久，陈明忠夫妇到老人院探访，九十八岁的萧广老人热泪盈眶地拉着陈明忠的手，激动地告诉旁人说：“这位阿陈真好，就像我的亲儿子一样呢!”几位街道的工作人员还告诉我们，这几年陈明忠是街道中认购国库券最多的人之一。每逢什么募捐救济，他都慷慨解囊。有几次外地发生自然灾害，他还曾悄悄地汇去几百元，不留姓名和地址。

当我们向陈明忠了解、核实这些知情者提供的材料时，他却淡然一笑道：“那些小事，何足挂齿呢。我只是想为社会做点好事罢了。”

1986年3月

把个人事业同报效祖国结合起来

——记深圳大通实业股份有限公司董事长温惜今

出口贸易—“三来一补”—合资合作—独资经营—股份公司—上市公司……

中国掀起改革开放浪潮十多年来，众多的侨商、港商正是依循着这么一条轨迹发展壮大，稳步向前。温惜今先生就是其中的佼佼者。

温惜今过去在香港从事电子零件进出口贸易，后来成为东南亚首屈一指的电容器制造商，被誉为“电容器大王”。说起“电容器大王”的美誉，他浅笑道：“东南亚最大的不算什么，要发展成世界最大的才有意思呢。目前电容器生产量最大的国家是日本，技术水平最高的是美国，然而这些国家都受到生产成本高昂的制约。中国经济发展，市场广阔，加上内地生产成本较低的优势，前途不可估量。”

为了实现追赶日美的雄心壮志，温惜今在 1992 年就设计了在深圳宝安兴建一个大通工业城的蓝图。这座工业城，总投资近 2 亿港元，占地 7 万平方米，建筑面积 10 万余平方米，设电子、食品两个工业区，生产、办公及生活设施配套齐全，各种建筑物 50 余幢，首期工程已于 1993 年竣工，计划 1994 年全部落成。大通工业城将从美国、日本、韩国等国家引进最先进的技术设备，吸引全国各地最优秀的技术人才，实现现代化的企业管理，从而建设成一个有高新技术和雄厚经济实力的企业集团，不仅要成为中国最大的电容器生产基地，而且要发展成世界级的“电容器王国”。

谈到回内地经商十多年的经历，温惜今深情地说：“我是华侨的后代，又在祖国受教育多年，了解祖国，热爱祖国。实行改革开放，让我看到了希望。十多年来，我把绝大部分的资金、时间和精力都投放在内地，把自己的事业同报效祖国结合起来，在自己的事业有所发展的同时，为祖国的繁荣昌盛尽一份力！我觉得这是我们侨商、港商同其他外商最大的区别。”

“海外关系复杂”

温惜今祖籍广东惠州，客家人，1941 年生于原英殖民地沙捞越。1953 年，他和众多满腔热情的爱国华侨青年一样，放弃了优厚的生活条件，在父母的支持下投奔祖国。他在广州华侨补习学校补习一年后考取了广州第五中学，1967 年毕业于暨南大学经济系。

学生时代是温惜今的黄金时代。他聪明、热情且活跃，是品学兼优的高材生。他在暨南大学读书时，是学校文工团的首席小提琴手，而且能歌善舞。在文工团里，他有幸认识了一位年轻美丽的女舞蹈演员，也是归侨，叫李秀棠，就读化学系。1968 年，他俩喜结良缘。李小姐是典型的归侨女性，在家是贤妻良母，在外是夫婿业务上的得力助手。

温惜今大学毕业后，被分配到湖南一家机械厂当管理员。他雄心勃勃，决心要为祖国施展身手，干一番事业。可是在那是非颠倒、善恶不分的文化大革命年代，祖国横遭灾难，像他这样“海外关系复杂”的归侨自然厄运难逃，他由此受到极其不公的待遇。温惜今无法理解这一切，变得心灰意冷。1973 年，他夫妇俩含着泪三步一回头，依依不舍跨过深圳罗湖桥。他有家难归，有国难报。由于不能重返侨居地，只得滞留在人地生疏的香港。但他心里想：“亲爱的祖国啊！我不相信灾难永无止境，终有一天我要回到您的怀抱！”

办起了夫妻档

刚到香港，他在一家电子厂当工人。身无分文的他，受尽了白眼和冷遇。但对于生活中的强者来说，外界的压力往往会转化为他们开拓进取的动力。已过而立之年的温惜今，白天拼命干活，晚上挤出时间到夜校进修无线电专业和商科。原先的大学文化基础，使他能很快吸收新的技术知识，并在同事中脱颖而出。不久，他当上了负责管理原材料的职员，还与许多电子元件商建立了业务联系。

过了两三年，温惜今所在工厂因经济不景气而倒闭。为了养家糊口，他四处寻找新工作。漂泊不定的生活，艰辛难熬的日子，使他增强了抗争意识，积累了社会经验，也结识了许多新朋友。

与其长期打工为他人作嫁衣裳，何不自立门户尝试当老板的滋味呢？温惜今的想法得到夫人的赞许，于是二人拿出全部积蓄，加上向海外亲人筹借的款项，于1976年买了一个单元的住宅，办起了只有一个雇员的夫妻档——益通电子有限公司。这是他人生道路上的一个重大转折。

他们从小额贸易起步，从祖国台湾和日本、韩国购入喇叭、电容器和天线等电子元件，然后逐家逐户向本地厂商推销，从中赚取细微差价。虽是本小利微，却薄利多销，稳扎稳打，他们逐渐增加了资金，生意越做越大，数年间终于初具规模。

走在改革开放的前头

20世纪70年代末，中国的大门渐开，电子工业开始起步。事业初成的温惜今回穗参加“广交会”，经营电子元件进出口贸易。随着改革开放的深入发展，他预见到中国经济市场的巨大潜力，开始了投资内地的探索。

1978年，他成为第一批“吃螃蟹”的港商，以来料加工、补偿贸易等方式与内地的十多家电子工厂进行合作，引进技术、设备，改良产品质量。

从80年代初起，由“三来一补”的初级阶段上升到“合作合资”的新阶段，温惜今先后在佛山、肇庆等地设立了几家合作合资企业，生产各种电容器。他总结以往的经验，由他的益通公司派出技术人员驻厂指导生产。当时内地的收录机热销，大量需要一种叫四联可变电容器的元件，而某国供应商出于自身利益对其进行技术封锁，也不让进口生产。温惜今咽不下这口气，带领有关人员千方百计四处“攻关”，终于打破了封锁，引进了生产技术，使内地得以生产这种元件，由此还受到了中央领导人的赞扬。

经过一段时间的摸索，温氏既尝到了成功的甜头，也悟到了合资合作

企业的局限。于是，他斥资数百万美元再攀新高，1987 年在深圳兴办第一家外商独资企业——深圳大通实业有限公司。1988 年该公司宣告开业，生产电容器。由于决策快，效率高，质量又好，产品适销，生产节节上升，公司很快就实现了“当年投资、当年盈利、当年扩产”的目标。1989 年，他不顾风云变幻，再次扩大生产规模，并向微型化和高技术方向发展，产量跃居全国电器生产企业之首。

中国经济形势的发展，使头脑清醒的温惜今看到了股份制改革、金融制度改革和建立股票市场的前景。他敢为人先，1990 年先后吸纳广东华侨投资公司、深圳市投资管理公司等国有资本，成立深圳大通实业股份有限公司，成为中国首家由外商独资企业演变的股份制企业，并开创了由“中方参股、外商管理”的先例。1991 年，公司又扩大资本，使效益大幅上升，被评为全国同行“生产量、销售量、出口量”之冠，列入广东“百强企业”之一。1992 年，经深圳市批准成为公众上市公司，成为中国首家上市的电子元件生产企业。目前，该公司拥有资产值达 3 亿元人民币，主要生产电解类、瓷介类系列以及薄膜可变类系列电容器，其中电解电容器年产 12 亿个，85% 的产品销往世界各地。

从投资方式看，温惜今无疑是“着着领先”。香港传媒赞叹说：“温惜今走在中国改革开放的前头。”他坦言：“十多年来不断改变投资方式，从早期的来料加工，到现代化的公众上市公司，我都经历过了，目的就是试图探索一个最适合中国国情的投资方式，也为中国的改革开放提供一些参考。”

没有动摇回来投资的信心

温惜今的卓见和胆识，很大程度上来自他对祖国的感情和理解。他说：“我是小时候回国的归侨，后来虽然离开内地，却一直眷恋祖国。改革开放给中国带来了希望，经济发展了，国家的国际地位才能提高，人民才不会受人欺负，我们海外华侨、归侨对这一点体会最深。”

正是这种淳朴的赤子心，驱使他十多年如一日，不管风吹浪打，从没有动摇过回来投资的信心，并主动充当民间使者，经常向海外侨胞以及外国商界人士介绍中国大陆的改革开放政策和投资环境，鼓励他们到中国投资、经商。在他的影响下，很多日本、韩国的客商前来福建、广东等地投资建厂。为此，温惜今还曾被当地的当权者列入“黑名单”，限制他入境，这就难免影响了自身业务的开展。时过境迁，温惜今至今不悔，还视此为美谈趣事。

在深圳大通实业股份有限公司的会议室，悬挂着林林总总的奖状、奖章和证书，有全国外商投资出口创汇双优企业奖，有深圳优秀外商投资奖、最大外商投资企业奖，还有海关部门颁发的信誉良好奖等。这些殊荣，反映了这个公司的生产规模、管理水平、商业道德和经济效益，也从一个侧面反映了身为公司董事长的温惜今的能力和品格。

随着事业的发展，温先生的社会职务有增无减，有全国性的，也有地方性的；有参政议政的，也有经济活动的、文化教育的。他现在是深圳市政协委员、广州市侨联副主席、暨南大学校友董事会董事、全国侨联委员、中国外商投资企业协会常务理事……

已年过半百的温惜今虽淡薄功名，但对事业却始终执着追求。他不满足于电子工业领域，不满足于某一地区，他要向跨行业、跨地区的多元化方向发展。目前，他和夫人李秀棠在香港共同创办的益通国际集团有限公司已向广东、福建、浙江、陕西等省市的十多个企业投入资金 2 000 万美元，包括饮料、食品、金融、原材料、房地产等行业。这里值得一提的是，他与浙江合资的东风绍兴酒有限公司生产的塔牌绍兴酒，享有“东方名酒之冠”的美誉，曾 7 次荣获国际金奖，蝉联国家历届评酒金奖，出口量居全国同行首位。

取之于社会　用之于社会

温惜今既是一位成功的实业家，也是一位热心公益事业的社会活动家。他自己的生活很是俭朴，而对社会公益事业却异常慷慨。近几年来，他先后在全国许多地方捐资 1 000 万元以上支持公益事业，其中捐赠 100 万港元给深圳华侨城与华侨医院，捐赠 100 万元人民币给浙江鲁迅教育基金，捐赠 70 万元人民币给母校暨南大学兴建学术活动中心，前不久又再捐

温惜今先生和夫人李秀棠女士捐资粤北乳县兴建希望学校，图为温先生在落成庆祝会上发表讲话

赠200万元人民币给广州市侨联作为发展事业基金。应该说，温先生在公益方面的贡献是很大的，是难能可贵的。可他却不愿意多谈这些，他认为："取之于社会，用之于社会，这是中华民族传统美德。国家培育了我，又给我经商赚钱的机会，我拿出一部分回报国家、回报社会是应该的。具体的项目、金额，我都没有记在心上。"

齐心协力振兴中华

温先生身为归侨，对抚育过自己的祖国情深意笃，对政府的各项工作敢于直言，通过各种渠道提出了很多很好的意见、建议和批评。他经常往来于香港、深圳之间，看到每年到香港旅游的外国人有好几百万，而经香港进入深圳的却为数不多，签证不方便是个中原因之一。他向深圳建议，应为外国旅游者进入深圳停留72小时提供签证便利。这个建议得到深圳的重视。最近，国务院批准深圳的有关申请，对外国游客进入深圳实行 72 小时免签证手续。目前，深圳正在制定实施细则。

温惜今对侨务工作更是关心备至，他认为，华侨众多，是中国的一个独特优势。中国在任何一个时期，都离不开华侨的支持。现在全世界华侨华人和在港澳的归侨、侨眷越来越多，经济实力也越来越雄厚，这是一支很重要的力量。充分发挥他们的作用，有利于促进国家的改革开放和现代化建设。

温惜今衷心希望各级政府和有关部门、团体能真正高度重视而不是口头重视侨务工作，要切切实实保护归侨、侨眷和华侨在境内的合法权益，充分调动他们的爱国爱乡热情，争取更多的海外侨胞和在港澳的归侨、侨眷回来投资、经商，或者采用其他方式支援祖国建设，使海内外中华儿女能够齐心协力一起为振兴中华作贡献。

1994 年 9 月

白手起家张高贤

张高贤，在港侨商的侨侨者。

他经历了殖民主义、资本主义和社会主义三个社会，走遍了世界各国和神州大地，经历了各种偏见、歧视、挫折和劫难。

他坚强不屈，奋力拼搏，终于梦想成真。

张高贤（左）回来旅游时与作者合影

21 世纪初的一个盛夏，珠江口东侧、南海之滨的香港，天气发了狂似的异常闷热，使人快要喘不过气来。一天清早，年逾花甲的张高贤先生携同夫人和女儿驱车来到尖沙咀码头，兴致勃勃地登上了豪华游轮“狮子星号”。游轮即将进入南海水域，然后穿过北部湾，前往越南东海岸的下龙湾等避暑和游览胜地。

一轮旭日冉冉升起，满载旅客的巨轮起航了。张高贤站在头等房的露台上，神采奕奕，依傍着甲板上的栏杆居高临下欣赏着川流不息的渡轮、游艇和往返珠江三角洲的飞翼船，以及不远处停泊着的那些来自世界各地的远洋货轮。可是，他更多时候是若有所思地凝望着那阳光映照下的海面，它广阔无垠，碧波荡漾，五彩缤纷，绚丽迷人。

大海是人类的第一故乡，而对张高贤来说，大海又是他人生旅途的见证。从孩提起就与海洋为伴，后来阴差阳错，大海把他从马来西亚北部西海岸的槟城送回了陌生的祖国大陆。如今，他又一次投入大海的怀抱，开始别有风味的海上之旅。

他饱经风雨，屡遭劫难，但矢志不渝，奋发拼搏。从海外归来到这次海上之旅，往事纷飞，历历在目。

回“唐山”

时光倒流到五十年前的一个下午，时值马来西亚雨季，槟城淫雨连绵，天空一片灰暗，海面烟波笼罩。

十二三岁的张高贤和五个小兄妹，在百感交集的母亲的带领下来到码头，坐了很长时间的小舢板才登上5 000吨级货轮“安庆号”。这货轮航线曲折，从槟城出发，穿过马六甲海峡，跨越赤道线前往印尼苏门答腊岛南部的巨港，再掉头北上新加坡，然后才经南海开往香港。高贤他们一直紧紧靠拢坐在只有几个小窗口的下层大舱里，舱里的人密密麻麻的，大都是回唐山的男女老少。没有电风扇，也没有其他降温、排气设备，空气浑浊。随处可见人们呕吐出来的污物，散发着难闻的恶臭。许多人不适应，白天吃不下，晚上睡不着，度日如年。

经过足足十天九夜的航程，“安庆号”才抵达当时正处于英国统治下的香港。回唐山的旅客不得上岸停留，在十多个面目狰狞的全副武装警察严密的监视下，他们像囚犯一样在尖沙咀码头坐上火车，再被“押送”到深圳的罗湖口岸。

高贤这次回唐山有点与众不同。他的父亲早年在家乡大埔参加革命，老家被国民党反动派烧毁，又遭追捕，于是被迫逃往马来西亚，长期从事华文教育工作，后来和土生土长的华侨女性结为夫妻，同甘共苦，相濡以沫。1953年，父亲不幸病逝，一家几口失去了经济支撑，生活陷入窘境。为了儿女们的生活和前途，母亲遵照父亲的遗愿，带着孩子们回到了广东大埔太宁。

大埔位于粤东边缘，与闽西相邻，是很久以前从中原南迁的客家人聚居的地方。许多革命先辈，如周恩来、朱德、叶剑英、陈毅、彭湃、张鼎丞等都曾在这里战斗过。张高贤的父亲张高友就出生于该县的太宁乡。纵然祖父母和父亲去世了，且自己和兄弟姐妹的“包衣迹”（客家话，出生地）都在海外，但按照老传统，大埔太宁才是他们的故乡。

族人热情地款待海外归来的亲人，小小的张高贤开始感受到故乡的温暖。大概是考虑到高贤的年纪，乡里的小学把他安排到五年级插班。这对原来只学过几年英语，没有学过汉语的高贤来说，学得很是吃力。幸而他天资聪敏，勤奋好学，校方又是用客家话教学，几乎百分之百他都能听懂。最令他头痛的是认方块字和写毛笔字，老师就叫他多看连环画，看图识字，以勤补拙，终于收到“笨鸟先飞早入林”的效果。毕业后，他以优异成绩考进福州的一所由东南亚著名侨领李光前创办的国光中学，因为他是贫苦侨生，所以能享受免费优惠。后来，他的三个妹妹也来到该校就读，加上已经在该校工作的三哥，从东南亚回来的兄妹们又可以经常欢聚在一起了。

“只专不红”

好景不长，天有不测风云。1956 年被家乡大埔县授予“优秀共青团员”称号、1957 年被国光中学评为“优秀学生”的张高贤，在那场严重扩大化的反右派斗争后期，成为“整团”的重点对象，主要罪名是“只专不红”，校团委口头通知他“留团察看”。

这是张高贤回国后遭受到的第一次严重打击。几年来，这个失去父亲的孩子，得到乡亲的呵护和政府的照顾，从心里感受到祖国的温暖可亲，对共产党深怀感激之情。他刻苦学习，期盼长大后继承和发扬华侨的光荣传统报效祖国，岂料祸从天降，读书有罪，使他欲哭无泪。更令他伤心的是，在无形而又强大的压力下，同学疏远了，亲情淡薄了，孤苦伶仃的孩子心寒胆碎，背着“留团察看”的包袱，拎着父亲用过的破旧皮箱，和几位从泰国、印度尼西亚等地回来的侨生一起，悄悄地离开了母校前往厦门。

厦门是著名的侨乡，风景秀丽。然而此时，张高贤不仅在政治上承受着巨大压力，经济上也到了山穷水尽的地步。为了不至于饿死街头，他来到厦门火车站拉大板车，把堆放在铁路旁的煤炭用铁铲装上车，然后拉到两三公里外的煤场卸下，每拉一车得一角五分钱，一天六七车，可挣一块钱左右。

厦门的8月，正是酷暑。尚未成年的张高贤身着背心、短裤，脚穿人字拖，起早摸黑在烈日下踏着发烫的柏油路来回奔跑，豆大的汗珠不停地流淌。不到几天时间，胳膊就晒得黝黑，脚底也起了大泡，浑身好似散了架，体力严重透支，又染上风寒，他终于病倒了。他举目无亲，独自一人静静地躺在报考的那所学校的课室里，高烧，咳嗽，头昏脑涨，四肢酸痛。此刻，他没钱看病，没钱买药，生死唯听天由命。

病中，他心绪起伏，愁思如麻。是升学？当工人？回乡务农？还是浪迹天涯，四海为家……怎样向疼爱自己的母亲交代啊，又能对九泉之下的父亲说些什么？

俗语说："男儿有泪不轻弹。"可是，此时的张高贤却禁不住泪如泉涌。

不久，他报考的福建化工学校放榜了，他以总分第一和数理两科满分的优异成绩被录取。他欣喜若狂，认为新的环境会给他带来新的前程。

"欲哭无泪，泪自流"

新学年开始了，张高贤被化工学校分配到化学分析专业学习。那个年代，社会上的"大跃进"、"大炼钢铁"和"人民公社化运动"接踵而来，进行得热火朝天的。后来又"反右倾"，学校里还开展"整团"，名目繁多。

那时的政治运动似乎是自然而然的，该整谁，怎样整，内部早就有了安排。"整团"的第一天，班主任煞有介事地宣布："今天，我们要严肃处理张高贤的团籍问题，他以前所犯的错误是政治问题，不是单纯的人民内部矛盾。我们已掌握了大量材料，但他一直没有向组织交代。"班主任发动大家大胆揭发、批判，展开斗争。这突如其来的晴天霹雳，令张高贤的脑袋快要爆炸了。同学们呢，无不惊讶诧异，久久鸦雀无声。

次日，班里的团支部书记声嘶力竭地宣布："张高贤在国光中学参加反革命集团，要向党夺权，他还破坏反右斗争……"班主任紧密配合，趁机煽风点火，一些不明真相的或紧跟形势的同学被"发动"了起来，诸如打倒"漏网右派"、"现行反革命"一类的口号铺天盖地而来。"整团"结束后，张高贤再次被口头通知“开除团籍”。

和以往一样，可怜的张高贤没有申辩的权利，同时也没有任何人敢于站出来讲公道话。

张高贤的自尊和人格又一次受到重创，思想、感情快到了崩溃边缘。他思前想后，终于开始清醒了，决心要有面对逆境的勇气，要有真金不怕火炼的自信，不管别人笑骂，依旧我行我素。

1962 年 10 月，厦门秋高气爽。张高贤从化工学校毕业后，跨进了一家橡胶厂的大门，在炼胶车间当炼胶工。其他几位同学却被安排到了厂部或车间当化验员或检验员。

炼胶车间的炼胶工是全厂劳动强度最大、环境卫生最差和安全设施最落后的工种。由于这几年屡受打击，加上这次在工作安排时受到明显歧视，张高贤往往很容易对一些人和事产生逆反心理和抵触情绪。一天，厂党委书记到职工宿舍巡视，问张高贤：“小张，近来的工作、生活好吗？”高贤冷淡地说：“很好，感谢厂领导的关心。”书记说：“听说你在业余时间为工厂和车间工会做了不少工作，表现很不错。”高贤言不由衷地答道：“为人民服务，鞠躬尽瘁。”宿舍里的工友们见他俩这一问一答索然寡味的对话，都捂着嘴暗自偷笑。书记继续说：“你的床铺又脏又乱，太不像话了，还有蚊帐上那张画像下面写着‘欲哭无泪，泪自流’是什么意思？这是什么主义？”高贤不假思索道：“报告书记，这是我的浪漫主义，就是要有意识地糊里糊涂。”你一言我一语，针尖对麦芒。书记很不高兴，瞪了张高贤一眼便离开了。工友们见状，忍俊不禁，捧腹大笑起来。

张高贤是炼橡胶的工人，橡胶是高分子化合物，弹性好，承受的压力越大反弹力越大。张高贤的性格很像橡胶，在过去的政治运动中受的压力大，反弹力也大。他说：“我特别厌恶那些以整人作为仕途捷径的政治流氓，特别厌恶那些趋炎附势而满口‘马列’的投机分子。”

进“牛栏”

1964 年，张高贤所在橡胶厂的主要领导更换了，工厂面貌发生了很大变化，张高贤和一些表现好的具有专业知识的职工，被上调到厂技术部门发挥聪明才干。

更令张高贤高兴的是，他重新参加了共青团。职工们纷纷向他表示热烈祝贺，有的意味深长地说他是“浪子回头”。在团旗下宣誓的时候，张高贤感慨万端。他风趣地说：“我曾前后三次宣誓，不说在厦门，就在全国恐怕也是罕见的。第一次，1955 年由少先队举荐加入了新民主主义青年团；第二次，1958 年改名为共产主义青年团时，全体团员集体宣誓；这一次，重新入团宣誓。”他接着说：“这或许是人生旅程上的一个奇迹吧！但愿不要有第四次啊！”世事难料，在那个年代有谁人可以给他肯定的答复啊！

1966 年，文化大革命开始了。和全国许多地方一样，厦门市一时乌云翻滚，妖魔乱舞。1968 年 9 月，张高贤曾给福州的三哥写了一封信：“无产阶级文化大革命如火如荼，为响应毛主席号召，我积极投入，步步紧跟。”始料不及的是，这个“步步紧跟”的战士后来却被关进“牛栏”，当了“牛鬼蛇神”，遭批斗、毒打、游街，各种莫须有的罪名接二连三而来，什么“坏头头”、“反军黑干将”、“现行反革命”等，不一而足。

一个多月过去了，“造反派”始终拿不出令人信服的罪证。于是另施毒计，要张高贤“反戈一击”。一个很胖的女人，据说是厂工会主席，阴阳怪气地对他说：“只要你出来指证哪几个当权派是操纵你们这些群众组织的幕后大黑手，我们就可以马上放你出去。”张高贤很有骨气，宁可永久关在不见天日的“牛栏”，也不愿意出卖人格诬陷别人。

两三个月过去了，被一起关在“牛栏”的许多“牛鬼蛇神”先后“解放”了，唯独留下张高贤，理由是态度嚣张，拒不交代。一天，上面讲的那位工会主席出现在“牛栏”门口，凶神恶煞地说：“大家都放了，就是不放你，看你嚣张到几时?”张高贤毫不示弱：“你有本事就永远不放我出去!”“砰”的一声，那女人气急败坏地把门关上了。

看管“牛栏”的一位纠察很同情被无辜关禁的“牛鬼蛇神”，只是难以言语，害怕惹祸上身。一次，他见四下无人，压低声调对高贤说：“专案组已派人调查清楚，你家庭是贫农、革命家庭，三哥是福州市劳模，四哥是入党培养对象，二妹是党员。军代表认为你没有什么大问题，但化工局的几个造反派头头不同意，有争议。”张高贤听到这些，对他感激不尽，心里踏实了。

深秋的一天，驻厦门化工局的军代表通知张高贤：“你可以回家了，但还要继续接受审查。”高贤既高兴又尴尬地说：“我没有家，还是住在这里好。”军代表说：“不行，我们要执行政策啊！”高贤解释说：“我原来住在橡胶厂宿舍，调到化工局后便搬出来了，但从来没有安排固定的住所，现在无家可归了。若你一定要我出去，我只能露宿街头了。”这时军代表方明底里，同意他暂住原处，但不再叫“牛栏”，可由他自由活动。

1970 年的夏天，张高贤被化工局“下放”到属下的一个锻压设备厂。像 1962 年那样，他又被分配到全厂劳动强度最大、温度最高的车间，整天在高温下抡起大铁锤锻打烧红了的各种锻件。

这一年，年近三十的张高贤认识了一位远在边疆的女朋友，并订下终身。

不久，国内形势发生了变化。众多归侨由于各种原因纷纷申请出国、出境，只有少数归侨回到了原来的侨居地，大部分滞留在港澳。

“祖国啊，再见吧！”

1974 年的深圳还是一个名不见经传的小镇，但是那里的罗湖口岸却是人们从陆路进入香港的必经之路。那年夏天的一个大清早，张高贤急急忙忙地赶到罗湖口岸加入办理出境手续的人流。

张高贤是在福建厦门获准出境的，已来到深圳好几天了。可是，当他到罗湖口岸办理出境手续的时候却心潮起伏，浮想万千。十三岁时满怀希望跟随着母亲经香港跨过罗湖桥回到祖国，如今再一次来到罗湖桥，从这里前往另一个既陌生又无依的世界。是自己不热爱祖国母亲，还是祖国母亲不疼爱海外归来的游子？不，不，都不是。尽管屡次三番遭受折磨，他的确有过埋怨，但绝非仇恨，就好像小孩被母亲狠狠打了一顿，依然深深地爱着自己的母亲一样，祖国母亲不是也遭到劫难了吗？可是，自己又不得不离她而去，云摇雨散，海阔天空，或许终会有一天要回到祖国母亲的怀抱的。他回过头向深圳挥手说：“祖国啊，再见吧！”

曾远渡重洋回来的游子，如今却含着泪水依依不舍地告别罗湖桥步出祖国的大门，走向还在英国统治下的香港。

几个钟头的折腾，张高贤的肚子空空如也，咕咕作响，烟瘾又发作，于是就近买了食物充饥，再买一包香烟和一张火车票，出境时兑换的10元港币就只剩下不到1元了，加上两件再简单不过的破旧行李，就是他的全部家当。

“大陆仔”

20世纪70年代中期的香港，曾一度经济萎缩，失业严重，初来乍到的“大陆仔”张高贤要找到一份工作难乎其难。虽然，此前往港的妻子洪玉甘在工厂当工人，但工资低微。为了一日三餐，张高贤四处奔波。

一次，他在报纸上看到某百货公司招聘员工的广告，第二天清早便前往排队等候面试。一位上海口音的主持人问他除了广州话，还会讲什么话，张高贤不假思索答道：“普通话、客家话、福建话，还有马来话和英语。”那主持人认定他口出狂言，露出一副不屑一顾的神色说：“你这个‘大陆仔’会讲那么多种话，还会英语，神经病！”其实，真正神经病的正是那位见识浅薄的主持人，那人根本不懂侨情，不了解在马来西亚、新加坡一带出生和长大的华裔，他们从小就和当地各种语系的居民接触，华文学校也从小就学习英语。除了家乡话以外，会讲多种语言是很普遍的。张高贤自己是客家人，在马来西亚多年，读的是英语学校，又在福建学习、工作多年，会讲多种语言并不奇怪。这次不愉快的面试，令他有种“大陆仔”在香港受歧视的感觉，于是萌生了要为“大陆仔”争气的念头。

风雨飘摇，处境艰难。张高贤瞒着夫人在外做苦力，搬运每袋50公斤的石蜡。一天下来，全身酸痛，躺在床上动弹不得，几度无法坚持下去。不久，他应聘到一家工厂当钳工，在福建锻压厂学到的钳工技术正好派上用场，待遇也不错。由于他是初到香港的“大陆仔”，因此常常受到一些人的欺侮。一次，张高贤实在忍无可忍，用英语痛骂对方，那人不服气，摆出斗殴的架势，引来不少人围观。生产班长走过来不问青红皂白，喝道：“我炒你这‘大陆仔’鱿鱼！”

过了不久，张高贤到一家航运公司跟车送货，那时三十出头的妻子刚好身怀六甲。为了应付日后沉重的经济负担，准父亲张高贤拼命地加班加点，争取多赚钱。

女儿安妮降生了，但当时他们一家的居住环境比人们想象的还要差。在九龙湾的一个偏僻角落，几十间简陋的木屋连成一片，每间屋面积不到10平方米，后边的木板墙有一块可以开关的小木板，用小木方什么的支撑开便是窗口。没有电，没有厕所，唯一的水源是远处接过来的软管。木屋的周围杂草丛生，成了人们大小便的去处，男的还算方便，女的就麻烦些，多数会带把雨伞遮挡着以防不规矩的男人偷看什么的。到了晚上，为了防止蛇虫鼠蚁的袭击，初为人父的张高贤总是小心翼翼地抱着女儿入睡。即使如此，皮肤幼嫩的女儿还是被蚊虫咬得遍体红斑，父母虽疼在心里，却束手无策。

不久，张高贤和那些木屋的邻居们先后被政府相关部门安排到油麻地石勘安置区。他一家三口住进了一间小屋，总算是有了他来港后第一个属于自己的家啊！有了自己的家，张高贤也有了新的想法，决心要闯出一条生路。

“你为大陆来的人争了光”

在香港的打工一族随时都面临失业的危机，但他们也有选择职业的自由。张高贤寻找工作的过程中，又发生了一个大笑话。一间毛衣厂的厂长问他懂不懂英语，他吸取上次见工时被人骂神经病的教训，说：“可以先口试或笔试，看看可否达到厂方的要求。”那厂长拿出一张纸来，上面写着Red、Blue、Yellow等几个英文单词，要张高贤口译。高贤心里暗暗偷笑，如数家珍地道来，厂长点头说：“OK！OK！明天上班。”事后，高贤告诉介绍他见工的同学，那同学听罢哈哈大笑地说：“那厂长连ABC都不识半个，只是装模作样考考你罢了。”入厂初期当杂工，厂长见他表现颇佳，于是提升他为包装部部长。

后来又经国光中学的一位学长推荐，张高贤来到另外一间大型毛衣厂任总经理助理，月薪1 000多元，工资比原来增加了一倍以上。在厂里，他勤奋踏实，还学到了很多生产技术和进出口业务知识，深受老板赞赏。

1977年初，一间制衣厂招聘厂长，应聘的有好几个人，除张高贤外都是老板的熟人举荐的。经老板和顾问联手面试，张高贤脱颖而出，月薪 2 400 元，比当总经理助理时多一倍，也是他到港初期工资的 5 倍多。为了熟悉生产、指挥生产，他利用业余时间刻苦学习生产技术。到裁剪学校上第一堂课时，只见全班清一色二十岁左右的女生，唯独他是年近四十的男性，他感到很不自在。可是生性倔强的他，还是坚持了下去，努力钻研，原本一年半的课程他只用了半年的时间便以优异的成绩完成了，成为学校的榜样。

这个制衣厂规模不小，业务较广，有大批来料加工产品，还有直接出口业务，张高贤的才华得到了淋漓尽致的发挥。期间发生了这样一件趣事：一天早上，香港著名的德国洋行来了两位采购经理，都是香港大学毕业生，态度傲慢。他们的服装订单中有六个款式，要求每款四个色，每色五个码；每一箱六个款，每款四个色，每色五个码。两位大学生经理抓耳挠腮，苦思冥想，算了大半天还没有头绪，十分尴尬。张高贤看在眼里，早已成竹在胸了。他很有礼貌地说："先生，给我一个机会，让我试一下。"那两位大学生以蔑视的语气说："你这位大陆来的，就试一试给我们看看。"张高贤不慌不忙，把装箱方法分为 A、B、C、D 四种，每种方法的每一箱都有六个款、四个色、五个码，只不过款式、颜色和码数不同而已，但最后的总箱数所装的数量、款式、颜色、码数都和订单的要求完全一样。经认真核算，确认无疑。制衣厂老板眉开眼笑，频频点头称赞，那两位大学生也心服口服。从此，张高贤在行业中逐渐有了些名气。

张高贤担任厂长三年，披心沥血，往往因赶货期，连续几个月都没有假日，每晚还要加班，一度因过度疲劳而昏倒过去。

张高贤还为工厂建立了较完善的现代化管理机制，业务扩展了，工厂规模扩大了，利润增加了，工厂出现了崭新的面貌。与此同时，他的工资不断提升，每年还有可观的花红奖励，为今后个人发展积累了资金。

1980 年初，张高贤的头部突然剧痛，不能讲话，不能动弹。送医院急诊检查，发现是因脑右侧有个血水泡压迫着脑神经所致。这血水泡是外伤引起的，位置正是文化大革命时被打伤的地方。他意料不到，十几年前遭受的暴力竟成为今天可怕的后遗症。

张高贤太累了，加上身体欠佳，于是辞去了制衣厂厂长职务，告别了来港多年的打工生涯。

老板举行盛宴，隆重地为他饯行，并诚挚地说：“多谢你三年来对我的帮助和对厂作出的贡献。我随时欢迎你回来。你为大陆来的人争了光，是他们中的佼佼者。我很欣赏你，佩服你。祝你的前途无量！”

“头啖汤”

不惑之年的张高贤早就怀有弃工从商建功立业的抱负。他辞去制衣厂待遇优厚的职务后，恰逢内地改革开放春风南下香港。他捷足先登，抓住了千载难逢的时机。

商海波澜起伏，自古优胜劣败。众多敏感的港人手拎公文皮包，腰挂传呼机，烫金的名片印上某某公司总经理、董事长等堂皇头衔，穿梭于珠江三角洲等地，“皮包公司”满天飞。只一年左右时间，“皮包公司”风光不再，大多在竞争中失败，销声匿迹了。

从打工一族分离出来的张高贤，摇身一变也加入了“皮包公司”潮流。然而，他却成为后来的强者。起初，他也拎着公文皮包走遍穗港澳，从中赚取差价或佣金。后来前往韩、泰、日等地考察和洽谈生意，深得一位在泰国的国光校友巫先生的青睐，与其合股在港创立贸易有限公司，由张高贤任总经理，很快打开了局面。但他始料未及的是，由于一家客商不讲诚信，开出的期票不能兑现，导致公司资金周转困难，欠下大笔债务，结果不到两年时间便被迫结业。这可以说是张高贤在商场上的第一次失败。

初为老板的张高贤毕竟对商场中的尔虞我诈认识不足，对老奸巨猾之徒掉以轻心。他经朋友介绍认识了两位姓刘的商人，他们自称是江西某单位的合作伙伴，有的是钱，就是找不到合适的投资项目。高贤想，这是一个机遇，于是提出合资组成文具包装制品有限公司，对方表示同意。随后，高贤提出了详尽的可行性报告。那两位商人赞不绝口，决定按计划实施。1985 年 10 月，公司开业了，但令高贤惊讶的是，公司的性质变了，原来商定的有限股份公司改为企业公司，而且是商业登记证，也不见张高贤的名字。张高贤为了促成公司的成立，毫无保留地献出了全部知识产权和商业关系，还投入了部分资金，到头来却成了名为经理的打工仔。后来张高贤才得知，这两个姓刘的家伙是以成立公司为手段，然后骗取江西某单位的资金担保，再向香港中资银行贷款。又一次上当的张高贤愤然离去。

前事不忘，后事之师。张高贤决定来一次单打独斗，于是他于1986年初成立华龙文具包装器材有限公司，虽然规模不大，但毕竟是属于自己的。他冷静地分析内地的经济社会发展形势，发现随着改革开放的深入，工厂企业增多了，需要的各种包装材料和用品也会随之猛增，商业和文教事业发展了，需要的各种文具用品也会急剧增加。他到东北、华中和华南的许多省市进行商业调查和洽谈业务后，将自己生产的一个大货柜的文具用品运回内地托人代销。出乎意料，产品很快销售一空，且订货单如雪片般飞来，客户越来越多，订单数量越来越大。畅销产品，独市生意，价格卖方决定，又是现金交易，张高贤因此收入甚丰。此时，张高贤喝了“头啖汤”，心花怒放。用他自己的话说，就是“终于赢得了我坎坷人生中的第一桶金”。这以后，公司业务迅速发展，成了香港颇具市场影响力的包装材料与文具用品出口商和批发商。

“咸鱼翻身”

1986年底，张高贤瞄准内地市场趁热打铁，在深圳和两家企业合作，引进技术先进的生产线，生产捆箱带等产品，一路畅销，利润可观。

1987年，张高贤前往台湾，以流利的福建话赢得了祖籍福建的台商亲如兄弟的热情接待，用真诚获得了人们的信任。在台商的协助和支持下，他成为第一个把当地生产的包装材料用品和文具用品一批又一批地经香港倾销祖国大陆的商人。

1988年，张高贤与华润集团旗下的某公司合作，成立香港启祥发展有限公司，这为其大展拳脚提供了广阔天地。两家银行分别给予八位数的巨额贷款，注入了强大的资本，使启祥公司如虎添翼。不到一年时间，仅港澳客户便达1 200户，营业额位居香港包装材料、文具用品批发的龙头三甲之列。名不见经传的张高贤开始崭露头角，声名鹊起，成为了行业新贵。

张高贤一年一个台阶，在1989年上半年又分别与台湾、河北两地的公司结成协作伙伴关系，共创经济效益。与此同时，实力雄厚的启祥公司先后取得美国、泰国多家公司的美纹胶纸等产品在香港和内地的代理权。张高贤还计划在华北、华东、华南和西南各地合资办厂，生产各类包装材料，然后自造设备、自产材料并组建出口内销一条龙集团公司，争取在香港回归祖国前成为上市公司。

那年启祥公司虽避免了外来的负面影响，却发生了内部的动荡。合作一方某公司不作任何解释突然提出了退股要求，同时申明若没有新股东承接，启祥公司就申请清盘。为了公司的命运，张高贤恳切希望该公司继续合作，但没有效果，多次询问退股缘由，也没有得到回应。

张高贤再次面临一场严峻的挑战，面临着家破人亡的危机。为了避免清盘，必须争取融资，收购该公司的股份。但最棘手的是启祥在两家银行的巨额贷款均由该公司担保，该公司的退出意味着银行担保将被取消，就必须清还全部贷款，否则即使融资成功，启祥也难以为继。

“山重水复疑无路，柳暗花明又一村。”张高贤使出了浑身解数，终于在困境中得到多方的谅解和大力的支持，银行表示一切维持不变，台商应邀入股，濒临解体的香港启祥公司发生了转机，“咸鱼翻身”。张高贤高兴地说：“我用勇气和智慧打了一场漂亮的胜仗。”

改组后的香港启祥公司，由张高贤任董事总经理兼董事局秘书。公司业务又有新的发展，经营的包装材料、文具用品占领了香港和内地的大片市场。

如果说张高贤要钱不要命，恐怕言过其实。说他是“拼命三郎”，那才是千真万确。为了抢商机、争效益，他可以不顾身体、不知疲劳地四处奔波。他有过肝炎、胃出血和脑外伤等旧疾，却往往置之不顾。举个例子，他曾在一个月内，由香港出发前往青岛、台湾、马来西亚、泰国、印度尼西亚等地，飞机起降20多次。年到半百了，依然像走马灯似的转个不停，加上吃不定时，住无定所，应酬频繁，既苦其心志，又劳其筋骨、饿其体肤，这绝非一般人能承受得了的。

从1991年至1993年间，以张高贤为首的启祥公司，先后在河北、江苏、广西、广东等地建立合资企业，同时在惠州独资成立有限公司，这些企业均以生产包装材料或包装产品为主，还在深圳独资开设了生产修正液的工厂。设在香港的启祥公司则组织供应最基本的原材料，并负责把部分产品销到国外。另外，在山东、浙江、福建等地建立分厂，做到华北、华东、华南、西南产供销配套一条龙。这几年的产品独霸国内市场，雄居全国之冠。不仅如此，经营范围不断扩大，在香港等地创办了毛绒玩具、罐头食品、电子零件等工厂。启祥旗下拥有数量不少的公司和工厂，并组成了集团公司，由张高贤任总裁，真可谓苦尽甜来尚未迟。

“商人必须以诚信为本”

祖国大陆市场经济的发展，大大促进了民营经济的崛起。这些民营企业占有天时、地利、人和的优势，许多中小企业的生产技术已慢慢逼近外资和合资的中小企业，生产成本又比较低，使得一些来自香港、台湾和外国的，尤其是劳动力密集型的中小企业开始失去了初期的优势。张高贤意识到，这是对启祥旗下一些中小企业的持续发展提出的新的挑战。同时，他还看到启祥旗下的企业，除由他直接经营的香港启祥运作正常外，在内地的各类企业均不同程度地存在管理不善的缺陷，虽然有的企业的管理制度较为完善，但知识产权被侵犯、产品被假冒等现象时有发生。改革开放初期的“头啖汤”，如不及时调整策略，很可能就变成“猪馊水”了。

明智的商人都会审时度势，根据环境的变化采取相应的对策。张高贤面对现实，以屈为伸，果断地采取“个别承包，大多转让，适当收缩，另图发展”的十六字经营方针。他把启祥公司的全部合资企业进行大调整，除广西的一家由中方承包外，其余在内地和香港的均转让给对方独资经营，香港启祥则收缩经营规模，收回外流贷款，深圳启祥则更新产品结构，整个集团在一年间顺利完成转型。到1996年，香港启祥原有物业实行出售，另选他处设厂扩大生产。张高贤的大举措引来许多流言蜚语，有的说他在内地的工厂卖光了，也有的说他香港的办公楼也卖了，不行了。别有用心的则趁机攻击中伤，说他出了大问题。张高贤笑骂由人，不解释，不还击。1997年、1998年香港遭到金融风暴袭击时，他的物业和股票虽然也受到了冲击，但他的公司、工厂照常运转，他的个人生活还是那么潇洒风流。

回顾二十多个春秋的经商历程，张高贤感慨万千。他从“大陆仔”、打工仔到厂长、集团公司总裁，从 10 元港币起家到腰缠万贯的大企业家，经历了不知多少坎坷和艰辛，承受了不知多少磨难和挫折。而令他感悟最深的是：成功，不是来自偶然和侥幸，而是来自正确的决策、坚定的信念和不懈的拼搏；商人，不等于奸商，商人必须以诚信为本，诚信可以得到别人信任，可以发财致富；钱财，要取之有道，挣得体面，还要回报社会，才能心安理得。

“赤子情深，不忘故土”

张高贤由海外回到祖国内地再到香港，从髫龄小孩到年逾花甲，见证了殖民主义、社会主义和资本主义三个社会，经历了打工仔和大老板的生涯，走遍了神州大地和世界各国，尝尽了人间酸甜苦辣。最令人敬佩的是，他有坚强不屈的品格，有奋发拼搏的精神，还有眷恋故乡、热爱祖国的情操。

“在祖国的大地上，我曾有过许多不公的遭遇，但是我始终没有忘记自己是炎黄后代，是祖国母亲的儿子。”这是张高贤的肺腑之言，也是众多海外归侨的内心倾诉。

他还说：“爱国不是权贵、政要和富豪的专利，爱国是每一个中国公民和海外华侨所拥有的权利和责任。爱国，各有各的方式，但不能带有任何私人目的。”言简意赅，入情入理，讲得多好啊！

张高贤言必行，行必果。他首先选择在内地投资设厂，这不仅对促进改革开放、经济社会发展作出了贡献，而且自己也从中得益，一举两得，实现双赢。他在事业刚起步之时，便竭力支持家乡建设，捐资修桥铺路、兴建校舍以及其他文化和体育设施，还出资成立福利基金会为贫困学生和福利事业提供援助。家乡的人们赞扬他：“赤子情深，不忘故土，热心家乡公益事业。”他动情地说：“能为家乡、为乡亲做些有益的事，我感到荣幸。”

或许是巧合，四十年前张高贤的出生地马来亚宣布独立，结束了英国的百年殖民统治。刚好四十年后，张高贤的居住地香港回归祖国，结束了被英国殖民者侵占一百多年的耻辱。1997 年 7 月 1 日，香港回到了祖国怀抱，普天同庆，四海翻腾。张高贤目睹五星红旗在中英交接仪式上冉冉升起，激动万分，流下了行行热泪，他为伟大的祖国感到自豪，为中华民族感到骄傲。

从这以后，张高贤的爱国爱乡热情更加浓厚、更加高涨。在商务繁忙的同时，他还涉足许多社会活动。要特别提到的是，他在1999年当选为福建母校国光中学第四届香港校友会会长，连任后又被推举为永久荣誉会长。任职期间，他广泛联络港澳和海外校友，共同开展爱心助学工程活动，举行校主李光前研讨会，组织校友联欢会，出版纪念文集等，把校友会相关活动搞得有声有色，受到普遍赞扬。此外，他还兼任香港中华文化总会、香港研墨学社等民间社团领导职务。这些，都有利于弘扬中华民族文化，有利于促进中外友好往来，有利于实现祖国统一大业。

进入21世纪之初，正好是张高贤花甲之年，也正好是他和夫人洪玉甘喜结连理三十周年，同时又是他事业如日方中的大好时光。他适可而止，功成身退，著书立说，泼墨挥毫，过着丰富充实、多姿多彩的晚年生活。原来的经营业务，由他获得工商管理硕士学位和财经分析师资格的爱女张安妮主理。张高贤寄语她："以德治商，以诚待人，在商不唯商，求利不唯利，成为新生代儒商，造福社会，为国争光。"

2005年3月

第二章 天涯海角思故乡

绵绵故乡情

——美籍华人结伴寻根散记

1985 年夏天，南粤大地百花竞艳，芳香流溢。美国纽约、华盛顿、加利福尼亚、奥克兰和依利诺斯五个州的三十二位华人，意气相投，结伴回到梦寐以求的故乡——广东寻根访祖。

祖孙三代回唐山

在檀香山出生，后来移居奥克兰州的吴广容先生，虽已九十二岁高龄，但还没有养起须子，生着红润的脸，祥眉善眼，精神焕发，身体硬朗，是这支队伍中的长者。之前，他一直没有回过祖籍新会县。这次，他下定决心，要实现多年的夙愿。一些好心的亲友怕他年纪大经不起长途劳累，一再劝他放弃回乡的打算。而吴老先生不服老，特地请大夫给自己的身体做了全面检查。当获知检查结果说除听觉减退外一切正常时，他高兴极了，逢人都说自己的身体好，大可以回唐山走一趟。为了让同伴们放心，他又主动写了一份“担保书”，郑重申明如果途中发生什么不测，责任自负，与他人无关。此外，他还在当地悄悄地花重金买了回唐山的人寿保险，老人的精神感动了大家。不久后，吴广容老先生便欢欢喜喜地带着六十多岁的儿子、五十多岁的女儿和年轻的外孙女，祖孙三代四人一起回到故乡来了。那天晚上，热情的同伴们为庆贺他的平安到达和九十二岁生日，在他下榻的广州白云宾馆举行了一场小型但充满欢乐的庆祝晚会。广州市侨务部门也给老寿星赠送了生日蛋糕以表祝贺。

永远不会忘记自己的根

幼年时曾跟随父辈回过家乡的加利福尼亚州小学教师谭丽珊女士，如今已年近半百了。这次当她回到顺德县农村和表哥重逢时，激动得忘记了这里的传统风俗习惯，扑上前去，紧紧拥抱着亲人。她眼里闪动着泪花，喃喃地说："我永远不会忘记自己的根在顺德。"

在加州经商的岑美光女士，五十多岁了，她记得小时候听父亲讲过家乡在顺德县大良镇，母亲生前也再三叮嘱她无论如何要回故乡看一看。她怀着对父母的孝心和"树有根、水有源"的感情回到大良镇。她不知道祖屋在哪里，也不知道房亲在何方，但这里的一切都引起了她的浓厚兴趣，几乎凡有"顺德"、"大良"字样的牌子、标志，她都迫不及待地举起相机"咔嚓咔嚓"地拍个不停，甚至连桑基、鱼塘，也一一拍摄。她深情地说："我好不容易才回来一次，要把这些家乡的风貌带回美国去，好让子孙后代不忘自己的祖籍，不忘遥远的故乡。"

海外的许多华人始终以炎黄子孙为荣，他们对故土的思念之情，时时可见。来自纽约州的詹金美小姐回到珠海市最要紧的一件事，就是恳求乡亲们把自己一家的名字写进詹氏族谱里。当如愿以偿时，她开心地笑了。生于美国的会计师邝彩玲小姐回到花县时，特地到菊花山拾了几块小石头，如获至宝地珍藏起来，准备带回去送给阔别故乡已久的双亲和留给自己的后代作纪念。

喜看龙舟竞赛

故乡的山山水水令人陶醉，而富于民族特色的龙舟竞渡对大洋彼岸的华人来说亦有着不寻常的魅力。一天，他们临时改变了原先安排的观光日程表，从广州乘汽车前往东莞县石碣区，在区侨联津津有味地吃过龙舟饭后，便应邀到石碣大堤上的嘉宾观看台就座。那时，几公里长的堤岸上，早已人山人海，一片欢腾。江面上无数大小船只排成整齐的“江上看台”，船上站满了身穿节日盛装的男女老少，到处彩旗招展，十分壮观。竞赛开始了，锣鼓齐鸣，鞭炮震天，来自各乡、村的二十只龙舟在进行激烈的夺标竞渡。尽管天气热得发狂，可是那些美籍华人的热情更高，他们不停地鼓掌，不停地呐喊助威，有的则忙于拍摄精彩的镜头。持续两三个小时的盛会使他们大饱眼福，无不赞叹“只有盛世之年，才有这充满奋发向上精神的群众性民间活动”。

家乡变化的确大

从纽约回台山寻根的银行职员蒋美多女士用掺杂着英语的广州话向笔者透露，她年少时，父母常说：“唐山三年五载闹饥荒，老百姓很穷苦，粥水也吃不上，穿的更是破烂不堪。”为此，她对故乡长期怀着一种莫名的恐惧感。三年前，她姐姐回来探亲返美后说，唐山有了很大的变化。她疑信参半，决心要亲眼看个究竟。这次回乡后，她笑着说：“唐山的变化的确很大，和自己原来想象的截然不同，以前的恐惧感也云消雾散了。农村里，大家吃得饱，不愁饿肚子，穿的也不错。城市里，商品很丰富，任人选购。这里的生活水准虽然比美国低，但老百姓安居乐业，都在为国家繁荣昌盛作贡献，这是最可贵的。”

在三藩市再见

一天中午，大家正在台山台城的一家酒店用餐，不知谁首先发现上海电影制片厂明星吴海燕和潇湘电影制片厂导演刘冠雄等也在餐厅里，实乃良机难逢。起初是几个人在小声议论什么，后来很快大家便热烈鼓掌邀请吴小姐演唱。海燕十分理解大家的心情，随即演唱了《怀念自己的家乡》等电影歌曲，歌声激发了这些海外亲人的无限乡思，于是大家起立击掌作和。曲罢，人们蜂拥而上争着请吴小姐签名留念。与此同时，一位华裔青年还给吴小姐送上她刚才演唱时被拍下的彩色照片，海燕收下这凝聚海外亲人深厚情谊的珍贵礼物，连声说着“谢谢”！

热情的刘导演还向人们介绍说，潇湘制片厂将拍摄一部以华侨、侨眷的悲欢离合为题材的影片《客从加州来》（暂定名），该片将由吴海燕扮演其中的主角，他们这次到侨乡台山是来搜集素材和体验生活的。刘导演还透露，为了真实反映华侨生活，他们计划前往华侨集中的三藩市拍摄部分镜头。

消息一传开，这些美籍华人尤其是来自三藩市的华裔欣喜若狂，大家都用各种形式表示热烈欢迎。有的说：“我们在三藩市再见！”有的叮咛说：“你们出发前一定要通个信息，好让我们前往机场迎接。”

1985 年 7 月

和靳羽西双亲谈家常

1986 年 3 月 30 日，在广州中国大酒店一间雅致的套房里，我们拜访了刚从大洋彼岸飞回来探亲观光的中央电视台《世界各地》节目主持人靳羽西的双亲靳永年夫妇。

靳先生是著名的岭南派画家，平易随和，虽年已古稀，但仍精神矍铄。靳夫人穿一身旗袍，架一副金丝眼镜，温文尔雅。稍事问候之后，他们便用地道的广州话与我们交谈起来。在座的陈耀之是靳先生五十年前在广雅中学的同窗，一开始便把话题扯到靳羽西身上，他半开玩笑地问靳老夫妇，想不想招女婿，靳夫人忙不迭地答道："当然想啦!"随即说起羽西去北京时，胡启立等中央领导同志热情地宴请她的情况。席间，中央有关部门的几位部长都熟落地与羽西开玩笑，说她云英未嫁，如果在中国找到如意郎君，可以为她开一个祝贺酒会，在钓鱼台宾馆举办都行。一席话说得大家都笑了起来。

说话间，靳先生递过一份复印件给我们看，原来是 2 月 25 日胡启立同志写给靳羽西的一封信，信中说："热烈祝贺您拍摄的《看世界》节目首次播出，我相信它会得到中国广大观众的喜爱。从电视屏幕上看到您有一个幸福的诗书之家，您的父亲喜爱国画。谨以何香凝老人所作《红梅》一卷相赠，作为《看世界》首映成功的纪念。祝您为发展中美两国人民的友谊作出更大的贡献。"

在交谈中，我们得知靳先生曾在母校广西大学任园艺学教授，后又在香港政府教育司任督学十七年，1979 年赴美定居。靳老现在是纽约颇负盛名的岭南派国画家，曾在美国各大州及东南亚各国办过个人画展。

靳夫人告诉我们，靳家共有四位千金，大女羽西；二女羽东，现在马来西亚，有儿女各一；三女羽屏，现在纽约经商，十多年来致力于发展与中国的贸易往来；四女羽珊，现在美国某大学读硕士，未毕业便已被某公司预聘，羽珊还会中国篆刻，常有美国人前来求印。靳夫人说他们家都喜欢看《少林寺》、《火烧圆明园》等中国电影，孙儿每周还去学打中国功夫。

我们的谈话无所不包。靳永年家是五代华侨，他在广州纸行路有一处祖屋，坐落在棱德新街，棱德便是靳永年之父。该处祖屋已被广州某单位征地拆去，至今尚未履约给靳家以应得的合法赔偿。靳老夫妇为此深感遗憾，希望能早日解决。

夜幕降临后，我们替他们调好电视机的频道，让他们能收看当晚羽西主持的节目。

离开大酒店时，我们不禁想起了靳羽西在《世界各地》第一集结束时说过的一句话："能在纽约成功的人，到哪里都能成功。"她说这话时是不无自豪的。

（与杜特嘉合作）
1986 年 4 月

美国电视强人靳羽西趣事

路经羊城

中秋过后的一天上午，广州长堤南方大厦百货商店一楼里，不知谁先认出了正在仔细观看化妆品的一位蓄着一头“五四”装、长着一双大眼睛的美籍华人女士。

“嘿，这不是中央电视台《世界各地》节目主持人靳羽西吗?”

“啊，靳羽西来广州了!”

……

人们高兴得犹如见到久别的亲人，有的走上前向她亲切问好，有的向她点头微笑，也有的请她签名留念，站得稍远的则向她招手致意，商店里顿时沸腾起来。

原来，靳羽西这次在广州出现，是她和父母应我国政府邀请，到北京参加庆祝国庆三十七周年活动，路过广州作短暂的停留。

靳羽西起初默默无闻，自从她在美国制作和主持的《看东方》综合性大型电视节目于1983年开始播放后，便轰动全美。尤其是在美国电视台主持北京庆祝中华人民共和国建国三十五周年活动实况转播后，声名大振。这些年，她先后荣获“杰出妇女奖”、“杰出人才奖”、“友好大使奖”和“优秀专业奖”，并被评为“美国电视界六强人”之一，今年又获华人“风云人物”称号，最近美国政府正式把她列为著名人物。

为了架设东西方文化桥梁，编织中国与世界人民的友好彩带，靳羽西在《看东方》这个电视节目中向美国观众介绍中国和东方之后，她拍摄和主持的《世界各地》节目从今年春节开始在中国中央电视台播出，把各国有益的传统文化和新鲜事物介绍给中国观众。靳羽西那端庄的容貌、潇洒的举止、真挚的表情、生动的解说，给观众留下了深刻的印象。她那略带广东口音的普通话，对广东观众更是具有特别的亲和力。胡启立同志为此还专门写信给靳羽西热烈祝贺《世界各地》首播成功。

广东姑娘

靳羽西是地地道道的广东姑娘，祖籍番禺，祖屋坐落在广州以她祖父的名字棱德命名的棱德新街。令羽西一家深感遗憾的是，该处祖屋已被广州某单位拆迁，当年祖屋已荡然无存，空留记忆了，而且相关部门尚未给予约定的拆迁补偿。

靳羽西是典型的第五代华侨，从太公到祖父辈都曾侨居美国。父亲靳永年先生在广州西关出生，1937 年毕业于广雅中学，之后考取广西大学，后留校任园艺学教授。几年后往香港任政府教育司督学多年，1979 年赴美国定居。

靳永年先生是著名的岭南派画家，他的国画在美国享有盛誉，先后在美国各大州和东南亚举办过个人画展。每次画展，他都穿中国传统的唐装长衫，还经常应众之邀即席泼墨挥毫。他的笔法豪放，气象万千，或画浩荡江河烟波万里，或画巍峨群山云雾翻腾，深受观众喜爱。美国不少大酒店的中国餐厅都有他的佳作，洛杉矶最大的一家宾馆悬挂的大幅国画就是他的手迹。

番禺寻根

靳永年一家已移居海外多年，但他们始终恋乡情切切，念祖意绵绵。他们都有共同的愿望：中国改革开放了，走上中兴之路了，一定要多回去看看。

前几年，靳羽西和妹妹先后多次来华。今年 4 月，靳先生首次偕同夫人回来认祖寻根、探亲访友。一天，靳永年夫妇来到阔别四十多年的佛山市，靳太太只朦胧记得父母生前讲过自己出生在“桂圆”的大院，但毕竟时过境迁，这个地方并不好找，后经多方查访才好不容易找到。她高兴得不知拍了多少照片，说是要带回美国留作纪念。靳先生对她说：“这次你寻到根了，开心了，我也要去番禺寻根，到广州西关找自己出生的地方。”

前年，羽西去桂林曾想寻找她的出生地，一时未能找到，很是着急，便打长途电话回美国询问母亲。后来终于找到了，又打电话给母亲报喜。今年羽西回到番禺寻根，县里特意摆设了家乡风味的盛宴欢迎她，羽西吃得津津有味。后来端上一盘色香味俱全的佳肴，主人热情地请羽西品尝，当她得知是狗肉时，不禁惊叫了一声，连忙放下筷子，笑着说：“我不敢吃，不敢吃，吃了，回美国就没有人敢和我讲话了！”（欧美人爱狗，不吃狗肉）大家听了都捧腹大笑。

孝顺父母

每当谈起四位千金，永年夫妇总是表露出内心的喜悦。年过六旬的靳太说：“你别看阿西在电视节目里唧唧喳喳，但在家里十分孝顺父母。”靳先生说：“我们也支持她的事业。”羽西从小就深受父母的熏陶，当时取名羽西，就是因她在广西出生，取其广西的羽毛之意，让她和后代永不忘祖。对羽西从事电视事业，两位老人家给予许多精神上、经济上的支持。而使靳永年夫妇最难以忘怀的，是羽西为美国电视台主持北京庆祝中华人民共和国成立三十五周年的实况转播。由于时差问题，1984 年 10 月 1 日上午 10 时北京庆祝实况通过人造卫星传到纽约时，正是当地时间 9 月 30 日晚上 10 时。当晚靳羽西正在另一处紧张地翻译、剪辑和配音，还要寻找背景材料。而靳永年夫妇则留守家里焦急地等待着北京邓小平讲话稿的电传，收到电传后便立即驱车送到女儿处，然后又马不停蹄赶着去参加中国驻纽约总领事馆的庆祝酒会。

这次实况转播是靳羽西最为得意的作品之一，引起美国观众，特别是纽约各界华侨华人的强烈反响。当晚荧幕刚落，祝贺的电话彻夜不绝。

最大乐趣

靳羽西于 1949 年随父母到香港，十七岁移居美国。她就读夏威夷大学音乐系时，曾被评选为“中国水仙花公主”。毕业后，曾任公司经理、酒店公关部主任。像她这样的人在美国赚钱并不难，很有可能成为一名女企业家，但为什么她选择现在的职业呢？靳羽西的回答是：“如果通过我制作的电视片能给人们一些好的影响，那样的生活才有意义。”她认为在海外发扬华夏文化，促进中美文化交流，架设东西方文化之桥，跨越无知和误解，是作为炎黄子孙的最大乐趣。

靳羽西这次在广州期间，又透露了几个新的信息：广东电视台要求她把《世界各地》用粤语配音，以满足广东观众的需要；中央领导人建议她到新疆等地增拍《看东方》镜头。前不久台湾某厂商用巨款要她主持一个有“中华民国”字样的电视广告，而羽西毫不含糊地说：“我拥护一个中国，搞‘两个中国’，给再多钱我也绝对不干。”

1986 年 10 月

“我爱中华”

——记联合国开发计划署顾问陈庆筠

前不久，邓汉光副市长代表广州市人民政府，给美籍华人食品专家陈庆筠博士颁发了“广州市人民政府食品工业顾问”聘书。广州市代市长朱森林等领导人还在东方宾馆与他会面，并亲切交谈。陈博士对开发广州食品工业的优势和前景，以及引进先进设备、技术等发表了许多很有建设性的意见，并提出在广州生产人造营养肉的具体建议。

永不忘祖

陈庆筠博士祖籍为著名侨乡台山。他的义父左大炘老先生告诉笔者一个有趣的故事，那是抗日战争期间，陈博士的父亲在肇庆工作，母亲已怀孕，后来辗转到新兴（筠城）。1945 年 7 月 10 日庆筠出生，“庆筠”即肇庆怀胎、筠城堕地之意，寓意让他永不忘祖，为国效劳。

抗战胜利后，年幼的庆筠跟随父母到了澳门，不久又到美国求学，先后获化学工程学士、硕士和食品营养博士学位。1971 年开始，他在美国麦尔斯公司等企业任职，1979 年受聘任得克萨斯州大学化学系客座教授，1984 年至今任联合国开发计划署技术顾问。

陈博士学识渊博，对食品研究造诣很深，是一位享有盛誉的食品专家。他还积极参与社会学术活动，先后担任旅美中国食品科技学会会长、美国油脂化学学会年会氢化讨论会主席、植物蛋白质理肌化讨论会主席和科技讨论会总主席。

故国情深

科学的第二个春天来到神州大地，太平洋彼岸的陈庆筠博士愈发地思念故土家乡。1982 年，他接受我国化工部和重庆市政府邀请，首次来华讲学。返美途中经广州，又对有关工程技术人员进行实物指导，使广州的人造奶油生产技术取得了突破性进展。

中国的崛起，给陈博士留下难忘的美好回忆，同时也增强了他要为中国食品工业发展效力的信心。次年，陈博士又应中国科技交流中心之邀，率领五位华人专家到北京讲学，并在重庆举办来自二十二个省、市共三百多名科技人员参加的全国食品科技短期培训班。陈博士返美后，撰写了《发展中国食品工业建议书》，递交给中国国家经委，其内容包括前言、中国食品工业的评价、中国食品工业发展的方向、步骤和结论五大部分。他还向四川省、重庆市提出了两份有关发展食品工业的具有重要参考价值的建议书。

在陈博士的努力推动下，旅美中国食品科技协会和中国科技交流中心签订了 1984 年和 1985 年科技交流协议，由美方派出四位专家前来中国进行科技交流。陈博士还通过各种渠道为中国引进资金、设备。例如，通过他的联系，意大利政府已同意通过联合国捐赠两百万美元在中国建立食品研究所。1984 年 6 月，他毅然辞去美国一家公司待遇优厚的职务，组建了以致力于中国建设的专家、学者为主体的三艾公司，专门从事国际技术转移，主要协助中国引进欧美食品、饲料、化工等设备和技术。该公司成立后，首先协助四川省天然气厂开发天然气的综合利用，接着又在北京、重庆、江苏等地成立了三个联合公司，并签订了有关发展食品工业的协议……

效力中华

陈庆筠博士的学识和赤诚，获得了人们的高度赞扬。在 1984 年中国食

品工业协会聘请他为该会顾问后，重庆、成都两市人民政府也分别聘请他为经济技术、食品工业顾问。北京、西安、大连、长沙、福州等地亦争相邀请他前往讲学或提供技术咨询。1984 年，我国政府邀请他参加了建国三十五周年庆祝活动。

为什么陈庆�博士那么热心家乡建设？我想，或许从他和义父的一次私下谈话中可找出答案。庆�博士深情地说：“我虽加入美国籍，但我是炎黄子孙，我爱中华，要为振兴中华尽绵薄之力。”

1985 年 12 月

陈美龄："我是中国人"

陈美龄

陈美龄于1984年在中央电视台春节晚会上的精彩演唱，令人回味无穷，总是希望能有机会再次聆听这位国际知名旅日歌影星从她的心里抒发出来的歌声。出乎意料，前些日子翻阅美国寄来的华文日报《时代报》时，看到了她撰写的文章：《我是中国人》。我高兴极了，反复细读，联想到她今年春天在北京为宋庆龄儿童基金会的出色义演。她对祖国的万缕情思和深切眷恋，感人肺腑，让我的内心久久难以平静。

在香港、日本等地，陈美龄的芳名早已家喻户晓，而在中国内地得到广泛流传的时间并不长。她1956年生于香港，天生金嗓子，读中学时就是出名的学生歌手。她聪明伶俐，天真活泼，长得俊俏，一头乌黑的长发，两只闪动着青春、热情的眼睛，爱穿短裙、长袜和黑皮鞋，更显露出全身的优美线条。她手抱吉他，姿态绰约，歌声甜美，令全校师生倾倒。她十五六岁便东渡日本，技压群芳，获日本全国流行榜歌星第一名殊荣。此后，她多次出席日本规格最高的红白歌唱大会，被誉为"歌国公主"。她在前往加拿大攻读儿童心理学获硕士学位后重返日本，继续在歌坛活跃，被选为"日本十大歌星"之一。这期间，她曾以一曲《忘忧草》喜获香港粤语流行曲擂台奖。20世纪80年代初，陈美龄涉足影圈，扮演了中、日、美、意四国合拍的影片《马可·波罗》中的梅黎，她的表演惟妙惟肖，使她一举成为国际知名的华人女影星。

祖籍广东东莞的陈美龄从懂事时起，便一直听人家说，祖国近千万平方公里的山河如何壮丽多娇，中华民族五千年历史怎样灿烂辉煌。她乡心如丝，盼望有归期。可是，长大后一直风里来雨里去，在香港、日本两地奔波，日常要主持几个电台、电视台节目，还要兼顾几家报刊的专栏，密密麻麻的安排，忙忙碌碌的工作，使得她很少有喘息的时间，只能遥望乡关梦里行。机遇来了，她多年的梦想终于实现了。继 1984 年应邀到中央电视台春节联欢晚会演唱后，在 1985 年的春日，那追根寻源的春燕掠过彩云终于又飞了回来。

在神州大地，陈美龄被这里的一切所感动。当她登上北京八达岭，眺望那云雾中忽隐忽现的举世闻名的万里长城时，她无法相信这是自己的祖先们翻山越岭，全靠人的体力、汗水和血肉筑成的。在山水甲天下的桂林，她眼花缭乱，甚至一下子分辨不出那是自然山水，还是彩色画卷。过去总以为山水画中的那些山和水，不过是艺术家们自己想象出来的，而今亲临其境，置身其中，不禁惊叹："这里的山水和山水画一模一样。"陈美龄还看到了白雪飘飘的北国风光和碧波滚滚的壮观南海，还听到了古老黄河的怒吼和浩荡长江的呼唤。在那些难忘的日子里，她那青春女子的强烈感情往往不可抑制，任由两行热泪流下，让它融进祖国的大地，让它流到祖国的江河。

改革开放的春风，带来了中国的迅猛崛起，展示了中华民族的美好未来，更加激发了身居异域他乡的陈美龄难以言表的自豪感。她在《我是中国人》一文中写道："在中国，我被一切事物所感动。……这样一个美丽的、充满热情的国家，就是我的故乡，我浑身感到自豪。"她兴奋激动，心潮澎湃，热血沸腾，再次向世人直抒胸臆，发出了高昂激越的时代强音："我是中国人，是在这块广阔的土地上创造悠久历史的中国人的后代。"文如其人，肝胆可见。从她的文字中可看出她对祖国的爱多么纯真、对故乡的情多么深厚啊！

许多人都说陈美龄那特有的甜美歌声使人折服，而更多的人则赞叹她演唱时流露出来的丰满感情。在北京为宋庆龄儿童基金会举行的首场义演，她演唱了主题歌《归来的燕子》。唱着唱着，她怎么也不能克制自己，热泪挡住了视线，悠扬悦耳的歌声也一时喑哑了。观众们沉浸在她的深情之中，并发出强烈的共鸣。一曲刚罢，基金会主席康克清大姐带头起立致意，全场观众随之起立，热烈掌声经久不息。末场演出，情景尤为动人。

多才多艺的陈美龄演唱了自己专门为这次义演创作的《祖国的温情》。优雅的歌词，深邃的意境，优美的旋律，字字清脆，声声宛转，情绵绵，意切切，如新莺出谷，似乳燕归巢，深深地打动了全场每一个人的心，听众们无不感受到祖国的温情，从而情不自禁地起立击掌作和。曲罢，听众席上爆发出雷鸣似的掌声。为她伴歌的儿童们也被感动了，情不自禁地涌到陈美龄跟前，有的亲热地拉着她的双手，有的紧紧地扯着她的衣襟，天真地恳求说："陈阿姨，你别走了，别走了！"云英未嫁的陈美龄爱心如潮，微微地低下头，轻轻地抚摸着孩子们幼嫩的圆脸，一双深情的眸子好像在说："好孩子，阿姨一定会再回来的。"

为了祝贺陈美龄义演的成功，宋庆龄儿童基金会破例在人民大会堂举行盛会。德高望重的基金会副主席荣高棠向陈美龄赠送了一份极其稀贵的礼物：用一块六亿年前的化石精心制作的、背面镌刻着"燕至春来"字样的墨砚。荣老语重心长地说："你是归来的燕子，燕子回来了，春天也到了。"一股暖流涌进美龄的心窝，她再一次感受到了祖国的温情和挚爱。

1985 年 12 月

恩泽乡梓　功高德厚

——记马来西亚华侨慈善家张武帮

张武帮先生是我揭西的同乡，久闻其名。前不久，我和广东省归侨作家联谊会几位同行应邀往揭西采风，参观了张武帮中学，拜访了当地知情乡亲，回广州后写了此文，聊表对他老人家的敬意。

秋风吹拂，群山欢笑，田野上金黄色的稻浪翻腾，瓜果蔬菜覆盖着的泥土散发着诱人的芳香。年逾古稀的华侨慈善家张武帮先生在故乡晚造丰收在望的时节，又一次远渡重洋从马来西亚回到魂牵梦萦的揭西县河婆镇北坑村。他行装甫卸，不顾旅途劳累和行走的不便，便让夫人搀扶着坐上轮椅来到以他的名字命名的一所中学。

语重心长的叮咛

改革开放，焕发了五千年古老华夏的青春，也激发了五千万海外炎黄子孙怀念故土的深情。这些年，张武帮年事渐高，仍坚持每年回来看看家乡的变化，并竭尽全力为家乡办些实事好事。这所由他独资捐建的张武帮中学，就是他1990年回来拍板的。经过各方面的紧密配合，第二年动工，第三年便竣工并招生开学。

这次捐赠还引出了一段动人的故事：张先生亲自选定校址后，偕同夫人和儿孙一行北上观光旅游。路经韶关时，他突然急病昏迷不省人事。经抢救苏醒过来后，想起了几天前承诺兴建张武帮中学等几个项目的落实问题，随即把儿子叫到身边，语重心长地叮咛说："本人如有不测，所承诺的全部捐助款项，一切遵从父命照办。"接着，他用颤抖着的右手在项目书上签上了自己的名字，其赤诚之心天地共鉴。

再说这所不占农田、依山而建的中学，经过不断扩建、充实，现今楼宇壮观，设施配套，装备先进，环境优美，在县里可谓独一无二，在粤东恐怕也不逊色。人们意想不到的是，校门刚开，四面八方的学生蜂拥而至，五百、一千、一千五……人数剧增。1995 年，首届初中毕业生参加省的统考，一鸣惊人，成绩为全县四十多所中学之冠，并连续几年名列前茅。随着教师队伍的逐渐壮大，一批青壮年教师屡获省、市、县各级奖项，校长张玉常前不久又荣获“南粤优秀校长”称号，学校还多次被授予“文明学校”、“十佳校园”等称号。新闻迭出，喜讯频传，各方人士交口称赞。一些港澳台同胞动情地对张武帮说：“张先生，你情系桑梓，胆识过人，这上千万元的投入没有白花啊！”这学校凝结着张先生对故乡的眷恋，聚集着他在海外奋力拼搏的血汗。而今，他亲眼看到自己的夙愿终于实现了，再也不是“青山明月梦中看”了。他千思万绪，往事依稀。

他怎么也不会忘记，八岁那年，父亲病逝于东南亚，家庭陷入困境之时，三十出头的母亲，为了养活儿女，不管刮风下雨，地冻天寒，日日步行三四十里到名叫上砂的地方挑几只生铁锅贩卖，赚来一点点口粮，以维持一家五六口人的生计。因为穷，张武帮十岁时便离家到外地给别人看牛，十二岁跟随母亲漂泊马来亚。母亲含泪搭起简陋的“亚答”（一种热带植物）屋栖身，长年累月为人耕椒园割树胶。张武帮自己则到华侨的店铺做店员，斗大的字又识不了几个，因此吃尽苦头，还要遭受殖民统治者的压迫、凌辱……

兴学育才，恩泽乡梓

艰辛的成长道路，锻炼了张武帮开拓事业的坚强意志；贫困的生活经历，培育了他乐善好施的优良品质；冷酷的异国他乡，激发了他爱国爱乡的赤子情怀。在人生旅途中，他悟出了一个道理：穷苦人家要摆脱困境，必须有文化，大家都有文化了，祖国才会富强，海外华夏子孙才不会受歧视。他很赞赏孙中山“学者，国之根本”和“学校者，文明进化之源泉也”等振兴教育的主张。经多年艰苦创业，他的生意做得如火如荼。适逢祖国“文革”阴云尽散，张武帮心潮汹涌，排除阻力，绕道欧洲回乡。在乡亲热情欢迎他的座谈会上，他提出要为家乡发展教育事业尽绵薄之力。他先后两次捐资扩建村里的北坑小学，又兴建了张武帮中学。之后，他的热情更加高涨，不仅捐资办学，还捐资其他公益事业和基础建设。二十年来他共捐赠大小项目近五十个，涉及七个乡镇，捐资总额逾数千万元，这在揭阳市旅外乡亲中是首屈一指的。他由于爱乡情深和贡献卓著，而被授予“揭阳市荣誉市民”称号。此前，汕头市政府给他颁发了“兴学育才，功垂千秋”的奖状，家乡百姓给他送上“慈善家”的美名，他的事迹还被载入《中华国际名人录》。为了永远纪念张武帮先生，家乡人在张武帮中学设立了约三米高的镀金石雕头像，像的座基上雕镌着这样的碑文：“张武帮先生兴学育才，恩泽乡梓，功高德厚，永世流芳。”字里行间皆表达出乡亲们对他的无限感激和敬仰赞美之情。

2000 年 2 月

促进中马文化交流的使者
——记马来西亚华人作家张肯堂

张肯堂

年逾八旬的马来西亚知名华人作家张肯堂先生新作《河婆乡土情》的面世，引起了马来西亚华人社会，尤其是当地众多祖籍河婆的客家人的强烈反响，也受到了粤东揭西原河婆地区各界人士的热烈欢迎，散居国内外其他地方的河婆人无不深表祝贺。

河婆地处山区，山多地少人穷。穷则思变，远在三百多年前的明朝末年那里便有人漂洋过海到东南亚谋生、创业。清末和民国期间，为了生存，远走异国他邦的男女老少更是与日俱增，其去处主要聚集在现在的马来西亚，其次是印度尼西亚。几乎村村户户都有亲人在海外，在外人数和家乡人数不相上下。这些海外乡亲的共同特点是：都有一部可歌可泣的血泪史，都有一颗爱国爱乡的赤子心。张肯堂先生于20世纪40年代末南渡印度尼西亚，再迁原英国殖民地沙捞越，最后定居马来西亚。几十年间，他四处漂泊，饱经风霜。

在这部50万字的《河婆乡土情》中，作者以丰富的史料、生动的事例、通俗的语言和深厚的感情，记述了河婆地区的历史文化、风土人情，再现了河婆人早年远渡重洋的血泪史、奋斗史和发展史，热情歌颂了他们当中为居住地域和故土家乡作出贡献的许多代表人物。这既是一部有可读性的文学著作，又是一部具有知识性的历史资料。这是作者多年来呕心沥血的结晶，也是作者步入暮年的力作。在出版过程中，身体瘦弱的张先生不辞劳苦，戴着深度老花眼镜，夜以继日地逐字逐句认真校对。甚至由于过度疲劳，引起眼睛发炎，视力急剧下降。

我和张先生都生长在河婆，20世纪40年代末还曾同在一间乡村小学任教，后来分道扬镳，各自远走他乡。我在沙捞越被殖民当局视为“共党

分子”，被密令追查、搜捕，于1951年穿过热带原始大森林逃往印度尼西亚，当时得到了张先生的热情接待，他还千方百计协助我回到祖国。此情此景，记忆犹新。中国改革开放后，他曾多次回乡探亲观光，凡路经广州，我们无不欢聚，共叙情谊。

张肯堂先生比我大十多岁，是我的长辈，但他谦虚待人，一直视我为知友。他读中学时开始对文学产生浓厚兴趣，且爱好书法，当教师的时候粉笔字写得如行云流水。他深富正义感，在乡下时对国民党的横征暴敛、腐败无能义愤填膺；在海外时对黑暗势力、殖民统治深恶痛绝。他不论居住在中国、印度尼西亚、马来西亚的什么地方，也不论当教师、做店员、种胡椒还是做生意，他都保持着正己自律、勤劳俭朴的作风，有一种古人说的“富贵于我如浮云”和“安贫乐道”的品格，这是令我最为敬佩的。或许是他的爱好追求，也许是他的真知灼见，他在马来西亚定居后便以架设中马两国文化交流桥梁，促进两地人民友好往来，联络海内外乡亲骨肉感情，作为自己的神圣职责，并为此殚精竭虑。中国与马来西亚两国友好情谊的形成，张肯堂功不可没。他业余时间笔耕不倦，在马来西亚当地和故乡发表了不少文章，长期主编当地的《河婆之声》杂志，出版了《河婆风土志》、《河婆民间故事集》等著作，受到海内外乡亲的高度赞扬。去年，他还组织了近百名华侨华人参加大型旅游团回故乡，到粤东和北京等地观光旅游，亲临其境去感受这些年来神州大地的巨大变化，体会故乡亲人对海外乡亲的深厚感情。在这次旅游中，不少老华侨、老华人为故乡翻天覆地的变化而动容，不禁热泪盈眶，纷纷称赞改革开放政策的正确和现代化建设事业的辉煌成就，并表示今后要一如既往地关心和支持家乡的经济文化建设。

2001年7月

飞向世界之莺

——访印尼抒情女高音歌唱家赵春琳

赵春琳

在广州中山纪念堂里，为筹募广州市归侨老人福利基金的义演，异彩纷呈，气氛热烈。只见一位身材苗条玲珑，穿着印尼服装的小姐漫步登台演唱《五彩鲜花》。她那甜润的歌喉、真挚的感情、优美的舞姿以及那浓郁的印尼民歌韵味，使四千多名观众为之倾倒。这位歌者便是从香港专程前来的印尼抒情女高音歌唱家赵春琳。

义演晚会闭幕的第二天，我到中国大酒店拜访了她。她热情、爽朗、健谈，没有半点名家架子。陪同她来穗的夫君叶先生也在座。

赵春琳告诉我，她曾到新加坡、马来西亚、菲律宾、越南等国演出，那些地方的华侨都非常热情。1965 年，印尼总统特别指定她作为首都雅加达的代表参加印尼文化艺术团到中、日、朝等国访问演出。这以后，她还两次到上海演出。1985 年春节期间首次回到向往已久的故乡梅县，11 月来穗出席广东省第六次妇女代表大会，而回来义演却是第一次。

她深情地说："我的父亲是华侨，我出生在印尼，有机会回来为归侨老人义演，非常开心。"这时，坐在一旁的叶先生悄悄地对我说："小赵对华侨特别有感情，很喜欢为华侨演唱。这次来义演，她很乐意。我也是华侨，很支持她。"他们夫妻的一片真情深深地感动了我。

赵春琳不仅在声乐上有很高造诣，而且舞蹈的功力甚深，并早已涉足剧坛和影视圈。她七岁进入法国国际古典芭蕾舞学校学习，十七岁成功地出演《天鹅之死》，还在柴可夫斯基的多部名剧中担任主要角色，又被推荐到素有“国宝”之称的印尼宫廷舞师索曼德利学习印尼宫廷舞蹈和民间舞蹈，成为印尼的青年舞蹈家。后来，她又钻研声乐，高中毕业时参加全印尼歌曲比赛荣获桂冠。这以后，她经常到东南亚各地演唱，被誉为“印尼之莺”。1963 年，她被保送到北京中央音乐学院专修声乐，技艺更臻成熟，形成了她在西洋抒情花腔中带有浓郁中国民歌韵味的歌唱风格。她曾多次来华演出，得到许多专家的好评。著名女高音歌唱家刘淑芳赞誉赵春琳是“年轻的抒情女高音歌唱家”。作曲家乐濛认为赵春琳的独唱“的确是引人入胜的”。她当时演唱的《宝贝》、《哎哟妈妈》等歌曲脍炙人口，风靡一时。赵春琳还出演了不少影剧。她在《两代舞后》影片中，分饰母、女两个角色，蜚声印尼影坛。在北京中央音乐学院学习时，她曾饰田汉名作《回春之曲》的主角梅娘，成功地塑造了主人公的形象，田汉还特意亲笔题诗给她留念。

1968 年，赵春琳举家从印尼移居香港。她说，在香港搞艺术不像内地，没有“铁饭碗”，绝大多数歌星都无法靠此生活。因此，赵春琳现在除了在亚洲电视台等单位当声乐老师外，还在其他公司任职。

临别，赵春琳小姐要我向这次义演的主办单位之一《广州日报》的读者代致谢意，接着她挥笔疾书：“向《广州日报》读者问好，祝朋友们新春愉快！”这是赵春琳在义演晚会上奉献给羊城观众闪耀着艺术光彩的鲜花之后，又一次奉献给羊城乡亲情真意切的心花！

1986 年 2 月

让后代更多地了解故乡

——记厄瓜多尔华人柳惠如女士携眷回乡探亲旅游

在高踞群芳、殷红似火的红棉花盛开的阳春二月，已步入不惑之年的柳惠如女士，怀着对故乡、对亲人的深厚感情，从遥远的南美洲厄瓜多尔乘飞机经纽约，再横跨烟波浩渺的太平洋，第一次来到回归祖国后的香港。以前这里曾经是英国统治的地方，现在回到祖国的怀抱了，她的心里有说不出的激动。

柳女士在香港稍作逗留，便回到魂牵梦萦的广州。这是她出国十多年后第二次回到故乡。

南美洲西海岸的中式餐馆

20 世纪 80 年代初，柳惠如移民出国，和夫君陆先生来到厄瓜多尔东部的一个不大不小的地方，在族人的协助下开设了一个以中餐为主的小食店。她人地生疏，又不懂当地的语言，凭着不怕吃苦和敢于拼搏的精神，一年三百六十五日起早摸黑，每天干活十多个小时，甚至背着婴儿下厨做饭菜、洗碗碟，手脚不停地忙得天旋地转。夜深了，小食店关门暂停营业了，她才感觉到精疲力竭，浑身的骨架仿佛都散了。夫妇俩不知经受了多少艰辛和曲折，也不知流下了多少汗水和泪水，一步步地前进，一步步地拓展。时至今日，原来的小食店变成了远近颇有名气的中式餐馆。这餐馆，独树一帜，洋溢着浓郁的中国南方情调，而且价廉物美，环境清雅，服务周到。许多本地的青年男女喜欢来这里举行婚宴和舞会，众多外国游客也按照旅游图上展示的地点、名称前来品尝中式菜肴，生意红红火火。

随着岁月的流逝和顾客的增多，有趣的事情时有发生。各个层次的顾客向老板学习中国普通话和广东方言，主动了解中华民族的历史和中国改革开放进程，这些慢慢变得司空见惯。同时，也发生了一些出人意料的趣事。按照广东的传统习惯，餐馆酒楼的饭台是摆放着筷子等餐具等待客人光临的，柳女士在异国他乡开设餐馆当然也保持这种特色。可是过了一段时间，她发现筷子常常不翼而飞，变得越来越少了。虽然经常补充，但还是逐日减少。这疑团，很久很久无法解开。

有一天中午，来了很多客人，川流不息，楼上楼下都坐得满满的。柳惠如坐在柜台前忙于结账收银，无意中看见一位仍在进餐的外国游客手持精美的筷子，反复欣赏，一会喃喃自语，一会频频点头，似乎对手上的筷子产生了浓厚的兴趣。接着，露出微笑，用餐巾把筷子抹干净，便来个“顺手牵羊”，悄悄地放进自己的旅游袋，以为神不知鬼不觉地弄到了别处难以得到的纪念品。柳女士见此情景，不禁捂着嘴发笑：啊！原来是你们这些有钱佬“小偷”偷筷子。她突然又想到：这也好，筷子并不怎么值钱，你们带回去义务为我做广告，名扬四海，又向世界宣传中华民族饮食文化，有利于树立中国形象。非但没有亏本，还有着数。

很少华侨华人的地方

柳惠如女士所在的厄瓜多尔，位于南美洲西海岸。东北、东南分别与哥伦比亚、秘鲁接壤，西临太平洋。从中国到那里，足有绕过半个地球之遥。厄瓜多尔面积比广东、海南两省面积之和稍大，而人口约为广东的十分之一，其中印欧混血种人、印第安人各占四成，此外还有白种人、黑人和黑白混血种人，是一个华侨华人很少的地方。

在 16 世纪的时候，厄瓜多尔遭西班牙殖民主义者侵占；19 世纪初独立，加入哥伦比亚；1830 年建立共和国。可能是长期受西班牙统治的影响，厄瓜多尔现在仍以西班牙语为国语。因为赤道横贯国境北部，厄瓜多尔就是西班牙语“赤道”的意思。

这里的自然环境多姿多彩。柳惠如所在的东部地区，为亚马孙河流域的一部分，山麓地带河水湍急，冲积平原水流平缓。中部地区则火山众多，地震频繁，海拔 4 千米以上常年积雪，与赤道气候反差极大。西部地区多是沿海平原和山麓地带，渔业资源丰富，盛产的金枪鱼和虾类鲜嫩可口，价格便宜。在科隆群岛上还有很多巨龟和大蜥蜴。

让后代感受故乡的可爱

柳惠如居住的地方，属热带雨林气候，全年温湿多雨，上半年为雨季，当地全部学校会在雨季放假一次。柳惠如便是利用这个时机，把正在放假的两个女儿带回来探亲访祖，好让出生于海外的后代有更多的机会直接了解祖籍国的历史和现状，亲身感受中华民族的伟大和故乡的可爱。

柳惠如想，北京是中国的首都，是历史文化名城，又是具有光荣革命传统的城市，应该带孩子们去看看，何况大女儿安莉从学校的课本里知道中国有举世闻名的万里长城，早就有了要亲自登临的愿望。于是在回到广州之后不久，柳女士便邀请已退休的父母同时带着两个孩子乘火车北上，让孩子们一路欣赏中华大地的壮丽河山，尽情观看伟大祖国的城乡面貌。

北京，风光明媚，游人如织。柳惠如他们兴高采烈地登上了八达岭长城。十三岁的大女儿安莉惊喜交加，情不自禁地说："啊！终于登上长城了！伟大！伟大！"这一世界建筑史上的伟大奇迹，令安莉对自己祖先的勤劳勇敢和聪明智慧赞叹不已："这样浩大复杂的工程，科学技术发达的今天也不容易完成的啊！"九岁的小女儿安娜问妈妈："我们上来都累了，那么多的大石头和砖块是怎样搬上山的？什么时候筑成的？有多长？"母亲微笑着告诉她，这些石和砖都是用人力搬上来的，这里已经有两千多年的历史了，东起山海关，西至嘉峪关，总长约6 300公里，俗称万里长城。小孩听了柳惠如一席话，缩着肩膀，伸长舌头，说："中国人真了不起！"

在北京的日子里，柳惠如还陪着父母和两个小女孩先后参观了故宫等地方，大家无不为这些名胜古迹的雄伟壮丽以及里面所保存的大量珍贵文物所吸引。

在乘飞机返回广州的途中，慈祥的外婆拉着小外孙女的手，深情地问："安娜，这次好不好玩呀？"安娜连忙说："真好玩，很开心，下次还要来！"安莉比妹妹稍大，想得似乎更深、更远些：在厄瓜多尔的时候，父亲和母亲就常和自己说中华民族五千年的历史文明多么辉煌灿烂，自古以来炎黄子孙多么勤劳智慧，改革开放后的中国又多么生机蓬勃。百闻不如一见！长大后争取多回来看看，要多为故乡的发展出力，才不愧为炎黄子孙！

广州发生了很大变化

从北京返回广州后，柳惠如的日程安排得满满当当，除了要在家里和父母、姐妹以及其他亲人共享天伦之乐外，还要和许多老同学、老同事欢聚。

广州是柳惠如出生并生活过二十多年的地方。她对这里的一切如数家珍，再熟悉不过了。她对广州的感情太深了，她要认真地看看时隔十年后广州的变化，也要让女儿们对广州有更多的了解。于是，她带领着两个孩子游览了白云山、越秀山，瞻仰了黄花岗七十二烈士墓、广州起义烈士陵园，参拜了光孝寺、六榕寺等名胜古迹，还一起参观了广州的旧城区和新城区。令她感到惊诧的是，在这不算长也不算短的十年间，广州从天上到地下，从人们的生活方式到居住条件，都发生了很大的变化。交通网络更加完善了，坐公共汽车方便多了，珠江两岸的夜景更漂亮了，新旧城区的现代化设施也大大增加了。以往几乎看不见的蓝天白云现在可以经常看到了，园林绿化面积也大大增加了。细心的柳惠如还发现，在马路上开私家汽车的，使用移动电话的，不胜其数。在探访亲友时，她还看到家家户户几乎都购置了整套高级音响和家用电器，电脑也进入了许多普通家庭。

“广州变了，的确变化很大，都认不出来了。我下次回来的时候，中国将发生更大的变化，我们在海外的华侨华人也更加光彩。”柳惠如在返回厄瓜多尔的前夕吐露了她对故乡的一片深情和殷切希望。

2001 年

游子恋故乡

——记巴西侨领黄雄携眷寻根拜祖

万里归期不是梦

2010年1月17日，苍天作美，连续几天的阴霾散尽。侨乡揭西蓝天万里，白云飘荡，风和日暖，花繁草茂，给人严冬已过又是春的感觉。

这天清早，巴西新生代侨领黄雄先生携夫人袁瑞玲和两个小孩，由表弟洪浩然及其妻子陪同，从揭阳城驱车出发前往故乡揭西县。

在外多年的黄雄无时不在思念着遥远的故乡，早就有携眷寻根拜祖的强烈愿望，但归期总是难以确定下来。这次，趁着儿子黄冠和女儿黄璐学校放假，他安排好自己繁忙的事务，一家人一起回到了揭阳。他先到揭阳城郊拜扫父母的陵墓，然后前往位于汕头澄海的中国第一座文化大革命博物馆拜谒母亲洪慕贤的“慕贤亭”。

今天，黄雄不顾多日来的旅途劳累，风尘仆仆回到故乡。不久以前，他还在感叹“如今白首乡心尽，万里归程在梦中”。故乡啊，故乡！故乡那翠绿欲滴的青山和清澈见底的小溪，终于不再是梦中才能看到的了，您的海外赤子回来了，带着夫人和小孩回来了。

黄雄携眷回乡扫墓时和亲人们留影

家乡美食胜佳肴

当黄雄一行抵达揭西县城的时候，特地从广州、深圳、陆丰等地回来和居住本土的众多亲人们已在一家饭店门前迎候多时了。

五十开外的黄雄满面春风，走下车来和几位鬓发染霜的兄长们一一紧紧握手，久别重逢，十分高兴，大家激动得泪眼相看，一时说不出话来。其他亲人们也高兴极了，等到心情稍微平静下来，才终于笑语盈盈。温文尔雅的袁瑞玲拉着身边的两个小孩说："阿冠，阿璐，这次真的回到故乡了，你们欢喜了。快过来见过伯父伯母们。"两个小孩都在巴西出生，正在读小学，长得活泼可爱，就是见了生人有点腼腆，又不会讲客家话，只能用有点生硬的普通话向长辈们问好，逗得大家忍俊不禁。那边表弟洪浩然和他的儿子在忙着录像和拍照，他们想把这些难忘的瞬间记录下来。

在饭店里，黄雄一行和亲人们共同品尝了一顿原汁原味的家乡午餐。或许是久居海外的缘故，也许是有浓厚的家乡情结，面对揭西客家地区的传统美食——细粄、糍粑、糟麻汤和酿豆腐，他们吃得津津有味，赞不绝口，都说："好极了，好极了，胜过山珍海味。"从广州回来的兄长丕济打趣说："还有天下无双的揭西客家擂茶呢，你们吃了就不想回巴西了。"话音刚落，大家朗声大笑起来。

饭后，黄雄一行由年轻的侄儿燕翼、卓群引路，由几位兄嫂陪同，一行二十多人，分乘汽车从县城出发，约半小时路程便到达坪上镇原员埔乡雷公坑村，然后顺着小山路，步行经过村后山谷名叫葫芦地的一片梯田，再登上一座小山的半山腰，很快来到了一座坟墓前。这就是黄雄夫妇要拜扫的祖父黄志刚、祖母杨纽的合葬墓，也是他们的孩子第一次拜扫的曾祖父母墓。

黄志刚，号恒发，归侨，乡绅，他有一个不平凡的家庭。在五个儿子中有两个大学毕业，一个军校毕业，一个高中毕业，一个是海外华侨。在他们当中，有三人先后参加过北伐战争、抗日战争和解放战争（其中两人为校级军官），另有一人曾任县长，这在新中国成立前的穷山区是极为罕见的。黄志刚于20世纪50年代初去世以后，他的第三代茁壮成长，其中有建筑设计师、作家、画家、企业家和警督。在第四代中，有环境艺术设计师、工程师、经济师和医师。整个家族近百人，分布遍及海内外。其中黄雄一家分别侨居巴西和美国，他本人现任巴西中亚进出口公司董事长，并被推举任巴西巴中工商文化总会常务副主席、中国汕头侨联名誉主席等，是巴西新生代侨领，热心中巴经济文化交流，多次率团来华访问，对促进中巴友好发挥了积极作用。

古人云："征夫怀远路，游子恋故乡。"黄雄先生在外打拼多年，事业有成，但始终饮水思源，无限眷恋着故乡和亲人。这次，他专程携带妻小回来，首先就是去拜扫祖墓。在前天拜扫父母墓后，今天来到了祖父母墓前，满怀深情地献上鲜花，率领妻子和两个孩子向祖父母行三鞠躬礼后低头肃立默哀，深切怀念泪花流。

年近八旬的兄长丕济告诉黄雄夫妇，此墓是祖父生前自己选址和修建的。对墓地的优美环境，丕济也作了详尽的描绘，并说家乡的亲人们都同意根据自然地理和良好地脉，把这座墓地命名为"雄狮远眺"。黄雄频频点头称赞，微笑着说这是风水宝地，子孙后代一定会兴旺发达。

接着，大家马不停蹄回到了东门村后面拜扫曾祖父母墓，并瞻仰了早已人去楼空的位于村里糖铺巷的积善居和村外田洋的稻香楼两座祖屋，还拜访了老祖宗祠堂君象公祠，参观了历史悠久的东门村古门楼。

黄雄回乡时和亲人们在祖屋稻香楼前留影纪念

尽管这次携眷回乡时间仓促，但是却令黄雄深感欣慰，并留下了美好的回忆。在短促的时间内，不仅拜扫了几处祖墓，瞻仰了祖屋，会见了众多久别的和从未见面的亲人，更有意义的是让后代亲临其境，知道了自己的根在中华大地，知道了自己的故乡在揭西东门，再加上有这次寻根拜祖之旅的全程录像和问世不久的《归侨恒发公家谱》的详尽介绍，黄雄先生终于可以放心子孙们永不忘祖，世代长存故乡情了！

2010 年 2 月

山长水远总是情
——记温哥华马氏宗亲来华探亲

第一个华人市长

在中华民族传统的中秋佳节的夜晚，一位身材魁梧、风华正茂的来客，伫立在广州中国大酒店窗前，凭栏仰望皓洁明月，不禁情思缕缕：“月是故乡明。我终于回到了阔别三十多年的唐山与亲人团圆了。”此时此刻，他的心里很不平静啊！

这位祖籍广东台山的马怡羡，是加拿大第一位华人市长——依士顿市长，又是沙省巡回大使。尽管他在当地是最高行政官员，但他始终不忘自己是炎黄子孙。他这次作为顾问，参加了加拿大温哥华马氏宗亲会探亲团，回到魂牵梦萦的故乡。

三代老幼举家回乡

以宗亲会名义组团回来探亲，对这些华侨华人来说还是一件新鲜事。他们当中，有八十三岁的马朱德华老太太，她在儿孙的搀扶下，坐着轮椅回来，要亲眼看看唐山；有温哥华超级市场总经理马伟业，他家三代老幼举家回乡探亲；有携带两个年幼儿女首次回来寻根访祖的马关素玲女士。探亲团团长马寿山高兴地说：“这是加拿大与唐山两地马氏宗亲的大团聚。我们要在中秋节与宗亲们共叙乡谊。”接着，他兴致勃勃地向我们介绍有关加拿大马氏宗亲会的活动情况，直至深夜。

在加拿大的马氏华侨华人约 3 万多人，广东省四邑籍的占了大部分。他们虽在外多年，但宗谊深切，为了联络乡情，于 1950 年在温哥华成立了马氏宗亲会，紧接着在多伦多、卡加利等地先后成立了分会。马氏华侨早年遍布北美洲，而今以第三、四代华裔为多，其中马怡羡、马景臻、马国冠等都成为当地政治、经济、文化各界的佼佼者，马怡羡还是目前世界四名现任华人市长之一。

热心为宗亲服务

马氏宗亲会旨在为宗亲服务，热心开展有益宗亲和造福社会的各种活动。例如，设立马氏奖学金奖励学习成绩优良的马氏子弟，设业余中文班传播中华文化知识，还设体育会、武术班开展体育、武术活动。特别是有“海外赤子为振兴中华效力”寓意的振华醒狮队，逢年过节或华埠喜庆之时，十分活跃，深受欢迎。

宗亲会还开展其他许多公益工作。如遇孑然一身的老华侨不幸去世，就代办丧事，并设法把遗物等寄回给其在祖国的亲人。清明、重阳到来了，该会则带领马氏子孙备办祭品前往先人陵墓祭奠。对一些从祖国来的新移民，宗亲会也热情照料，代写英文书信和代办有关手续。每逢春节，各地马氏宗亲更是兴高采烈，常常设宴数十席，欢聚一堂，恳亲联谊，情景动人。

促成温哥华、广州结好

担任温哥华马氏宗亲会主席的马寿山，是第三代华裔，祖籍台山。他在新中国成立后回国读书，毕业于哈尔滨外语学院，返回加拿大后不仅致力于当地侨团工作，竭诚为宗亲服务，而且努力促进中加人民友谊。他说：“中加两国虽远隔重洋，但友谊的纽带始终联结着两地的友好人民，也始终维系着两地的马氏宗亲，能为此尽犬马之劳，我感到无比欣慰。”

为了让海外亲人增加对中加两国历史渊源的了解，马寿山花了两年多的时间，分别用英文、中文，先后在加拿大和香港出版了《先驱者》和《移民加拿大必读》两本书。他说，马氏子孙已在海外枝繁叶茂，美国纽约马氏宗亲会还倡议筹建世界性马氏宗亲会，这有利于海外马氏宗亲的团结。众多海外宗亲中虽有许多人不同国籍，但都是炎黄子孙，根在中国。

马寿山先生不仅致力于当地侨团工作，而且为促进中加人民友谊而不懈努力。1985 年 3 月，他投书当地华文报《大汉公报》，建议温哥华、广州缔结友好城市，并发动马氏乡亲签名呈送市议会。在中秋节这一天，他又递交了加拿大萨斯喀彻温省省长给广东省省长的信件，邀请他们访问萨斯喀彻温省，以促进两省人民的友好往来。

温哥华马氏宗亲会探亲团在广州期间，会见了许许多多的亲人，出席了广州市归国华侨联合会等单位举办的中秋联欢活动。这几天，探亲团又回到台山、开平等地与乡亲们团聚，所到之处都受到热烈欢迎。

久客天涯处，游子怀故乡。每逢中秋佳节，许多马氏宗亲人士都会对着明月，思念远隔千山万水的故乡。如今，他们终于实现了多年的愿望，对着故乡的明月，再也抑制不住深切思乡的感情，任由热泪流淌，以永远留在故土家园。

1985 年 10 月

“穷教授”的心意

——记美籍华人周昌博士

端午节过后，重庆至武汉的“江渝号”客轮上，一位美籍华人学者一面观赏长江两岸奇丽如画的景色，一面轻声吟诵李白的诗句：“朝辞白帝彩云间，千里江陵一日还。两岸猿声啼不住，轻舟已过万重山。”他心潮逐浪，感慨不已，故乡风光无限好，游子图报心更切。这位年近花甲，但身体壮健、神采奕奕的学者就是美国哥伦比亚大学电气工程与计算机科学系主任周昌博士。

周昌博士曾任美国电路系统学会主席，英国、德国、苏联、加拿大、印度等国家均先后邀请他前往讲学。他由于在教学上出类拔萃，曾获哥伦比亚大学“伟大的老师”殊荣。此刻，他刚结束了在华南理工大学为期一个多月的讲学活动，和夫人钱文采女士一起专程前来游览长江三峡。

这是周博士第四次来华讲学了。每一次他都给同行带来新的信息，留下难忘的回忆。1979 年，中国实行改革开放不久，他便应邀前来华南理工大学讲学。那次，他用六周的时间，破例天天讲授《计算机辅助电路设计与分析》，听课的有来自全国有关高等院校和科研单位的 120 多名教授、讲师、研究生和专家。在周博士的精心指导下，这些人普遍获益匪浅，不少人还写出了有相当水平的论文，一些院校也先后开设了这门新课程。这几年，周博士又相继应邀到上海交通大学、南京华东工学院等院校讲授电路系统科学，帮助我国培养了一批批专业人才。

周博士是利用国外教学空闲或假期自费回来讲学的，而且每次都把自己呕心沥血编写的讲义留下来，好让大家继续探讨，其中有的已成为一些院校的教材。周博士风趣地说：“我是‘穷教授’，只能搞点智力投资，表达对故国的心意。”

出生于侨乡广东，并始终以自己是炎黄子孙而自豪的周博士十分盼望中华民族的振兴和伟大祖国的繁荣富强，他不仅身体力行，还想方设法争取国际友人的支持。一次，在日本参加一个国际电子学术会议，他对外国同行说："中国开放了，大家都去看看吧！"在他的热情联络下，20多位专家及他们的夫人在会议结束后便乘飞机来到北京。翌日，这些专家不辞劳苦应邀出席正在大连举行的电子学术会议，并分别做了精辟的学术报告，使会议收到了意想不到的效果。

在周博士的影响下，文静贤淑的夫人钱文采再也坐不住了。当她从丈夫那里得知上海交通大学每年暑期都组织海外校友的子女访华观光的消息后，便自荐当"联络大使"。从1982年开始，她年年组织交大校友的子女来华，1985年已达50多人。该活动每年为期一个多月，参与者除了学习汉语和中国历史之外，还到各地游览名胜古迹。活动过后这些华裔青年都不禁赞叹，想不到中国的风光如此美丽，历史如此悠久，也想不到中华民族曾对世界文明作出过这么大的贡献。在这些华裔返美后，钱文采还鼓励、引导和组织他们经常联系，保持和增进访华时建立起来的情谊。

长江奔腾不息，周博士的心里有着一股抑制不住的激情。他在临别前依依不舍地说："我每次回来都看到新的变化，一年比一年好。事实证明，邓伯伯是对的。中国有潜力，有前途。我明年还要回来。"

1986年6月

编制地图　造福社会

——记加拿大华人教授冯家饶

加拿大萨斯喀彻温省立大学地理系教授冯家饶博士于1985年10月中旬的一天，应邀来到广州市归国华侨联合会，介绍了加拿大华侨华人的历史和现状，回答了许多大家感兴趣的问题。

冯家饶博士1935年生于香港，祖籍广州市新滘镇。他从小勤奋好学，自强不息，1961年获得香港大学文学学士学位后，又先后获得加拿大阿尔伯塔省立大学地理学硕士、英国伦敦大学哲学博士学位。他知识渊博，是一位著名的地图学和城市规划专家。长期以来，他以编制地图造福社会为人生的最大乐趣。他曾两次代表加拿大出席世界地图学会议，并和另一位地理学博士合作，经过四年的努力，编制和出版了被当地学术界称赞为“精心杰作”的《加拿大萨斯喀彻温省地图集》。这本地图集共230多页，有650多幅风格独特的地图。内容不仅包括气候、土壤、植物、土地利用、床岩和冰川、地下水源、矿产资源、铁路和公路布局，而且还包括不同时期的人口分布、教育水平、职业状况和工资水准等。当地的英文报刊评论说：“它将本省的社会状况和自然环境的各个不同方面汇集起来，为有计划的研究和开发提供依据。”这在当时具有首创意义。冯博士采用电脑主持编制了萨斯喀彻温省的农业地图，并利用人造地球卫星在太空拍摄下来的照片、资料绘制成准确的地图。他的科技成就，深受人们的赞扬。

冯家饶博士才华横溢，蜚声国际。美国、澳洲的一些高等院校聘他为地图集编制顾问，他曾到美国、英国、意大利、荷兰等十七个国家进行学术交流等活动。他还发表了不少论文和著作，获得普遍好评。他对中国问题也颇有研究，他撰写的长篇论文《中国谷物贸易的说明和前景》，发表在具有学术权威的《加拿大地理学家》月刊上。

冯家饶博士是加拿大籍华人，但他始终不忘自己是炎黄子孙。自1977年以来，他曾四次不远万里回国探亲、观光和进行学术交流。1982年8月，他参加加拿大地理学会访华学术交流团，在20天里辗转于北京、西安、兰州、成都、桂林、广州等地参加广泛的学术交流活动，为振兴中华无私奉献。这次他路经广州，又挤出时间同广州城市规划部门的专家们座谈，对广州建设提出了许多宝贵的建议，并共同探讨了利用太空拍摄照片编制地图的先进技术。接着，他又前往上海搜集有关资料，准备对上海市的经济地理、周围环境进行全面论述。他透露说，此书写成后将在英国牛津大学出版，为国外各界投资上海提供依据。

冯家饶博士工作繁忙，但他仍然十分热心华侨华人社团事业，尽力促进中加两国人民友谊。他在担任萨斯喀彻温省华人文化协会主席期间，不遗余力地促进华侨华人的团结，加强海外乡亲对我国社会的了解，以各种方式传播和发扬中华民族的文化传统。他说，加拿大有几十万华侨华人，他们与居住国人民和睦共处，同时又思念故土家乡，渴望中国更加繁荣昌盛和早日实现统一。在谈到这次回来的感受时，他高兴地说：“同第一次相比，这次又看到广州许多可喜的变化。相信下次回来时，必将看到更大的变化。”

1985 年 10 月

疑梦非梦故乡行

——记美籍华人著名油画家洪世杰

著名油画家洪世杰在美国获得广泛赞誉。他的油画《里根总统伉俪肖像》画得栩栩如生，轰动一时。克林顿总统曾写信请他支持自己竞选连任总统，并加入助选团队，在华人社会传为佳话。

他常在梦中回到遥远的故乡。然而，昔日的辛酸曲折，使得他在白发苍苍之时才如愿以偿。

“我终于回来了”

洪世杰20世纪70年代末泪别故乡移民美国，直至进入新世纪多年才首次回乡。岁月无情，当时还是知命之年，如今却已年过古稀。当他踏进

洪世杰（左四）回到老家受到亲人的热烈欢迎

位于揭阳榕城那座古老的洪氏宗亲聚居的三合院“洪三瑞堂”大门的时候，再也抑制不住深藏心底的复杂感情，老泪横流，喃喃自语：“我终于回来了，疑梦非梦，真的回来了，回到出生的地方了！”

“故国梦重归，觉来双泪垂。”（南唐·李煜）在太平洋彼岸，洪世杰常在梦中回到日夜思念的故乡，见到了祖屋和亲人，心情多么激动欢乐啊！可惜梦醒一场空，一场失落，不禁落下两行伤心泪。冉冉老将至，何日是归期啊？可是，难以抹去的往事又使他有一种不堪回首的感觉。

洪世杰夫妇登上八达岭长城

他生长在一个相当优裕的大家庭，而当他进入青年时代时，家境便衰落了，没能上大学，只能靠教书和从事艺术工作谋生。20 世纪 50 年代，温文尔雅、潜心教学的爱妻蒙受无妄之灾，被划为“右派分子”。60 年代，英勇抗日的姐夫和姐姐均遭政治迫害而英年早逝，留下四个孤儿，孤苦伶仃。他自己也因“莫须有”罪名被多次抄家，还被拘禁了九个月。70 年代，次子遭歹徒刺杀身亡，洪世杰夫妇持状纸向当地政法机关申诉，却得到冷酷无情的答复：“你们写一万张也无用。”洪世杰夫妇不服，专程到省城高级法院、北京最高法院投诉。出乎意料，这些状纸都回到原地落入执法而枉法者手中，不仅凶手没有被绳之以法，反而自己的人身安全受到严重威胁。

这一连串沉重的打击，令他痛心疾首，仰天叹息：“神州大地九百六十万平方公里，但无我立足之地。”他心灰意冷，决定远走他乡。

克林顿总统两次来信，传为佳话

洪世杰很有艺术天赋，尤其对自己喜爱的油画刻苦追求。抵美不久便在加州屋仑市开办“洪氏画室”，全身心投入美术事业中。这画室成了他广泛接触各阶层人士的桥梁，帮助他融入美国社会，取得非凡成绩。

洪世杰对艺术有个人的理解，他使自己的艺术风格适应西方现代文艺思潮，得到美国观众的广泛共鸣。发表他的作品和评价他的作品的主流英文书刊很多，其中有《百科全书美国画家》、《国际名人录》等近30册。他曾在中国、美国多次成功举办个人画展，北京人民美术出版社2001年出版的《洪世杰油画集》受到热烈欢迎和盛评，被全世界超过300家著名图书馆收藏。

在洪世杰的艺术生涯中，虽有过波折，但也得到过一些意外的光环。他的巨幅油画《里根总统伉俪肖像》，惟妙惟肖，轰动一时。时任司法部长的米斯先生收到自己的肖像画原作后，随即回信洪先生，说：“不知如何让您知道我是多么欣赏您的作品和感谢您的盛情。您的工作非凡，我仰慕您的才华。”这位部长还兴致勃发前来画室，特意在《里根总统伉俪肖像》前和作者合影留念。

随着洪世杰作品的影响力与日俱增，他的信誉如日中天。1996年，美国总统克林顿居然写信给洪世杰请他支持自己连任总统，并邀他参加助选团队。在获悉洪世杰全家和他的朋友都决定支持自己连任后，克林顿又给洪世杰写了复信，表达内心的感激之情。美国总统邀请华人画家支持自己连任并与之鸿雁传书，在华人社会传为佳话。

动笔形似，画外有情

洪世杰认为艺术是永恒的，是没有民族界限的，名画《蒙娜丽莎》历时五百多年，至今仍被视为珍品，世界各地广为流传。在艺术创作上，他摒弃艺术的社会性和功利性，认为艺术应给人享受，给人快乐。有人称他的艺术风格属于唯美主义。

洪先生的天分和追求，在肥沃的热土和广阔的空间得到淋漓尽致的发挥。虽年逾古稀，仍手不释笔，乐此不疲。他最喜欢画人体和大自然，而且喜欢把两者结合起来。他画的人体，造型准确，体态优美，感情丰富，写实而不流于自然主义，尤其是画白人裸体，用笔明快、洒脱，表现出裸女的“冰肌玉骨”，比真的美人更美，更令人喜爱。

泉　水

山谷阳光

洪世杰是一位出色的肖像画家。他画的人物，不仅形似，而且传神，展示了人物的内心世界和气质风度。或许是出于夫妻的深厚感情，他很喜欢画自己的爱妻。人们看到的不仅是体态匀称、容貌端丽的东方女性，而且可以看出她是温柔敦厚、学识不浅的知识分子。古人云：“画形易而神难。”而洪世杰却达到了“动笔形似，画外有情”的境界。

下次还要回来

远渡重洋的岁月越长，越增添了他思念故乡的情怀。尽管出国前的那一段很不正常的年代给自己带来了许多伤痛，但是历史悲剧都过去了，不再存在了，更何况祖国已万象更新，春意盎然，故乡的亲人还盼望自己回归啊！经过反复的思考，洪世杰和夫人最终决定回到故乡。他和夫人这次回来，先到北京游览了长城、天坛等名胜。洪世杰感慨良多，说长城是“举世称奇”的中华文化遗产，说“来到天坛猛然间觉得祖国真伟大，浑身热气腾腾，伟哉中华”！

洪世杰回忆说，这次回国，意外地受到汕头、揭阳两市市政府的热情接待，在广州时又得到原领导和亲友的真挚欢迎，本地的文化艺术界还为他举办了画展和讲座，许多旧雨新知争相会见。回来 28 天，赴宴 27 次，

洪世杰的夫人许学斌女士

有着说不尽的真挚情谊。令他感到有点遗憾的是，自己一直忙于社会活动，和自家亲人相聚的机会太少了。

他深情地说：“二十多年不回国，是事出有因的。在那反常的‘阶级斗争’年代，黑白颠倒，六亲不认，血泪斑斑，心有余悸，哪有勇气回乡？现实使我明白，非亲身经历，原来的不良印象将无从改变，势必永远扭曲祖国和故乡的形象。”

洪世杰十分珍惜这次回乡，认为这是他人生中最有意义而且最荣耀的一段时日，永远不忘故乡在中国，永远不忘自己是炎黄子孙，下次还要回来。为此，他返回美国后，出版了洋溢着乡情、亲情和友情的印刷精美、图文并茂的《故乡行纪念》，为他的疑梦非梦故乡行划上完美的句号。

2012 年

“世界客家好人”廖乐年

马来西亚华人廖乐年，回到故乡梅州大埔义务教授英语十多年，谱写了传诵海内外的动人故事。

“客家之都”、著名侨乡梅州市东北部，邻接福建省的地方，有一个以高陂陶瓷著称的大埔县。县里有一个山清水秀的小山村，叫长教村。在村里，传颂着一个非常动人的故事。

第一次回到小山村

廖乐年在给学生们讲课

新世纪初的一天，风和日丽，一位年过半百、皮肤黝黑、身材壮健、满面笑容的“番客”（客家方言，东南亚回乡的客人），几经周折，第一次回到了梦里的故乡。尽管彼此素不相识，但毕竟“同气连枝一家亲”，他受到了乡亲们亲切、热情的欢迎。一些上了年纪的老太婆和不少一脸稚气的小孩，听说从未见过面的“番客”回来了，奔走相告，争着前来凑热闹，问长问短，原本宁静的山村顷刻充满欢声笑语。

这位“番客”和村民同姓廖，名乐年。在马来西亚土生土长，是第三代华裔。祖父是本村人，因家穷，早年“过番”（客家方言，去东南亚）

做工，后来经商，因生意兴隆发了财，遂寄钱回乡建立了翠轩公祠，以报答祖宗恩德，也好让子孙后代回来认祖寻根。廖乐年对马来西亚出生、曾来中国读大学的父亲，有着特别浓厚的感情。十三岁的时候，父亲不幸去世，给他很大的打击，而父辈们那种根深蒂固的念祖恋乡的思想感情，在乐年的内心世界留下了永恒的烙印。

廖乐年小的时候很贪玩，读书成绩也不太好，但自父亲去世后，他有了很大的转变。初中毕业后，他告别爱他如心肝宝贝的母亲到外地求学，期间他认真读书，渴望快点长大成人。大学毕业后，廖乐年前往英国攻读研究生，然后回到马来西亚教英语，并开始免费给学生补习功课。姐姐笑话他："不会挣钱，老是做亏本生意。"廖乐年笑着回答："钱嘛，够用就行了，做点好事，比挣钱更快乐！"

马来西亚是中国的友好邻邦，廖乐年在那里又有很多关心中国的华人朋友，信息灵通，神州大地实行改革开放以来的巨大变化激起了他的浓厚兴趣，他曾先后到北京、上海、西安等地参观旅游。他亲眼看到了中国到处春光明媚、生机蓬勃的景象，便萌生了退休后回到故乡，发挥自己的才干，进行义务教育，尽点中华儿女责任的念头。他还想起了母亲曾对自己说的话："乐年啊，你的'根'在'唐山'，大埔县有你的祖祠，长教村还有你的亲人，要记住前辈的嘱咐，一定要回到乡下去做点好事，报效家乡，光宗耀祖。"

廖乐年是有真才实学的人，特别擅长英语教学，曾在马来西亚、新加坡、印度尼西亚和中国香港等地工作多年，经验丰富。这次回来之前，有朋友介绍他去重庆、石家庄一些学校当校长或任教，待遇不错，也有朋友鼓励他回到自己家乡干一番事业。

迈开了可喜的一步

廖乐年回到了祖先生长的小山村，目的很明确、简单，就是进行义务教育，帮助村民提高英语水平，做点有益于故乡的事情。

可是，万事开头难！尽管他的想法得到了村干部和一些有识之士的大力支持，但却很难得到村民们的理解和信任。有的村民不相信这位"番客”会无缘无故放弃马来西亚大城市的舒服生活，来到穷山区搞什么免费义务教育，自找苦吃；有的怕他不学无术，教坏学生，误人子弟；有的甚至认为他此举是心怀鬼胎搞特务活动。村民不信任、不支持，就没有学生来上课，英语补习班就办不起来了。村民们说些闲言碎语，甚至讽刺嘲笑他是“癫鬼”，这给满腔热情的廖乐年泼了一头冷水。此刻，他碰到了最大的困难。但是久经世面的廖乐年一直怀着这样的信念：“碰到困难，不要逃避，一逃，你的机会就没有了。”

廖乐年决定采用“逐个击破”的战术，不管雨淋日晒，他都骑着自行车穿街过巷，挨门逐户调查访问，动之以情，晓之以理。然后，每天到村民家给学生补习，到了周末和节假日便邀请孩子们来翠轩公祠参加免费补习班。他对学生循循善诱，以身作则，言传身教，逐渐改变了许多村民的看法，为此主动前来参加补习班的学生也逐渐增多了。

廖乐年因陋就简，把翠轩公祠大厅变成补习班课堂

廖乐年在山乡搞义务教育的征程终于迈开了可喜的一步！

他在教学中善于总结经验，富于创新意识。他凭借自己多年的经验，又从汉语拼音中得到启发，创造了“廖氏基本音教学法”，将常用的字母组合分类，让那些从未接触过英文的人易懂易记。上课时，一改老师站在讲台上照本宣科的老传统，采用讲故事、唱歌曲甚至翩翩起舞的授课形式，生动活泼，极有情趣，使学生们尤其是小孩们喜闻乐见，且易于接受。

为了帮助学生提高英语水平和接受新观念，他使用很多从国外带来的教材，讲课时又和中国国情、现实生活相结合，所以，学生们虽然身在农村，却能放眼世界。为了融入当地社会，他虽年纪不小了但仍然坚持利用各种机会学中文、客家话，上课时经常是多种语言并用，让学生们更好地理解。

这样一来，学生的英语阅读能力和口语水平都有了明显提高，学习兴趣也更浓厚了。至此，家长们高兴了，也终于信服了。

奇迹出现了

“番客”廖乐年利用翠轩公祠举办的英语补习班，有人称其为“现代廖氏私塾”。这个新型的“私塾”，好像是具有很高强度的磁体，吸引了许多来自天南地北的各个层面的学生。

本村的小朋友“近水楼台先得月”，成了该“私塾”的第一批学生，接着一些中年妇女也兴致勃勃地来了。他们不仅学习英语，还第一次学习使用电脑。陈翠香是补习班年纪最大的“妈妈级”学生，只有小学文化，已到中年，还有家务缠身，但她刻苦认真，人们称赞她是“妈妈级”的好学生。经过一年每晚一个小时的补习，如今，她已经能用简单英语和别人进行对话了。她老公笑逐颜开，见人就说：“我的老婆会讲英语了。”

有趣的是，张家界的一位导游小姐黎艳也被吸引来了。有一次，她在张家界当廖乐年一行的导游，无意中被廖乐年的流利英语、渊博见闻和高雅言行所吸引，毅然决定暂时辞掉工作，专程来到山村“充电”，潜心学英语，好当老外的导游。

福建有一位退休的苏胜先生在网上看到了廖乐年义务教英语的信息，很感兴趣，虽然也有点怀疑，还是不管山高路远前来一探究竟。当他“尝到了甜头”之后，又把老婆也接了过来。他老婆来梅州前很犹豫，在路上也不高兴，不理睬老公。可是，她后来的态度却发生了180度的变化，她不但对英语产生了浓厚的兴趣，两三个月过去后，还舍不得回老家了。福建苏胜夫妇学英语“乐不思蜀”，被传为佳话。

廖老师没有刊登什么招生广告，补习班的名声却不胫而走，外村的家长也把孩子送来学习，邻近的福建、湖南，远在黑龙江的，甚至香港、台湾的青年人，也慕名来到了这山旮旯拜师学英语。参加补习班的学生，从开始时的20多人，增加到后来的200多人。每逢暑假，人们从四面八方蜂拥而来，最多的时候甚至超过400人，祠堂的上下厅、横屋甚至后花园都挤满了人。自开办补习班以来，共有5 000多人享受了这“义务教育”，廖乐年培养出来的学生分布各地，可谓桃李遍天下。

这不单是补习班的奇迹，更是长教村的奇迹。人来人往，车水马龙，从来没有这样热闹过。与此同时，在学生中要求免费食宿的，也随之增加，最多的时候每餐饭要摆上七八张桌子。廖乐年为此特地请来厨师，村里的妇女们也经常过来当志愿者，热热闹闹，忙得不亦乐乎。

这些年来，翠轩公祠书声琅琅，整个山村更显得生机蓬勃。

此外，还出现了一个可喜的现象，参加义务教育的外籍老师和志愿者也接踵而来，形成了一个以廖乐年为首的强有力的教师团队，从而改变了初来时“单打独斗”的局面。

在补习班队伍不断壮大的同时，还带来了新的必须解决的问题。一是改造教学基地，改善学生的学习环境，以便容纳更多的学生；二是培养后备人才，保证义务教育事业持续发展。

翠轩公祠是客家传统的祠堂，规模不小，古色古香，但年久失修，如今已破旧不堪。廖乐年回乡时曾进行过修葺，后来又做过进一步的完善。上厅较宽敞，是平时上课的地方。上下厅两侧厢房为本地学生宿舍，摆设着木架床。两旁横屋改成了几间客房，用来招呼外地的义教老师、志愿者和学生。其他生活设施，也作了妥善安排。他用心良苦，还添置了教学设备，把祖宗遗留下来的荒废祠堂，改造成了简洁实用的孩子们的“英语天堂”。

廖乐年深谋远虑，一直努力物色、培养山村义教的接班人。廖惠茹读初中时开始跟廖乐年学英语，高中毕业后，放弃在县城工作的机会，回到了山村做廖乐年的全职助手。廖文敏是廖乐年的第二批学生，在县城的高中毕业后，又回来跟廖乐年进行更全面、更深入地学习，英语水平有了明

廖乐年和助手廖文敏（左）、廖惠茹（右）

显的提高，现已开始协助廖乐年照顾学生了。除了这两位青年人，更值得廖乐年高兴的是，原先培养的两个“妈妈级”学生也正在成长。

廖乐年看到自己的事业后继有人，怎能不心花怒放！他动情地说：“我希望自己可以再干十年、二十年，或者更长。但是，长教村的义教工作一定要有继承人，哪天我干不动了，补习班才不会随着结束！”

廖乐年运筹帷幄，绘制了更长远的发展蓝图。他正在指导和资助村民因地制宜，开发山区资源，逐步营造一个综合性农庄，发展乡村旅游。通过发展旅游业，可以保证义教事业的经济供给和促进农村文化经济的发展。目前，农庄已初见端倪，令人振奋，前途无量。

博爱无限

廖乐年，海外归来的赤子，自己的生活艰苦朴素，但有着坦荡的胸怀和广博的爱心，别人很难做到的事情，他做到了，实在难能可贵。

资助大学生是廖乐年自己定下的规矩。凡是跟他学过英语的本村大学生，起初每人每年资助3 000元，后来物价涨了，便增加到5 000元，有的是8 000元，至今受惠的已有20多人。一个小山村，出了那么多大学生，简直破了历史纪录。受助学生都十分感激地说：“廖老师不仅资助我们读书，还教我们做人，使我们得益不浅，我们将永记不忘！”

三十多年前，有一位村民廖水光带着十多岁的孩子，到村前的小溪边种柚子，盖了一间简陋的小屋栖身，家徒四壁，晚上黑灯瞎火，艰难度日。廖乐年见状，于心不忍，便想办法给年过七旬的老人家新盖了一间经济适用的小屋，拉上了电线，添置了家具、炊具，生活所需物件一应俱全。老人家说：“我从没有想过这辈子还能活得这么风光！”因为穷，老汉在外面打工的儿子，大男子汉了，还是光棍一条。身为父亲的廖水光心急死了，很想有人帮儿子介绍个对象。廖乐年很了解老人的心事，笑着说：“介绍对象的事情我就不干了，不过结婚摆酒的钱由我来出！”老人听了，感动得热泪盈眶，心里说：“廖老师关心穷人，帮我盖新屋，又要出钱帮我儿子摆结婚酒，真是我们客家的好人啊！”

村里有一个英俊后生廖安阳，不知得了什么病，肚子发胀，比篮球还要大，卧床不起，每况愈下。广州一家大医院的医生说，恐怕华佗再世也没办法了。他的家人们为此心烦意乱，无可奈何。他一个在外打工的哥哥，虽每月挣5 000多元，但为了照顾弟弟也辞职回家尽兄弟之情。消息传到了廖乐年那里，他顿生恻隐之心。他急中生智，在网络上查阅了大量的英文医学文献，发现一篇论文正好研究了一个类似安阳的病例，国外一个医生用中西医结合的方法治好了病人。廖乐年上门征求安阳家人是否愿意试用文献上介绍的方法进行治疗，安阳家人表示同意。这个方法果真见效了，家人们喜出望外，盛赞廖乐年有悬壶济世的好心肠，还说他是现代华佗，救活了大医生宣判“死刑”的病人。现在，安阳的健康状况已逐步好转，还常到小溪捕鱼送给廖乐年，让恩人品尝家乡河鲜，以表达他对廖乐年衷心的感激之情。

有一个叫廖安国的村民，妻子廖舒玲是廖乐年的“妈妈级”学生，侄儿也一直跟廖乐年学英语。他自己要当家，在廖乐年的帮助下在山上建了一个大猪舍，养了50多头猪，还种了很多柚子树，果树现已开始结果。前不久，又种了几千棵，树苗都是廖乐年从福建买回来送给他的。廖安国知恩图报，把第一次卖猪的2万多元，全部送到廖乐年那里。廖乐年只收了一部分，剩下的一部分还给廖安国说作为工资。廖安国告诉人说，廖老师这样做，是长远打算，“以项目养教育”，将来老师走了还可以帮助英语补习班持续下去。

有人问安国："你把卖猪的钱都拿给廖老师，会不会觉得吃亏？"廖安国回答："也许从前我做不到，但现在做得到了，并且心里平静，觉得非常快乐。这些都是从廖老师身上学到的，和他所做的比起来，这实在不值一提，但我会坚持。"

有一天上课的时候，一位小朋友说自己看不清楚黑板上写的东西。廖乐年便亲自带他到县城检查，发现是近视所致，随即给他配了副近视眼镜。后来，他还向同学们说，谁患近视眼，一定要说出来，费用由老师负责，不要担心。

寒假时，有一个小孩连续几天站在祠堂大门外，廖乐年觉得有点奇怪，上前问他老是站在那里干什么，孩子说："我想跟老师学英语。"老师问他为什么不进来，孩子有几分羞怯，说："我不是本村人，站在外面也听得见。"廖乐年轻轻抚着小孩的头，亲切地把小孩拉了进来，小孩因此成了廖乐年第一个亲手"拉进来"的小学生。

其实，类似的故事还有很多，在此便不再一一列举。村民异口同声说："这里几乎无一人不受过廖老师的恩惠！"

"世界客家好人"

廖乐年，第三代海外赤子，恋祖爱乡，远渡重洋回到小山村，克服困难，坚持不懈十年如一日，以祖祠为基地，创办免费英语补习班。他想，学生们的英语水平提高了，摆脱贫困和奉献社会的能力增强了，自己报效家乡的愿望也逐步实现了。虽然耗掉了不少岁月，花掉了他所有的金钱，但是他觉得很开心、很幸福。他决心要一直干下去，直到干不动为止。

"番客"廖乐年的义教故事，在海内外广泛传诵，感动了千百人民群众，也得到梅州市、大埔县、长教村和有关部门的认可和支持，他因此先后获得了"山乡好人"、"梅州好人"和"广东好人"的荣誉称号。从更开阔的视野看，还应给他送上"世界客家好人"的光荣称号才是，让分布在世界各地的客家人向他学习，向他致敬！

2012年12月

侨商新星王文康

王文康，梅州人，大学毕业。他身为华侨，依旧深藏中国心。现任广东达裕实业有限公司董事长，兼任广东叶剑英研究会副会长、广东侨联常委、广州政协委员和广州民营企业商会常务副会长等社会职务，是广东侨商新星。

广东，中国第一侨乡，海外乡亲人数多达3 000万。新中国的成立，宣告了他们“海外孤儿”命运的结束，他们更加迫切盼望早日实现“振兴中华”梦，众多有经济实力的人士先后回乡投资经商和兴办公益事业。20世纪70年代末，祖国拨乱反正，春到人间，更多的侨商活跃在珠江三角洲和潮汕平原等广阔天地。

广东，在改革开放洪流中先走一步，加上优越的人脉和地理环境，才德兼备、事业有成的侨商犹如雨后春笋。广东达裕实业有限公司董事长兼总经理王文康，是其中的佼佼者，是新世纪涌现的一颗闪闪发光的侨商新星。

唐宋八大家之首韩愈曾留下这样的名言：“功业逐日以新，名声随风而流。”我想，这恰好是王文康先生人生第一春的写照。在他功业如日方升的时候，他的名声也随之流传四方。

更加自信、成熟了

十多年前，我认识了王文康先生。前些日相约聚会，只见他春风满面，笑容可掬，显得更加自信、洒脱，更加成熟了。

年近半百的王文康生于梅州的一个小山村。梅州位于广东东部韩江西源梅江中游，人口约500万，是神州大地乃至世界各地客家人最集中的地方，一直保留着客家传统文化，男女老少都讲客家话，故有“世界客都”

之称。梅州是闻名海内外的侨乡，又是中国历史文化名城，也是伟大英雄人物叶剑英元帅的故里。

王文康的祖辈曾漂泊海外，父亲曾在台湾谋生。他自己从家乡的嘉应大学毕业后怀着满腔抱负，带着几十块钱来到广州，起初从事美术工艺，开了一个工作室，“自产自销”书画作品，后来转战商海。他继承了客家人勤劳俭朴的气质，又有敢于创新的意识，在改革开放年代，时来运转，从“白手起家”发展到“腰缠万贯”。

其实，王文康在前进的道路上也曾遇到过不少艰难、风险。有一年，因为很多“烂账”收不回来，发完工人工资后，他囊中如洗，甚至无法回乡过春节。但他坚韧不拔，稳步攀登。1994 年，他好不容易创办了一间小印刷厂，后来又成立广东达裕实业有限公司，还投资海外。这些年来，达裕公司在祖国深化改革开放大好形势下，审时度势，灵活运用有关政策，在加大投资力度的同时，深化企业改革，加快转型升级，各项事业齐头并进。前不久创办的半岛饮食公司成为花都区的重点扶持项目，新成立的白云小额贷款股份有限公司已正式挂牌营业。作为主要基地的达裕工业园区配套设施全面提升，员工生活环境和工资收入也有了很大改善。

王文康的仪表举止很有儒商风度，在和他用客家话亲切聊天的过程中，能够看出他对自己的事业胸有成竹，充满信心，必将在新的起跑线上取得新的突破。

玉不琢，不成器

或许是小时候便受到客家人崇文重教的熏陶，受到古人“玉不琢，不成器”训诲的影响，王文康从小喜欢读书学习，增长知识。在投身商海之后，以攻读市场经济和企业管理为主。身为董事长的王文康，深知任重道远，更是如饥似渴地充实自己，努力提高自己的驾驭能力，在繁忙业务中挤出时间多次到国内外一些高等院校和知名企业进行调研、接受培训或参观考察，其中有英国牛津大学工商管理学院、北京清华大学继续教育学院、上海交通大学总裁培训班，以及日、英、德等国的先进企业，视野拓展了，思维更加活跃了，然后结合实际灵活应用。比如，他对公司属下企业的生产工艺流程、财务管理和薪酬方式等都进行了改革，效果良好。

俗语说，触类旁通。王文康通过自己的实践，进一步体会到企业要永续发展，必须有经过精心琢磨的、高素质的员工队伍。按照他的说法，就是着力打造一支主动性强、执行力高、技能过硬、团结奋进的员工队伍。

这些年，王文康精心策划，采取派出去、请进来和内部培训、点面结合等多种形式，对员工进行轮番培训，持之以恒。比如，为了提高现代化企业管理水平，多次派遣高级管理人员到有关大专院校、先进企业学习。为了适应印刷技术的不断发展和市场的需求，达裕公司属下的银裕彩印公司投巨资购置了先进的海德堡速霸四色对开胶印机和海德堡计算机制、制版机后，便派出相应技工前去认真刻苦地学习专业技术。投入使用以来，大幅度提高了彩印产品质量和生产效率，标志着生产技术迈上了一个新台阶。

王文康“开心工作”的演讲

王文康除了经常邀请嘉宾前来有针对性地讲授国家的方针政策和经济形势等课程外，他自己还定期或不定期现身说法向员工们讲述做人做事的知识。去年，他在参加公司举办的“技能知识培训系列讲座之三”时，以“开心工作”为主题，作了生动的演讲。他说，当前公司要持续发展需要做好三件事：一是适应市场发展趋势，二是加强公司团队凝聚力，三是全体员工充满信心，开心工作。他强调，大家要学习长辈艰苦奋斗的精神，要利用年轻人的激情和活力，不断拓展视野、丰富知识，提高自身综合能力。

这次“开心工作”讲座给许多人带来了启示和鼓舞。生产计划部的一位女士撰文畅谈自己参加培训的心得，她说：“开心工作，热爱工作，就能提高自己工作的创造性，提高自己的工作效率和业绩。公司信任我、肯定我，我感到高兴，我们要共同创造开心、幸福的明天。”值得高兴的是，用心办事，开心工作，在公司内部蔚然成风。

善于发现、培养、使用管理层员工，是王文康事业发展的一个重要因素。袁妙霞走出校门初入公司时，表现不俗，王文康发现她有很好的素质和能力，经过公司的耐心培养和她自身的努力，她从一个普通女工成长为了达裕公司副总经理和旗下银裕彩印公司总经理。同时，在公司中共组织的培养下，她从一个普通党员成长为中共白云区的党代表。王文康信任她，重用她，尊重她，赞扬她为公司的发展作出了重大贡献。袁女士衷心感谢公司领导的知遇之恩、栽培之德，衷心感谢同事们对自己的支持和配合。她说，自己对公司有着难于割舍的感情，对同事们有着深厚的情谊。

达裕公司员工队伍里出现了许多新鲜事。林宝生毕业于高级技工学校的印刷技术专业，通过招聘进入银裕彩印公司，多年来刻苦钻研，充分发挥专业特长并热心帮助新员工共同进步，推动公司的业务拓展和技术革新取得突破，后被提拔为公司总经理助手。刘会山是高中毕业生，缺乏一技之长，但他埋头工作，勤奋学习，业务水平日益提高，后成长为公司业务经理。现在他们都成了公司的优秀青年骨干。由于他们表现突出，分别荣获“广州市优秀外来务工技能人才”、“广州市优秀外来务工人员”称号。这不仅是对两位员工的肯定，也是对全体员工的激励。公司号召员工们以林宝生、刘会山为榜样，不断提高自身素质，共同谱写新篇章。

一位工作多年的员工深情地说：“正因为公司重视人才、培养人才，才有员工为公司发展十年如一日地努力工作，甚至作为终身事业而奋斗。这种公司与员工双赢的合作关系，使得员工开心工作，公司迅速发展。”

高招

不少私企员工啧啧称羡达裕公司丰富多彩的文化体育活动。的确如此，王文康不仅严格要求员工努力工作，还让员工有健康愉快的业余生活。可以说，这是王文康办企业的另一个高招。

去年冬季，达裕公司组织全体员工举行一年一度的旅游活动——韶关两日游，他们在游览世界著名风景区丹霞山后，还瞻仰了抗战时期的韶山中共广东省委旧址，参观了广东四大名寺之一——南华禅寺。这次旅游，员工们欣赏了大自然造物的神奇，受到了革命先辈光荣历史的教育，了解了许多关于佛教的知识，无不感叹不枉此行，感谢公司对大家的身心关怀。公司还组织了夜游珠江等活动，以帮助外来员工了解广州、热爱广州。

组织员工“海南双飞旅游”

为了增强员工队伍的身体素质和团结合作精神，达裕公司还常常举行多种形式的体育活动。广州承办亚运会的时候，他们在裕达企业园举办了“园区和谐齐运动，趣味激情迎亚运”运动会。这是一次别有格调和独具特色的体育活动。园区内彩旗飘扬，人声鼎沸，盛况空前。项目设置融增强体质、增加知识、交流情谊、共享乐趣于一体，生动活泼，催人奋进。王文康高兴地说：“这次活动不仅丰富了园区员工的文化体育生活，并且使园区内各企业更加和谐融洽了。”

去年第20届奥运会期间，达裕公司旗下的银裕彩印公司精心组织了一次庆奥运的体育活动，其中有篮球、羽毛球和乒乓球比赛，参赛队伍自由组合，可以“拉帮结派”，引发了人们的极大兴趣。平日在各自岗位上兢兢业业、埋头苦干的员工，在运动上却显得意气风发，团结合作。该公司蔡敏修总经理说：“今后将一如既往坚持以人为本，通过组织不同类型的文体活动，增强员工体质，促进员工友谊、团结，从而提高公司的凝聚力和影响力。”

不定期邀请员工观看健康的电影，无疑是一种很好的娱乐方式，可以调剂生活，陶冶情操。一次，员工们应邀在公司中心会议室观看美国喜剧电影《重返十七岁》，大意是男主角迈克曾一度迷失了生活方向，一事无成的他归罪于妻子，决定离婚，但妻子依旧深爱着他。后来他面对现实，找回昔日自信，积极向上。妻子为丈夫的真情打动，夫妻俩终于破镜重圆。夫妻的深情感动了观众。有的员工说：“时光流逝，失去的一切不可能重返，只要懂得爱情，珍惜现在，努力追求美好未来，又何必重返十七岁?”

王文康独具匠心，组织人力办了一份公司内部刊物《银裕彩印》，他当仁不让担任顾问。《银裕彩印》，能正确传递决策者意图，报道企业主要活动，反映员工心声，且内容丰富，图文并茂，印刷精美，是员工们的一块文化生活园地，很受欢迎。

把爱心洒向神州大地

在市场竞争日益激烈的当今社会，一些厂商只顾追求商业利润，而忽视甚至无视改善员工队伍的工作环境和生活福利，造成了诸多不良后果。

王文康也是商人，但他有见识，有爱心。他把《孙子兵法》的“王者之道，顾爱其民者也”的理念运用到治理企业之中，意识到要发展自己的事业，必须深爱为自己辛勤付出的员工队伍，这样才能同舟共济，攻无不克，战无不胜。

沿着这样的思路，王文康很注意逐步改善员工的工作环境和切身利益。达裕企业园区是重点基地，他在投入巨资扩大厂房、更新设备的同时，还不断完善园区的绿化等配套建设，一个优美的花园式园区已具规模，给人怡心悦目的感受。“安居工程”正在加紧进行，一幢幢员工宿舍拔地而起。接下来又出资给住户进行高标准装修，空调、橱柜等一步到位，许多员工有了享受生

“安居工程”实景

活乐趣的住所，使得一些外来员工在广州安了家，与家人共享天伦之乐，大大增强了“以厂为家”的归宿感，大家都衷心感激公司的关爱，表示要更加努力工作，回报公司，回报社会。

为了保障员工队伍的稳定和工资收入的增加，王文康曾承诺，即使公司碰到经营困难，也要做到不裁员、不欠薪、不减薪。这么多年来，他真心诚意，言行一致。王文康在公司岗位工序全面采用多劳多得计薪办法的同时，还鼓励有能力的员工成为企业的股东，让大家能够实现自我价值，共享薪酬以外的劳动成果。

王文康对员工的爱心，深深地影响着各子公司的高层领导和普通员工，许多人从心里感受到公司是自己的家，感受到心灵的抚慰。银裕公司成品部的一位员工在内部刊物《银裕彩印》中撰文说：“银裕彩印，这个印刷行业的佼佼者，是银裕人共同的家。我们爱这个家，不仅仅是它外表的美丽，更爱它内在的温馨与和谐。员工把企业当作自己的家，企业把员工视同兄弟姐妹，到处洋溢着阳光般的温暖。能在这个家庭成长，我们感到幸运，付出是值得的。”

大爱无疆。王文康的爱心，不仅洒向企业内部，同时洒向神州大地。2010 年 4 月 14 日，青海省玉树县发生了 7.1 级地震，山河哭泣，草木同悲。19 日，属下的银裕彩印公司举行了支援灾区动员大会，王文康作了动员讲话。他说：“玉树地震给灾区人民带来了巨大痛苦，我们要积极行动起来，奉献一份爱心，同灾区共克时艰，帮助受灾同胞重建家园。”王文康在讲话中真情流露，感染了在场的每一个员工，激发了大家献一份爱心、捐一份善款的激情。员工们无不饱含深情纷纷解囊捐献，表达了对玉树灾区同胞的爱心，体现了“一方有难，八方支援”的中华民族的传统美德。类似善举，在达裕公司屡见不鲜。

王文康的爱心也感染了自己的家人。在广州纪念辛亥革命一百周年暨名家书画作品慈善拍卖会时，王文康和夫人刘会云以 128 万元拍下名作。夫妇的仁爱之心，可见一斑。今年春天，他在加拿大的儿子要回来举行婚礼，当儿子听说四川刚发生一场地震，造成严重灾难的消息时，便毫不犹豫地从原定的婚礼费用中拿出 10 万元捐献给灾区。喜宴办了，善事做了，一时传为佳话。

王文康和夫人刘会云以 128 万元拍下书画作品，图为广州市政协主席林元和（中）与王文康夫妇合影

我笑问说话做事不露锋芒的王文康自己做了哪些善事？

他边摆手边回答说：“你老兄别问了，我也记不请了，这些都是应该的，做得还不够，不足挂齿。”

事实上，王文康一向认为，自己能不断前行，是与祖国的改革开放和社会各界的大力支持不可分离的。他饮水思源，在企业发展的同时，不忘回报社会。20 世纪的事“无账可算”了，进入 21 世纪以后虽然处于起步阶段，但他尽力而为做了不少善事。前几年，他除先后捐资赠给母校梅州嘉应大学和支持梅州扶贫济困外，还捐赠广西百色扶贫项目、广东侨界仁爱基金会、汶川地震灾区、广东外语外贸大学学生创业基金等，有时还亲自到当地的老人院和低保户家庭慰

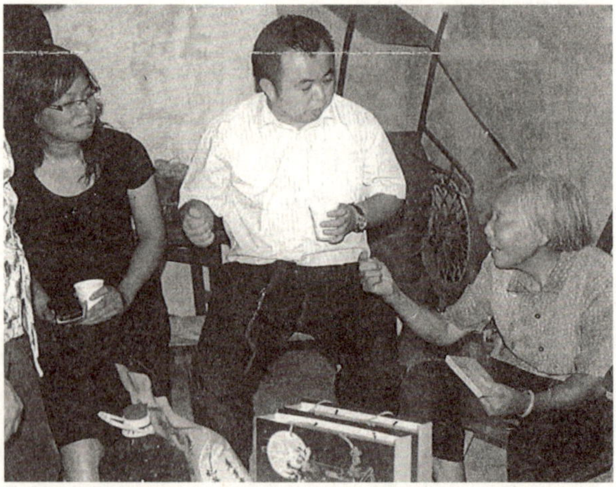

王文康（中）慰问广州市白云区钟落潭镇的鳏寡老人和低保户老人，并给每人送上慰问金和礼品

问，给每人送上慰问金和礼品，对出版华侨文学也热情支持。据知情人透露，他捐资的总金额已远远超过千万元。王文康这样一个中小型民营企业老板的如此表现，真是难能可贵啊！

中国心，达裕梦

浑身都是商业细胞和智慧神经的王文康有一个特点，就是深谋远虑，善于及时总结工作，然后根据新情况，提出新目标、新措施。比如，2011年7月，他在公司的工作总结会议上，作了《统一思想，激情进取》的发言。在肯定达裕公司暨所属企业都取得可喜成绩的同时，提出必须掌握好政府为民营企业发展提供多方面优惠政策的机遇，推进体制改革和管理创新，加快公司转型升级步伐，加大团队建设投入。他还说，今后要积极创建和谐劳动关系，要使员工收入水平有较大提高，共享企业发展成果。他的讲话，既明确了企业下一步的发展方向，统一了思想，又调动了员工为企业发展努力付出的激情。后来的事实证明，王文康的设想取得了预期的效果。

进入2013年的时候，王文康响应习近平总书记发出的“实现中国梦”、广州市委书记万庆良提出的“实现广州梦”的号召，向员工们说：“我们也有一个梦中之梦，叫做达裕梦，这个梦，就是达裕事业永续发展，员工生活水平不断提高，为实现中国梦、广州梦作出微薄贡献！”他满怀信心地说：“新的征程已经开始，新的目标催人奋进，达裕实业正在以前所未有的信心和魄力阔步前进！”

十多年来，以王文康为董事长的广东达裕实业有限公司由于坚持“质量至上，诚信为本”的服务宗旨，贯彻“激情，专注，专业，创新”的工作方针，全体员工发扬“用心办事，开心工作”的团队精神，各项事业如同芝麻开花节节高，屡创佳绩，赢得了许多荣誉和社会的一致认可。例如，连续八年被广州市工商局授予“守合同重信用企业”，广州市税务局、地方税局授予“纳税信用A级纳税企业”，广州人力资源和社会保障局授予“劳动关系和谐AAA级企业”，广州文化广电新闻出版局授予“诚信印刷企业”，广州市白云区委、区政府授予“先进集体”等。同时通过了

ISO9001：2008 国际质量管理体系认证，被广东省、广州市政府指定为采购供应商。2011 年，经过国家质量监督检验检查总局审查，获得《全国工业产品生产许可证》，意味着公司业务覆盖范围有着更大的空间。

古人云："黄河尚有澄清日，岂可无人得运时。"祖国深化改革开放，稳步推进现代化建设，给王文康带来了好运。他从白手起家，发展到今天属下银裕彩印等几个公司，还有研发设计中心、高科农庄和花场，从国内发展到海外。经营项目涉及工农商、地产、金融和餐饮服务等行业。而今他事业有成，前程似锦。

王文康当选政协第十二届广州市委员会委员

王文康虽然身为海外华侨，但是依旧深藏中国心，心怀达裕梦。为了祖国的繁荣富强，为了中华民族的永续发展，王永康一腔热血，不甘示弱，奋勇当先。由于王文康的出众才华和品德，以及达裕企业的不俗业绩和形象，他本人的社会职务也越来越多了，其中有广东叶剑英研究会、广东客属联谊会、广东民营企业商会副会长，广东归国华侨联合会常委、广州市政协委员，还担任广州市白云区好几个社团的要职。这些，王文康都付出了不少心血，实实在在地作出了贡献。

2013 年 8 月

第三章 继往开来未了情

旧日同窗张汉青

作者（中）向张汉青（右）请教书名和布局谋篇

2012年龙年春节前夕，一个华灯初上的傍晚，《红枫》杂志社组织了一次特约撰稿人聚会。人数不多，席面简朴，但不乏文坛大家名宿，而且内容精彩。使我有点意外的是，旧日同窗张汉青同志也兴致勃勃地来了，并和与会的故交新知一一亲切握手，不时嘘寒问暖，谈笑风生，和颜悦色如一家。

龙年将至，辞旧迎新，总编辑朱耀民先生邀请德高望重的汉青老先生即席讲话。张老的作品、人品，早已口碑载道，他富于文采的话语和吉祥如意的祝福，在座的无不洗耳恭听，继而报以热烈的掌声。

张汉青同志从广东省人大常委会领导岗位退下来后，社会活动频繁，且笔耕不倦，平时难得一见。我正好准备出版一本以广东侨界人物为题材的报告文学选集，忽然灵光一闪，趁机挤到他的座位旁边向他请教书名和布局谋篇。尽管时间仓促，但他视野宽广，思路敏捷，很快用简练的言辞给我以启发，还勾起了我许多美好回忆。

可以说，我和汉青同志缘分不浅，他是我的老同乡、老同学，后来又成了老朋友。我们都是粤东揭西人（原揭阳县河婆区）。20 世纪 40 年代同时在河婆中学读书，他给我留下印象最深刻的是喜欢读中外文学名著，他写的作文常常得到老师赞扬，并张贴在课室外面的走廊上让全校同学欣赏学习，我心里对此十分羡慕。我离开学校后，他继续升学，先后参加了中国新民主主义青年团和中国共产党，历任河婆中学学生会主席、揭阳县学联主席、潮汕地区学联副主席。他于 1951 年奉调广州，很长一段时间在中共中央华南分局、中共广东省委工作，岗位多次变动，但都未曾搁下笔杆。在文化大革命中，他也难逃厄运。那时“打倒刘、邓、陶”的叫嚷铺天盖地，而张汉青是陶铸的秘书，因而戴了多年的“黑秘书”、“黑线人物”等大帽子，家也给抄了个底朝天。直到“四人帮”倒台，汉青才重见天日，重新分配到南方日报社工作，并于 1978 年升任中共广东省委副秘书长。从 1951 年起，我也一直在广州工作，但咫尺天涯，阴差阳错，彼此从未见过面。

无巧不成书，张汉青同志 1985 年调任中共广州市委副书记，分管工作之一就是统战工作和社会团体。我在反右派斗争和文化大革命的冤案彻底昭雪后，从工厂调到广州市归国华侨联合会。一次，侨联召开侨代会，依照惯例要邀请市委主管领导在大会上讲话。侨联要我负责写发言稿供张汉青同志参考，并要亲自送上。

发言稿经侨联领导审阅同意后，我却喜忧参半。喜的是有机会与老同学久别重逢，忧的是对方身居要职，会如何对待我这个无名小卒呢？当我进入市委大院见到张汉青，讲明来意后，我说：“我现名黄方生，河中读书时叫黄丕济，还记得吗？”我再用客家话重复：“河中黄丕济，记得吗？”汉青起初似乎有点愕然，目不转睛地打量着我，若有所思。他想起来了，从办公台后面的坐椅上站了起来，走到我的跟前和我热情握手，同时左手拍打我的肩膀：“啊，黄丕济，丕济，你怎么改名了？还记得你在河中时图画、书法比赛名列前茅，那时大家都很小，你很活跃，三十多年了，大家都年过半百了。”久别重逢，都想诉尽往事，又不知从何说起，大家都有“别后悠悠君莫问，无限事，不言中”的感觉。这次相见，使我原来的忧虑烟消云散，还和汉青结下不解之缘。

不久，张汉青当选广州市政协主席，几乎同时，我调到致公党广州市委，大家同在广州市民主大楼办公，楼上楼下，见面机会多了一些。1998

年，我出版第一本文集《赤子情》，汉青应邀题词：“地久天长桑梓恋，娓娓道来赤子情。”很有诗意，而且下笔龙蛇似有神。

老省长梁灵光2006年去世后，我开始写他的传记。汉青同志在繁忙中欣然提笔作序，并来信说：“我有一个想法，作为书名，还是用《归侨省长梁灵光》比较好，也显得有特色，请考虑。”接着又来电话，更详尽地讲述他的意见。遵照他的高见，我把书名最后确定下来。他写的序言，使拙作增色不少。其中有这样一段话：“方生同志是我在中学时的老同学，他的年龄稍大于我，但写作的热情依然旺盛，人物传记《归侨省长梁灵光》是他写作的新成果。相信这部作品将会得到人们的喜爱。”这是党的高级干部、昔日的老同学给我的最大信任、支持和鼓励，也是对拙作的充分肯定，我感激不尽。(《归侨省长梁灵光》一书，被列为广东纪念改革开放三十周年重点出版物。)

张汉青同志（中）和军旅作家蔡常维（左）、作者（右）在特约撰稿人聚会时合影

根据多年的亲身经历和耳闻目睹，我心目中的汉青同志，平易近人是他为世人所推崇的德行中的一大亮点。他从不居高临下，以势压人，而是宽以待下，和蔼可亲，这种品格是人民群众最喜欢、最欢迎的。

值得一提的是，汉青同志多才多艺，既忙于政务，又是作家、诗人。他从1949年任潮汕《团结报》通讯员起，长期坚持业余创作，发表了很多报告文学、诗词和评论，这些作品源于生活，源于群众，源于实践，有感而发，为事而作，高文妙笔，自有一家风味。

汉青同志1965年出版杂文集《挑灯集》，1987年出版散文集《故乡的榕树》，1991年出版论文集《在改革开放中建设社会主义精神文明》。先后主编或参与主编《精神文明学》、《新三字经》、《广州百科全书》和《改革开放在广东——先走一步的实践与思考》等专著。进入新世纪，他赠送给我一套由作家出版社出版的《张汉青文集》（上下卷，约100万字），这是他多年来撰写的杂文、小品、散文、随笔、评论、诗词和论文的总汇，该书获得社会各界的高度评价。唐代文学家刘禹锡留下千古名言："世上功名兼将相，人间声价是文章。"汉青同志的地位功名可算很高的了，而他的文章在人间的声价更高。

2012年3月

文章千古事　征途几十年

——广东省人大常委会原副主任张汉青的文学生涯

他从山沟出来的穷学生到党的高级干部，从地方小报通讯员到中国作家、岭南诗人，走过了漫长坎坷的路程。

旧日同窗张汉青，从20世纪40年代末到90年代末，从政几十年，业绩不俗。随着时光的流逝，许多往事已被人渐渐淡忘了。然而，凝聚他多年心血结晶的文章，却传扬久远，历久弥新。

文学种子在萌芽

张汉青

张汉青在“九一八”事变那年，生于粤东榕江上游的揭阳县河婆区（今属揭西县）。地处偏僻山区，经济落后，但这里继承了客家崇文尚学的优良传统，文化教育事业并不落后，小学遍及各村寨。1930年，当地乡贤和海外侨胞共同创办了河婆中学。抗日战争期间，榕江下游和沿海的许多地方沦陷了，不少知识分子来到河婆任教。解放战争期间，河婆是国民党统治相对薄弱的地方，但共产党领导的游击队相当活跃。任河婆中学校长的张海鳌是地下共产党员，引进了一批地下党员当教师，并在学生中发展组织，进步书刊也多了，还可以看到游击队印发的传单、小报，校园的进步势力较强。

张汉青的祖父和父亲都曾“过番”到马来西亚做工，但家境还是很贫困。汉青上中学时交不起学费的事常有发生。他喜欢看书，写文章，希望将来当一名记者。也许是因为他的天赋和努力，他的作文水平较高，总是得到老师的表扬和同学们的赞许。后来参加了学校地下党组织发起成立的微明读书会，对文学的兴趣更加浓厚了，又受哥哥参加游击队的影响，对革命的认识也升华了。1949 年 8 月，他加入了中国新民主主义青年团，次年 3 月参加中国共产党，从此走上了革命征途，文学种子也开始萌芽。

初露锋芒

张汉青是一个苦读书、勤写作的山村穷学生，又是一个很有才华和毅力的活跃分子。年方十八岁时，因交不起学费，停学当了小学教师。1950 年又回到河婆中学继续读书，品学兼优，在同学中很有威信，并当选为学生会主席，后来又当选揭阳县学联主席、潮汕地区学联副主席，并以学生代表身份出席广东省首届人民代表会议。1951 年高中毕业后留校任初中语文老师，并负责学校青年团工作。这几年，是他学生时代最值得回忆的时段，也为他后来的政治和文学生涯作了很好的铺垫。

确切地说，他的文学生涯是从 1949 年开始的。他起初担任潮汕《团结报》通讯员，后来又任《南方日报》通讯员。他以解放后农村广阔天地的新人新事为题材，写了不少消息、通讯之类的文章，并在报刊发表，还编写了一些小剧目给农村的青年伙伴演出，初露锋芒，被誉为“小秀才”。

攀登文学殿堂

清代的广州诗人张维屏有这样的名句：“千红万紫安排著，只待新雷第一声。”新中国诞生了，神州大地千红万紫，为张汉青施展才华、搏击风云带来了千载难逢的机遇。

1951 年，刚好二十岁的张汉青奉命调到广州，在中共中央华南分局宣传部任干事。次年，跟随副部长李凡夫到番禺县参加土地改革运动，负责编一份“土改”刊物《禺北通讯》。李凡夫教他如何选稿、改稿和编排。“土改”结束后，他尝试创作小说《觉悟》，写的是一个苦大仇深的农村妇女思想觉悟的过程，他把稿子寄到《人民文学》杂志，却未被采用，退了回来。张汉青一直没有弄明白退稿的原因，不知是因为没有写好这个农村妇女的转变，还是因为写了这个妇女曾经有过落后的一面。但血气方刚、追求上进的张汉青，没有因处女作遭遇厄运而灰心、失望，相反却激发了他锲而不舍的精神。

党的宣传部门是张汉青学习文学知识，提高写作水平的平台。1955年，华南分局宣传部改为广东省委宣传部。在部里有不少在哲学、文艺领域造诣很深的文化人和专家学者。副部长杜国庠曾对他说，人生在世，有些事情可以请人帮忙，但有两件事不能请人代劳，必须亲力亲为，其一是吃饭，你自己不动嘴，请人代吃，美味佳肴只能进到别人肚子里去；其二是读书、学习，不亲自埋头苦读，怎么能使自己长学问呢？老哲学家深入浅出的教诲，令张汉青难以忘怀。

1966年春天，张汉青（左三）在从化温泉与陶铸同志（左四）在一起

这段时间里，他除苦读马列经典著作外，还读了许多古今中外的文学名著，如曹雪芹的《红楼梦》、托尔斯泰的《战争与和平》等。欧洲文艺复兴时代的许多名著，都是这时读的。他回忆说：“那时读书的兴致很高，越读越感到开卷有益，能使人提高文化底蕴；读书可以使人开拓思路，大有利于提笔写作。”

在宣传部的时候，张汉青给《南方日报》、《广州日报》和《华南青年》、《华南文艺》等报刊写了不少消息报道、文艺作品。部里的陈越平、王匡、吴南生等领导要求很严格，耐心细致地对他的作品提出建议，指出不足，为培养青年一代付出了心血。还有文化界许多知名人士，如秦牧、杜埃、刘逸生等，在写作方面也给予张汉青很大的支持和帮助。

1958 年，张汉青调任中共广东省委理论刊物《上游》杂志编辑，专门从事文字工作，为他攀登文学殿堂打开了新的途径。编辑部里有几个爱好文艺的同事，互相影响，写作也多了，他用贺青等笔名在报刊上发表了很多杂文、散文和文艺评论，得到读者好评。第二年，他参加了中国作家协会广东分会，正式步入作家行列。

1960 年，《上游》杂志停刊，张汉青被调到省委政策研究室当研究员，主要任务是开展社会调查。除了写调查报告，他还将所见所闻写成杂文、随笔或散文。当时年轻力壮，往往报社的朋友一催，晚上就加班写稿，第二天稍微修改便可“交卷”了。

古人有“伯乐相马”的传说，张汉青终于被上级组织发现和提拔了。1963 年，他调任中共中央中南局第一书记兼广东省委第一书记陶铸的秘书。陶铸常下乡、跑基层，星期天也不休息，张汉青自然闲不了，但他还是挤出时间继续写作。幸运的是，陶铸很支持他。一次，他写了一篇有关花县农村变化的报告文学，陶铸看后点头称赞，还亲自改定了《花县变成了真正的“花县”》这个标题，后该文在中共中央杂志《红旗》上发表。

这些年里，张汉青笔耕不辍，写了几十万字，除广州地区的报刊外，还投稿给《人民日报》、《光明日报》的副刊。在《羊城晚报》副刊发表的杂文、散文中，有好几篇被评为优秀作品。1965 年，他出版了第一部杂文集《挑灯集》。这部文集的出版，是在写作小说《觉悟》的十多年后。可见，出版一本文学作品并不容易啊！

文化大革命中搁笔

在那场野蛮、恐怖的十年文化大革命中，散文大师秦牧等众多专业作家被迫搁笔十年，有的还被迫害身亡，张汉青这个业余作家也历经坎坷，被迫放下了笔杆。

1983 年 3 月，张汉青与夫人张婉芳

1966 年 6 月，正是文化大革命狂飙突起之际，张汉青跟随陶铸到了北京。半年之后，陶铸惨遭迫害，于 1969 年 11 月逝世。张汉青只因是陶铸的秘书，也厄运难逃，“黑秘书”、“黑秀才”、“黑线人物”、“臭老九”等帽子一大串。他的杂文集《挑灯集》，被视为“黑线作品”，也遭到批判，他因此中断了写作。

陶铸 1967 年 1 月失去人身自由，张汉青于同年 8 月离开中南海，被送到中央办公厅“学习班”接受审查，1969 年初被“下放”到江西鄱阳湖畔的中央办公厅“五七”学校种田，同年年底转到广东省委在粤北的花坪“五七”干校养猪。那时都在搞封建社会的“株连九族”，一人“有罪”牵连亲人，为此张汉青的老母亲和三岁半的小儿子也随着他到了粤北曲江的山沟受苦。

北京那边发出“打倒刘、邓、陶”的狂叫中，张汉青在广州的家也遭了殃。一天，那些凶神恶煞的“造反派”打着“查抄陶铸黑材料”的旗号冲进张汉青的家，翻箱倒柜，闹了两三个钟头。结果，那些人“抄”走了一纸皮箱的书籍、杂志和信件之类的东西，陶铸送给他的一件工艺品也给抢走了。庆幸的是，他的文稿得以保留下来。原来，当陶铸被打倒的消息传来后，他的妻子张婉芳见情况不妙，便把丈夫写的文稿、发表作品的剪报，用塑料薄膜包成一捆，埋藏在厨房的煤堆底下，因此才逃过一劫。过了一段提心吊胆的日子后，为了确保安全，妻子又悄悄地把文稿等转移到亲戚家藏起来。直至“四人帮”覆灭后，这些文稿等才取了回来。张汉青回忆此事时，动情地说：“如果不是婉芳的果断和机警，在坐月子时还冒着风险保护那些文稿和剪报，它们势将难逃被‘抄’的厄运。”夫妻情深由此可见一斑。

十一届三中全会拨乱反正，中国上空的妖风乌云终于散去，文学艺术也迎来了明媚春光，曾被诬蔑为“黑线作品”的《挑灯集》得到再版，重见天日。1972 年，张汉青被分配到南方日报社工作，重新拿起笔杆写文章，继续被禁锢了近十年之久的文学生涯。

张汉青于 1978 年底调任中共广东省委副秘书长后，党务工作繁忙，进行文学创作的时间少了，朋友们笑他“公文”压倒了“私文”。可是，给他极大鼓舞的是，他在 1979 年被吸收为中国作家协会会员。

满目青山不了情

1985 年，张汉青调任中共广州市委副书记，为他充分发挥自己的聪明才智提供了更广阔的平台。后来他当选广州市政协主席，接下来任广东省人大常委会副主任。这段时间，党务政务缠身，他常靠“开夜车”写作。他认为，在繁忙的日常工作中，挤出点时间，搞搞文学创作，也是调节生活、陶冶性情的好办法。

1998 年，汉青年近古稀，从工作岗位上退下来后，被推举为岭南诗社社长。从此，他的兴趣逐步转到写诗填词上，发表了不少佳作。他说，写诗词可以用艺术的语言和简洁的文字，表达对美好事物的感情，激浊扬清，抒发胸臆。

对文学，张汉青爱之深切，也许是命运注定他就是要一辈子“爬格子”，当文字苦力。他意味深长地说：“我与文字、文字与我，我与文学、文学与我，几乎‘相依为命’，就这么相伴着度过了荏苒岁月。”

在新旧世纪之交，张汉青花了不少时间和精力，重新梳理过去的作品，审视自己从事文学创作的历程，由作家出版社出版了《张汉青文集》（上下卷，约 100 万字）。这本《文集》几乎挑选、收集了他从开始写作以来几十年的作品。编入作品近400篇，基本上都保持原貌，这就难免留下各个时代的印记，特别是在“左”倾路线占统治地位的那些年代，作者的思想、观点也不可避免地会受到影响。然而，这也比较全面地折射出作者的成长和发展历程。

汉青的人生旅途是坎坷的，他那漫长的文学生涯同样是坎坷的。但是，他最后成功地登上了文学殿堂，大放异彩，这很值得骄傲。2001年，也就是张汉青步入古稀之际，他写了一首《七十抒怀》：“沧桑饱历出闲情，壮志常怀阅废兴。七尺何曾图逸懒，寸心唯有护旗旌。栉风沐雨知时节，跌宕沉浮炼性灵。满目青山好景致，低吟浅唱夕阳行。”该诗言志抒情，倾诉了张汉青内心的赤子情怀，表达了他奋斗不息的决心和意志。

张汉青的文章，文笔奇妙，风格清雅，内涵深刻，抒发了个人的思想感情，评述了社会事态，反映了时代进步，发挥了文学的功能，体现了文学的宗旨。由于主客观条件的影响，他的文章不免也有缺点，但毕竟瑕不掩瑜，他的作品有益于社会，有益于人民，其影响深远，百世不磨。

2012年12月

附：张汉青关于修改标题的亲笔信

方生兄：

给您信及书稿看过了吧，今晨我想起一件事，再写此信。

《文章千古事，仕途几十年》这个题目，我想“仕途”改为“征途”为好。您本意我能理解，其中有当官只是几十年，而文章才是长久的事情。我之所以提出改“仕”为“征”，理由是：

一、这几十年，我这个从山沟出来的穷书生，不自视为“官”，还能常以“公仆”、“老牛”自励。

二、这几十年，确实道途坎坷，沧桑饱历，是当“苦力”的一生，自认用“征途”也不为过。

三、现在存有把当公务员即认为是当“官”的观念，一当“官”就不得了，脱离群众，忘了“全心全意为人民服务”这个灵魂，贪污腐败也不少；还有的下属称上级为“老板”，并且“真诚地”、不厌烦地叫，“公

仆”不讲了，相当一段时间里“奉献”也不提。

所以，想来想去，还是不要用“仕途”为好，特别是作为文章标题，吸人眼球，改用“征途”为妥。

祝

健康长寿

张汉青

2013年5月12日晨

民主人士梅日新的夫妻情和中国心

年过八旬的吴锦华女士，原来是民主党派人士，离休后参加了中国共产党，这样一来，我们就是双重党籍的老朋友了。她的夫君梅日新前辈，和我不是同一党派，但有一段时间同在一座大楼办公，工作上有过接触，并曾到他家造访过，也算是老相识。他给我留下印象最深的是：喜欢写文章，夫妻志同道合，心意相通。

吴女士或许是受梅老的感染，对我这个晚辈关怀备至，每次见面少不了询问我的写作情况。前不久一次聚会时，她又带着微笑问：“老黄同志，最近又有什么大作？”我如实回答：“大作没有，只是写了几篇华侨题材的作品，《归侨省长梁灵光在广东》、《中国致公党元老伍觉天》、《秦牧，当代华侨文学先驱》等，正在考虑写归侨典范蚁美厚，准备出一本名为《粤侨先锋》的文集。梅老是广东侨界的名人，我打算下一步写他，不知大姐有何高见？”吴女士点头说：“广东是侨乡，出这样的书很好。”接着又说：“关于老梅的文章，报刊上已发表了一些，你不必再费神了。不过，你是作家，要出书，写不写是你的事情。”

1988 年，梅日新和妻子吴锦华

后来，我认真思量了一下，吴女士讲的不无道理。但是，梅老是侨眷，又是广东著名的民主人士，只要不雷同，有自己的见解还是可以写一篇文章的。

常言道，一个成功的男人，背后必定少不了一个贤内助。我想，在革命征途中，作为夫妻，最重要的还是要志同道合，才能经受逆境和时间的考验。梅日新夫妇就是一个真实生动的例证。

梅日新祖籍台山，小时候家境贫困，父母早丧。十七八岁时，北平爆发“一二·九”运动，掀起了中国人民抗日救国的高潮，同时也激发了梅日新的爱国反帝热情，于是他参加了反抗日本侵略的斗争，接着投身解放战争，为解放广州作出了贡献。新中国成立后，长期从事民主党派工作。

吴女士和梅日新是早年在抗日战争时期结为伴侣的。她回忆往事时感慨万分，说：“我们经历了抗日战争、解放战争，也经历了社会主义革命和建设，充满了坎坷曲折和战斗激情，饱尝了人间的苦涩与辛酸，当然现在更多的是享受到革命胜利的喜悦。”

他们的结合是偶然的，但爱情是纯洁的，因志同道合才走到一起。不论在残酷的战争岁月、新中国成立后的社会主义建设年代，还是在那野蛮、疯狂的文化大革命时期，他们始终同甘共苦、相濡以沫，经受住了严峻考验。

1938 年 10 月广州沦陷前，吴锦华跟随农工党领导的广州市抗日青年团 100 多人转战粤北，参加军事、政工训练，认识了比她大几岁的梅日新。梅日新是领导人之一，他带领着 20 个都是十几二十岁的男女青年刻苦学习革命理论。也许是天赐良缘，梅日新在业余时间教吴锦华学世界语，吴锦华则热情地教梅日新学五线谱。日子久了，两人渐渐地擦出了爱情火花，经过了几年的初恋、热恋，在硝烟弥漫的 1943 年终于结为伴侣，开始了浪漫幸福的夫妻生活。

令人始料不及的是，抗日战争结束后，在解放战争即将取得胜利的 1948 年，吴锦华在广州北郊被国民党反动派逮捕入狱，但她大义凛然，毫不畏惧。梅日新也被追捕，逃亡香港。

梅日新日夜担忧着妻子的安危，常常暗地里唱着郭沫若作词的一首歌：“我们从春望到秋，从秋望到夏，望到海枯石烂了，爱人啊！你还不回来……”借以抒发对妻子的深情与担忧。

吴锦华出狱后，中共地下党安排她前往香港，以教师身份继续进行活动。新中国成立时，吴锦华所在学校升起五星红旗表示热烈庆祝。广州解放后，吴锦华等又组织群众到深圳慰劳解放军，并发动青年学生参加解放军。敌视中国的港英当局逮捕了吴锦华等人。后因吴锦华不是当地居民，被宣布为“不受欢迎的人”而遣送回内地。梅日新听到妻子被捕的消息后，又一次唱起了“爱人啊！你还不回来”这首怀念妻子的情歌。和1948年那一次不同的是，他更加充满期待和团聚的信心，因为自己曾为之参与战斗的新中国诞生了！

梅日新和吴锦华在十多年的战争烽火中经受了千锤百炼，却在那十年文化大革命中劫数难逃。

梅日新的历史被颠倒了，那些“造反派”诬蔑他是“漏网大右派”、“现行反革命”，将他批判、斗争、毒打，关进“牛栏”，流放“干校”，以致疾病缠身。吴锦华也被强加诸多罪状，成了“牛鬼蛇神”，招来无休止的残酷批斗，终致吐血不止，躺在医院的地板上，生命垂危。梅日新在逆境中想尽了办法，在知心朋友们的协助下，才把妻子转到另一间医院抢救，把她从鬼门关抢了回来。在那段阴森、黑暗的日子里，他们彼此互相理解，忠贞不渝，实在催人泪下。

真金不怕火炼，事实证明，梅日新夫妇的历史是光荣的，他们的爱情是高尚的。

中共十一届三中全会拨乱反正，梅日新重新走上了工作岗位，先后担任农工党中央顾问、广东省委副主委、广州市主委和广州市政协副主席等职务，吴锦华也先后任农工党广州市委副秘书长和广州东山区人大常委会副主任等职，他们夫妇在祖国改革开放的洪流和现代化建设中，作出了新的贡献，过着幸福的生活。

梅日新

值得特别一提的是，梅日新有一颗永恒的中国心，对祖国一贯无限忠诚。他的叔父、哥哥和姐姐都是旅美华侨，青年时候，叔父要他到美国去读书，他却怀着对伟大祖国的强烈感情，参加了抗日战争。抗战胜利后，叔父催促他到美国去继承家业，他又投身到解放战争中，为“打倒蒋介石，解放全中国”而奋斗。他说：“个人的命运一定要同祖国的命运，

同人民的命运联系在一起，这样的生命才有意义！”

在新的历史时期，不少人由于各种原因移民国外，其中不少已成了外籍华人，也有些人绞尽脑汁往外跑。梅老则心甘情愿扎根祖国，永做中国人。1984 年，他第一次到美国访问探亲。入境时，美方“手下留情”，没有签署他的停留时限，这就意味着他可以在美国长期待下去。这对一些人来说，是天大的好机会。可是梅老没有领美方的这个情，一个多月后又回来了。进入新世纪后，有的孙子到国外读书去了，他写的赠言是：“学成归来，报效祖国。”这八个字，铿锵顿挫，是梅老的肺腑之言，体现了他对祖国的热爱，体现了他对祖国美好未来的向往。

中国心，但愿人人都有中国心。中国兴，祖国兴！

2012 年 12 月

唐丹玲，荣膺全球海洋遥感协会主席的第一位中国学者

唐丹玲在国际科学会议上

她有一片报效祖国、振兴中华的赤子之心，又有成千上万吸附、释放当今高新科技的智慧神经。

她曾为探索海洋而辞去县官，驰骋异国他乡，拼搏科研领域。她是中国科学院（简称中科院）“引进国外杰出人才”华南地区的第一位女性。她现在是中科院南海海洋研究所海洋生态环境遥感学科首席科学家，中国科学院大学教授、博士生导师，全球海洋遥感协会主席。

她是中国实行改革开放后的国际科研新星，在国内外的科研成果卓尔不群，获得了不少殊荣。

她的名字叫唐丹玲，唐木丹玲子是少数民族同胞送给她的昵称，玲子（Lingzis）是她在国际交往中常用的别称，也是她写科普作品和文艺小品的笔名。

难忘老省长梁灵光的鼓励

唐丹玲的母亲祖籍广东，于20世纪50年代初从缅甸投奔祖国。唐丹玲出生在湖北，后来长期在广东学习、工作，事实上已是百分百的广东

人了。

土生土长的广东朋友很欣赏唐女士对广东这块改革开放前沿阵地的情结，但戏言她“生不逢时”。她在20世纪“吃糠咽菜”的经济困难时期，诞生在一个受歧视的“右派分子”家庭，读中小学时几乎在大动乱的文化大革命中度过，后来又“上山下乡”滚一身泥巴。这是那个时代众多青少年的缩影，也是那代人难以抹去的烙印。小小年纪的唐丹玲，经历了很多现在的年轻人觉得不可思议的磨难。

唐丹玲与梁灵光合影

可是，换一个角度看，唐丹玲的这些遭遇却给她带来了特殊的财富：孕育了面对现实不甘示弱的倔强性格，铸造了追求美好未来的坚定意志。

斗转星移，冬去春来，神州大地阳光灿烂。国家恢复高考后，秉性倔强、求知若渴的唐丹玲在农村胼手胝足劳动之余，挑灯苦读，终于考取了华侨最高学府暨南大学，1984年获生物系学士学位，1987年获硕士学位后留校任教，讲授生物学、海洋环境学等学科。

唐丹玲在暨大时有一个人给她留下了美好的回忆。她硕士毕业那一年，刚好碰到时任广东省省长兼任暨大校长的梁灵光来校参加毕业典礼。小唐从老省长手里接过毕业证书，并有幸坐在省长旁边。省长见这个女生天真活泼很是可爱，满面笑容地和她热情握手、亲切交谈，鼓励小唐毕业后继续深造，向科学进军，将来为祖国多作贡献！

此后，唐丹玲一直铭记这次和老省长的幸运会见，并在老省长的鼓励下继续深造。她胸怀大志，在海洋科学的广阔天地纵横驰骋，发光发热。如果老省长还健在的话，一定会感到格外欣慰。

飞到瑶山的金凤凰

唐丹玲与瑶族同胞在一起

有一年的秋天，唐丹玲和暨大的同事们到粤北山区连南瑶族自治县考察，目睹那里的瑶族同胞依然过着受饿挨冻的贫困生活，心里很不是滋味，泪水不禁往肚里流淌。改革开放这么多年了，珠江三角洲农村都开始富起来了，而偏僻山区的瑶族同胞的生活还是那么艰难。在返校途中，唐丹玲的心情久久不能平静。

强烈的责任感驱使着富于同情心的唐丹玲：我要到那里去，用自己学到的生物知识去帮助瑶胞开发当地丰富的生物资源，为改变瑶山的落后面貌尽微薄之力。于是，在亲人和母校的支持下，她请缨到连南山区“插队”当农民。

别看大城市来的唐丹玲面目秀丽、身段苗条，但她却意气风发、干劲十足。她克服了生活上和工作上的诸多困难，栉风沐雨，跋山涉水，深入察看那里的一草一木，起早贪黑地调查论证，还利用自己在国内的同行和海外亲友关系，引进资金、信息和技术，因地制宜，就地取材，使几个高新项目先后顺利运作起来。制造第三代调味粉的工厂首先投产了，满山遍野的山楂、黄柏、无花果等中药资源相继被开发，闯出了“靠山吃山”的新路子，激发了人们脱贫致富的志气！

这位外来汉族姑娘的真情和业绩，深深地感动了瑶族同胞。上了年纪的大爷、阿婆把唐丹玲看作自己的亲女儿，年轻的同胞视她为亲姐妹，县里各级同事更是称赞她、喜欢她，后来也不知谁带头给她起了个亲昵的瑶家名字：唐木丹玲子。这是一个美丽的瑶家名字，而唐姓又正好是瑶家的大姓。于是很快，不论男女老少都这样亲切地叫她。这是第一个汉族同胞享受到的比任何奖励都可贵的荣誉。后来唐丹玲虽然离开了瑶山，但依然深情地眷恋着那里，她在给朋友的信里这样写道：“我对那里的一山一水、一草一木都很有感情，我希望会有更多的人关心瑶山，支持瑶山。”为了不忘记瑶山同胞对自己的爱护、关怀和支持，她后来一直都十分珍惜地保留着“唐木丹玲子”这个称谓。

1993 年，连南举行人民代表大会，一致选举三十刚出头的唐丹玲为副县长，她成为该县有史以来学历最高、年纪最轻的，也是全省罕见的女性县级领导人。消息一传开，人们奔走相告，尤其是那些女同胞，无不拍手叫好，都说唐丹玲是大城市飞到瑶山的金凤凰。

含泪辞官向海洋

当副县长，分管科技、文教和宣传，是唐丹玲热爱的工作，也是她可以施展拳脚的大好机遇。可是，人各有志，她也有自己的理想和追求，就是继续探索自己喜爱的海洋科学。于是，她毅然报考了香港科技大学博士研究生，被录取后，她婉拒了同事们和瑶族同胞的恳切挽留，含着热泪辞别了瑶山，于 1994 年前往香港科技大学深造。她在 1998 年获该校海洋生物遥感博士学位后，又前往美国做博士后研究，后来到日本继续生态遥感研究工作。这期间，她以“卫星遥感海水温度和海洋色素在中国大陆架的时空分布”这一年轻的交叉学科为课题，致力于研究海水温度、海洋色素的时空变化，并结合研究海洋初级生产力、海洋环境和赤潮发生。她说：“卫星遥感可谓‘革命性手段’，有许多先进之处，一是可以大面积、长时间观察海洋，二是有利于不同海区的比较研究。站得高，望得远，可以使海洋生态的研究获得突破。”

尽管人类已掌握了先进的科学手段，但从事海洋研究的科学家们仍然需要经常亲临既令人向往又令人生畏的海洋。唐丹玲知难而进，毫不畏缩。有一年金秋，香港科技大学进行了一次出海考察，对香港和珠江口海域的水质进行强化研究。这是具有重要意义的活动，共有二十个科研人员参加，由知名学者美国罗德岛大学海洋专家海达思教授亲自指挥，采用了最先进的海洋环境勘察技术，且与卫星遥感技术相结合。唐丹玲是海达思教授的得意门生，因而得到机会参加这次活动。

考察队的小船从香港向珠江口等海域进发。海达思教授和大多数成员已有多次出海经历，早已适应了大海生活，还可忙里偷闲尽情欣赏大海绚丽多姿的景致，而这对唐丹玲却是严峻的考验。古怪多变的大海，有时候好像被一幅巨大的绸缎覆盖着，只见它轻轻地跳动，听不到一丝声音；有的时候仿佛千万只雄狮在奔腾，发出震耳欲聋的怒吼声；更多的时候是掀起了重重叠叠的浪山，使得小船急剧地颠簸摇晃。在风平浪静时，唐丹玲尚可勉强坚持，遇到风大浪急，便天旋地转，脸色苍白，只能双目紧闭背靠船舱坐着，动弹不得，饱受晕眩和呕吐的折磨。同事们见她的可怜样，爱莫能助，只能在心里表示同情。奇怪的是，当要采样或者观察监测仪器送回的信息时，她忽地翻身而起，精神抖擞地投入工作，似乎刚才的一切都没有发生过。唐丹玲回忆起这次活动时说，过去好几天了，好像仍然在小船上摇摇晃晃。这只是多次出海中普通的一次，后来她还不知多少次参与越南、印度等国科学家对南海、印度洋和大西洋的考察研究。

初展才华露锋芒

海洋，是生命的摇篮，人类的故乡，也是维系人类持续发展的资源宝库。可是由于人类自身造成的各种污染，加上自然灾害的不断袭击，海洋生态环境正日益恶化。

保护海洋，造福人类，是唐丹玲潜心研究海洋科学的根本所在。唐丹玲在海洋学道路上锲而不舍，勇敢探索。就这样，她积累了许多新的知识，发现了许多新的领域，还提出了许多新的问题。她在国际学术会议上宣读或在国际学术刊物上发表了一系列高水平的论文，这些论文涉及的内容大多同我国有密切关系，如《遥感 GZCS 色素在中国大陆架的年轮变化》、《遥感探测吕宋海峡的藻华发生》等，对开发大陆架的海洋生物，对进行世界海洋环境保护，提出了独到的见解，具有重要的科学价值。论文刚发表，很快引起国际上的强烈反响，中国、美国、加拿大、日本、菲律宾等国的有关科研机构和相关科研人士，纷纷要求提供具体资料或进行合作研究。

1997 年，唐丹玲在马来西亚参加国际海洋科学大会时与部分女科学家合影

在漫长的科学征途上，唐丹玲无疑还是年轻的。正如她说的：“在科学研究领域，我还是一名新兵，而且永远是一名新兵。”然而，无可争辩的是，她已开始展示才华，初露锋芒。

随着唐丹玲学术水平和国际声誉的不断提高，邀请她做专题学术报告或参加学术会议的次数与日俱增，引发了不少鲜为人知的故事。一次，她赴日本出席国际海洋科学大会，做了题为“利用卫星遥感 SST 分析中国大亚湾核电站排放热羽”的报告。出席大会的科学家不少，人才荟萃，而唐丹玲是在大会做报告的唯一女性，因此格外受人关注。起初，有的人还以为她是东道主日本的科学家才得到如此特殊待遇，当知道是中国人后，大家都深感惊奇。当她在讲坛上用流利的英语做报告时，全场一下子就沉静了下来。报告结束，许多不同肤色、不同性别的科学家都以不同方式向这位来自中国的同行表示亲切关注和衷心祝贺。另一次，她出席在马来西亚举行的国际海洋科学大会，也成了大会的焦点人物。在大会发言那天，她穿着自己设计的绛紫色中国传统紧身短袖旗袍，全身匀称优美的线条显得高雅大方。当她微笑着走向讲坛的时候，浓黑发亮的长发飘落在秀丽的瓜子脸两旁，娥眉下的两颗黑眼珠发出明亮的光芒，给人一种年轻、自信和秀气的感觉。她的发言，内容新颖，论点鲜明，分析透彻，声音清脆。发言过程中，她不时做出各种潇洒自如的手势，增强了演讲的吸引力、说服力、感染力。精彩的发言，美丽的倩影，使听众叹服、倾倒，大家都为中国有如此优秀的年轻女科学家感到高兴。

在科学研究实践中，唐丹玲感悟到这样的道理：海洋的边际再大也是有限的，而海洋的学问是无边际的，正所谓学海无涯。她从香港科技大学毕业之后，继续前往美国、日本、韩国等国一些知名的大学和研究所深造，追求不息。美国是居于世界海洋科学研究的最前沿的国家，唐丹玲来到南佛罗里达大学，先是师从知名海洋遥感学者 Fran. M. K，然后到著名的百慕大生物研究站访问和学习，接着跟随罗德岛大学国际著名海洋学家 Dana. K 教授作海洋环境的博士后研究。这期间，唐丹玲辛勤学习，像海纳百川那样吸纳海洋科学知识，为后来事业发展打下了更加扎实的基础。由于她成绩出众，表现优良，先后获得美国太空总署奖学金、太空研究学会特别奖学金等最高奖励，成为众多学子中的佼佼者。后来，唐丹玲还应邀前往日本东北大学，从事了近四年的海洋遥感教学和研究。

唐丹玲与国际著名海洋学家 Dana. K 教授合影

从 1994 年到 2004 年，唐丹玲一直在国外，足迹遍及亚洲、欧洲、非洲、大洋洲和南北美洲的许多国家和地区，全身心投入关系人类生存和发展的海洋科学研究，并取得了丰硕成果和重要突破，展示了中国新涌现的国际科学家的艳丽风华。

他乡奇遇

唐丹玲为人热情、真诚，具有“相知无远近，万里尚为邻”的气质，在国际交往中结交了不少知心朋友，也遇到了一些素不相识的好心人。

一次，唐丹玲前往日本参加国际海洋科学会议，因福冈市的地铁突然发生故障耽误了上机时间。她从机场回到地铁，用英语向管理部门进行投诉，但工作人员既不懂英语又不懂汉语，“鸡同鸭讲”，无法沟通。后经一位会讲英语的年约五十岁的日本妇女翻译，才知道原来是有人卧轨自杀影响地铁正常运行，责任不在地铁管理部门。这时天色已晚，而唐丹玲人地生疏，正感到为难，此时，那位日本妇女见她容貌端庄、举止大方，又是

来自友好邻邦中国的科学家，便热情邀请她到自己家里做客，并以丰富的晚餐款待。谈话间得知，这位日本妇女曾留学澳大利亚，丈夫是大学教授，女儿已工作，儿子在外国留学，是个很有文化修养的家庭。这一晚，两位邂逅的异国女性谈得十分投契，日本教授也兴趣甚浓，三人从中日两国的历史渊源、社会现状到风土人情，无所不谈。唐丹玲还特地介绍了母校暨南大学、香港科技大学的情况，邀请他们夫妇在方便的时候到中国参观访问。日本夫妇说，他们到过许多国家，就是还没有机会去改革开放后的中国，一定要争取实现这个愿望。第二天早上，两位好客的主人还亲自送她到机场。在候机室里大家都有说不完的话，直至机场播出“请中国旅客唐丹玲小姐赶快上机”的广播，大家才依依不舍，挥手而别。

还有一次，她前往捷克参加国际学术研究会，在住宿的酒店用英语向别人问路，旁边的一位男士走了过来说了些唐丹玲听不懂的话语，然后用手比划表达内心的意思，接着提起行李箱往前走，而且走得很快。唐丹玲心里直嘀咕会不会碰上坏人了。唐丹玲跟着他坐地铁、坐巴士到了会场，那男士放下箱子，露出微笑，二话不说，转身走了。唐丹玲还以为他是会议的工作人员，后来打听才知道那是一位普通的热心人士。令唐丹玲遗憾的是，还未请教那位热心人的名字，他便匆匆离去，这让唐丹玲“耿耿于怀”了很久。

这些意外的事情触动了唐丹玲的心灵：这是外国人对中国人的爱心，别人爱你，你也可以把爱传给另一个人。发自内心的爱，不一定要直接回报，因为爱是纯洁的、流动的，人人都有爱心，我们的世界才会更加和谐、更加美好。

海外归来

在唐丹玲的心目中，海洋科学是没有国界的，但研究海洋的科学家自身却有不同国籍。深藏报效祖国的赤子之心，为振兴中华作出贡献，才是人生的最大幸福。

唐丹玲还多次谢绝了外国朋友的盛情邀请，明确表示心迹：我喜欢海洋，更热爱中国。时候到了，我就会回到母亲的怀抱！

2004年，是唐丹玲人生旅途的新起点。这一年，她无条件听从祖国的召唤从日本海彼岸回来了，成为中科院“引进国外杰出人才”的华南女性第一人，来到了位于羊城的南海海洋研究所进行海洋生态环境遥感研究。在发达国家工作多年的唐丹玲，带来了适应时代发展趋势的新的科学理念和工作方法，组建了“海洋生态环境遥感研究中心”，提出了新的研究方案，力求把海洋生物、海洋生态、卫星遥感技术与物理海洋学结合起来研究，运用先进的探测手段，深入探讨、揭示海洋学，推动祖国海洋生态遥感的新兴和发展。

她还率先带领精悍团队承担了中科院和国家自然科学基金等多项重要海洋研究项目。

唐丹玲还十分注重研究生的培养工作，她指导的学生包括南海海洋研究所的首位外籍博士和首位外籍博士后。学生们已在科研领域崭露头角，在《海洋生态》、《地理物理研究》等国际刊物发表了许多论文，将成为我国新兴的海洋科研生力军。

关心社会，服务社会

唐丹玲认为，科学工作者不仅要做好基础研究，同时也应该关心社会，服务社会。就在唐丹玲回到祖国走上新岗位的2004年，印度洋发生了多年不遇的大海啸，造成了极大灾害。她义不容辞，带领团队率先研究这场灾难产生的海洋生态环境效应，并利用与印度洋周边国家科学家长期合作基础，第一时间搜集了相关资料，然后根据这次研究结果，发表了系列研究论文。

这次研究成果引起了国际学术界的高度关注，国际海啸问题专家T. D. Allan指出，唐丹玲学科团队“客观地描述了海啸对区域海洋生态的影响”。一家具有国际权威的学术杂志认为这篇论文是海洋环境领域的突出成果。紧接着，应联合国教科文组织邀请，唐丹玲前往重灾区泰国考察和出席有关海啸研究会，并参与撰写专著《大海啸》。

在印度洋发生特大海啸造成严重后果后，有人提出，广东沿海应如何做好防范工作？唐丹玲认为，根据广东沿海的地理环境，发生海啸的几率

相对比较小。为了防范万一发生海啸，唐丹玲建议，可考虑在海岸加强种植红树林，这在一定程度上能削弱海啸的能量，一些被海浪卷向大海的人经过红树林时有可能抓住枝干增加求生机会。同时，对广东这样的台风频发地区，两米多高的红树林宛如绿色长城，既能抵御风浪袭击，又能促淤保滩，固岸护堤，净化海水和空气。总言之，红树林对防御海啸和台风袭击，对保护沿岸生态环境，都有积极作用。

随着全球气候环境的恶化和自然灾害给人类带来的损失日益严重，唐丹玲作为研究海洋生态环境的科学家，十分关注我国南方发生的台风灾害。她领导的广东省自然科学基金团队，致力于华南沿海台风及生态效应检测和灾害评估的研究，经过几年的努力，在台风气象以及台风生态灾害评价理论和方法等方面都取得了突破性进展，编写了有关专著，并提出了“台风灾害的经济政治影响和完善防御系统的政策建议”，受到了相关部门和社会各界的关注。

在研究广东沿海生态环境的过程中，唐丹玲发现大亚湾发生了巨大的变化。大亚湾是个半封闭型海湾，原来是广东主要的海水养殖区，生物资源丰富。可是，自 1994 年大亚湾核电站建成运行以来，该电站的冷却水已对附近海域生态和环境产生了影响。研究数据显示，该海域水温明显升高，鱼群和浮游植物的种群结构会有所改变。唐丹玲建议，广东有关部门应给予密切注意。

为海峡两岸人民做实事

2008 年前后，中科院南海海洋研究所联合中国气象局广州热带海洋气象研究所和广东外语外贸大学、香港中文大学等单位，多次举行有关海洋环境的研讨会。唐丹玲以高度的责任感和使命感，担起主编的重任，把凝结着专家学者们心血和智慧的研究论文结集成册，并于 2009 年出版《环境遥感灾害监测与危机管理》，为沿海地区的海洋灾害防御提供了技术支持。

广东和台湾都属沿海地区，一直饱受台风侵扰，甚至呈现愈演愈烈之势。中科院南海海洋研究所与广东外语外贸大学于 2011 年共同组织了“海峡两岸台风科学与危机管理研讨会”，唐丹玲任大会主席，并做了关于台风灾害遥感检测的主题报告和大会总结。会后向省政府提交了两份调查报告，出版了英文专著，并在国内外重要期刊发表了论文，取得了一系列实实在在的科研成果。唐丹玲回忆说："这也算是我们科学工作者为台湾海峡两岸人民做的一件实事、好事。"

唐丹玲研究海洋，她很喜欢蓝色的海洋，但是海洋也有使她伤感、不安的时候，那就是赤潮的出现。赤潮使海洋生态发生急剧变化，导致海水变成了赤色或者褐色，进而导致鱼类大量死亡。她作为南海海洋研究所和香港中文大学共同承担的"珠江三角洲地区渔业灾害监测和预警信息系统"项目粤方首席科学家，对赤潮的海洋动力学机理提出了新的解析，对于提高赤潮的预报、预警和防治能力有着重要的现实意义，也为有关国家和部门提供决策的科学依据。

当选全球海洋遥感协会主席

全球海洋遥感协会是全球从事海洋遥感研究的科学家的专门组织，在国际上具有极大的影响力。在2010年台湾举行的第十届全球海洋遥感大会上，唐丹玲当选为新一届主席，任期为2012—2016年，这是参加大会的50多个国家的400多名科学家对唐丹玲在海洋遥感领域的杰出成就、组织能力和国际威望的又一次郑重的肯定。唐丹玲的当选，打破了历来由日本、加拿大、美国等发达国家的知名科学家担任协会主席的传统格局。2012年11月，第十一届全球海洋遥感大会在印度召开，唐丹玲正式上任主席。这是中科院南海海洋研究所学者首次担任重要国际学术组织主席，也是该组织历届主席中第一位中国学者。

由于唐丹玲的才华和影响，这些年来她已被多个国际科学机构选入最高决策成员，其中有太空研究会海洋动力学和生产力专门委员会副主席、太平洋海洋科学技术协会主席、美国地球物理学会董事等，并担任多个学术刊物的主编或编委，还应邀任Springer海洋专辑的顾问编辑。

时代变了，社会发展了，才能给人以显露才能的机会。唐丹玲是中国实行改革开放后升起的一颗光彩照人的科研新星，而今已成为国际知名的科学家。

意料之外的珍珠和荣誉

从国外深造回来的唐丹玲，不仅是杰出的科学家，还是很有灵气和修养的业余诗人。她喜欢写英文诗，常在工作和生活中去发现诗意、抒发情感、描绘梦想。她发表了不少作品，还编撰了诗集 *Blue Dreams*，现在是国际诗人协会荣誉会员。她的专业书 *Remote Sensing of the Changing Oceans*（2011）和 *Typhoon Impacts and Crisis Management*（2013）均由国际知名的 Springer 出版。唐丹玲采用英文书名写藏头诗的形式为专著作序，将中国传统艺术与现代科学完美结合。她说，练习写英文诗，也是学习英语的一种方法。

唐丹玲在联合国工作时留影

唐丹玲还常从别人的诗作中汲取营养和获取启迪。裴多菲在一首充满爱国热情的名诗中写道：“纵使世界给我珍珠和荣誉，我也不愿意离开我的祖国。”在唐丹玲的心中，海洋科学没有国界，但科学家自身却有国籍，不能因“珍珠和荣誉”而离开祖国。

“英雄心事无今古，神物风云各有时。”（明·张佳胤）唐丹玲在国外纵横驰骋，回到祖国搏击风云，更显巾帼英雄本色，同时也出乎意料获得了许多“珍珠和荣誉”。

2005 年，她在参加联合国的“新千年生态系统评估”等工作中，荣获由联合国秘书长安南签发的“扎耶德全球环境奖”。这是被认为是全球最有权威、最负盛名的，也是最高金额的与环境相关的殊荣。

2007 年，在美国举行的“太平洋海洋科学技术大会”上，为表彰科学家对海洋研究的组织工作和对海洋环境研究的贡献，唐丹玲荣获“海洋服务奖”。获此殊荣的人凤毛麟角，只有唐丹玲和另一位美国著名科学家。

2010 年，当选“科学中国人 2010 年度人物”，这是为表彰对我国科技进步作出重要贡献的年度人物奖。

2011 年，在广州市科协召开的优秀妇女科技工作者表彰大会上，荣获“广州优秀女科技工作者”称号。

2013 年，获得广东省科学技术成果一等奖（第一完成人）。这一突破性科学成果，对指导南海渔业生产等具有重要的应用价值，在政府决策中起重要作用，对推动海洋生态遥感的新兴和发展，推进国际合作，都具有重要国际影响。

除了在科学领域获得诸多荣誉外，唐丹玲还在 2009 年被授予全国“三八”红旗手称号。

赤诚报国、不求名利的唐丹玲认为，这些都是国际学术组织和科学家们对中国科学家的肯定，对中科院南海海洋研究所的支持，更是祖国母亲对儿女的关爱和培育，荣誉应当归功于日益强大的祖国。

“热爱海洋，才能有激情研究好海洋。”唐丹玲常常这样说。让人欣慰的是，受到母亲的深深感染，唐丹玲的孩子也投身到海洋科学领域。而且，在 *Typhoon Impacts and Crisis Management* 一书中，有她一家三人的研究成果。

2011 年出版的英文专著

2013 年 5 月

乐坛精英　一门数杰

——在京归侨、侨眷音乐家回乡义演

司徒华城等在演奏中

新春佳节，在京归侨、侨眷音乐家小组来到开平、台山、中山、江门和广州，为归侨、侨眷举办新春音乐晚会。在这七位北京音乐家中，司徒幼文、司徒志文、司徒华城和钱沈英夫妇是“一家亲”。舞台上，他们或夫奏妻和，或姑嫂合作，或夫妇兄妹三重奏，乐曲声时而清逸缥缈，时而欢快热烈，时而质朴雄浑，将听众带进了美妙的艺术殿堂。

在他们下榻的宾馆，我们访问了这个颇有特色的音乐之家。原来，这个“音乐之家”的成员，如果连同散居上海、台湾、美国等地的成员，足可以组成一个阵容鼎盛的乐团。

司徒华城告诉我们，他们一家共七个兄弟姐妹，其中五个是音乐家，还有许多人的配偶、子女也是音乐工作者。1947 年，他们在当时上海最豪华的兰心剧场举办过一场司徒氏家庭音乐会。兄妹五人，最大的二十出头，最小的才十三四岁。海城、兴城和华城拉小提琴，幼文弹钢琴，志文奏大提琴。以一家兄妹而举办音乐会，其人数之多，阵容之强大，在当时可谓少见，在乐坛传为佳话。数十年后，他们传授的“子弟兵”在全国各地蔚然成才，不少都成了乐坛精英。

姐妹中，妹妹司徒志文现任中国音协大提琴学会会长。她在乐坛度过四十个春秋，是我国从事交响乐事业时间最长的女音乐家。从 20 世纪 50 年代起，她先后担任过上海交响乐团、中央歌舞团和中央乐团的首任首席大提琴手。姐姐幼文，曾任中央音乐学院钢琴教研组长，又是出色的音乐理论家，现任中央音乐学院副研究员，还被联合国教科文组织特邀为《社会科学研究》音乐专辑编译。这次两姐妹同来广州，除参加义演外，还先后在各地举办了六场音乐讲座，为传播音乐的种子而不遗余力。

海城、兴城、华城三兄弟，青少年时代即在乐坛崭露头角。华城现任中央音乐学院教授、学院实验乐团团长。他于 20 世纪 50 年代到 70 年代先后在上海交响乐团、中央乐团任首席小提琴手。兴城 40 年代末到台湾，曾留学美国，拉小提琴、大提琴和低音大提琴均技艺精湛，被台湾乐坛誉为罕见的“全能弦乐教授”，曾任台湾“中央交响乐团”首席小提琴手。六七十年代，华城、兴城兄弟俩同时分任海峡两岸的乐团首席小提琴手，这“遥相呼应”的乐坛趣事，被人传颂一时。兴城 1982 年在台湾去世，英年早逝，令人惋惜。海城自 1946 年在上海国立音乐专科学校毕业后，一直在上海乐团工作，是中国音乐家协会会员。他的儿子达宏初中毕业即考取上海音乐学院研究生，后又取得世界著名的美国朱莉亚音乐学院硕士学位，现仍在美国深造。女儿达伟从上海音乐学院毕业后，也赴美国攻读硕士。

司徒华城高兴地告诉我们：“回到广东寻到了根，是我们这次回乡义演的一大收获！”原来，他们的祖父自幼离家谋生，便与乡亲失去了联络。这次他们回到祖籍开平，在当地政府的帮助下，几经转折，终于找到了祖屋，并将父亲、儿孙一辈也写上了族谱。

兄妹们高兴之余，拿起乐器，激动地在祖屋里给乡亲们奏起了司徒华城用广东音乐改编的《旱天雷》，借以抒发他们心中的喜悦。

（与吴士工合作）

1987 年 2 月

唱出拳拳赤子情

——访女中音歌唱家罗天婵

罗天婵

在广州市歌舞团的排练场里，我们访问了中央乐团著名女中音歌唱家罗天婵。她应广州市侨联的邀请专程由北京赶到本市，参加筹募广州市归侨老人福利基金义演。此时，她正在练唱即将上演的两首表现侨胞爱国思乡的歌曲：《祖国知道我》和《故乡在侨胞的心上》。只见她梳着整齐的短发，墨绿色的毛衣外面套着件灰色的毛织外套，腰间系着一条灰色的毛织腰带，显得朴素大方。她手拿话筒，演唱时眼眶里闪动着泪花，似乎沉浸在一种深情而又幸福的回忆之中。是的，在罗天婵的脑海里，确实有一段令她难忘的往事。

罗天婵的祖辈都是华侨，她对侨胞有着深厚的感情，希望用自己的歌声表达华侨的心声。她那声情并茂的歌唱，充满感人的力量。她为影片《海外赤子》配唱的插曲《祖国之恋》、《思乡曲》、《中秋月》和《摇篮曲》，不知唤起了多少赤子的爱国思乡之情，至今仍为人所忆。由黄宗英作词、瞿希贤作曲的《把我的奶名儿叫》这首歌，经她演唱后，便在群众中广为流传。1985 年 6 月，罗天婵到墨西哥、美国演出，亲身体会到身居海外的华侨对祖国、家乡的思念之情。她告诉我们，每当他们演出结束，许多华侨便到后台来祝贺演出成功，请她签名，索取歌片，并让她教唱中国歌曲。当艺术团由一个城市转到另外一个城市演出时，都有许多华侨驱车几小时，甚至十几个小时到机场去迎接他们。罗天婵在美国演出期间，曾到过两个华侨家里开音乐会。每次音乐会，客厅里、房间里都坐满了人。他们大多数是老华侨，也有不少年轻人。他们请罗天婵唱抗战时期广为流传的《思乡曲》、《梅娘曲》，还让她唱新疆歌曲《我的花儿》、《送我一枝玫瑰花》等歌曲。有一次，一位老华侨请求罗天婵唱《唱支山歌给党听》，得到许多华侨的一致赞同，而且这位老华侨在罗天婵唱之前自己背诵了一遍这首歌的歌词。罗天婵感动不已，流着眼泪唱完了这首歌。

为了唱好每一首反映华侨思想感情的歌曲，罗天婵在艺术上做了许多尝试和探索。哪首歌的音量应轻一些，柔和一些，以达到发自内心的艺术效果，她常常反复琢磨，力求做到恰到好处。在《祖国知道我》这首歌中，歌曲作者安排了一个结束句。在一般情况下，结束句要唱得开一些。她认真思索，不断尝试，变欢快为慢速度，结果整首歌自然、流畅，一气呵成。她告诉我们，她是用感情歌唱的，不仅要求自己唱出对侨胞的情感，更要唱出侨胞的拳拳赤子情，唱出侨胞的心声。

（与董滨明合作）

1986 年 1 月

诗文画里话鄞珊

鄞珊（右）和作者

鄞珊的名字被更多人知道，要从她荣获2005年广东省第四届中国画展金奖说起。

画展的获奖名单出来之后，最不敢相信这个消息的人应该是鄞珊自己。她一门心思画画，为了完成这张大画，家里没有那么大的画桌，每餐饭后蹲在地上画，一连几个月，都憋出胃病了。画了不满意，随即把几个月的心血推翻，重新再来。作品交出之后，才感觉轻松了，至于获奖她一点都没想过。她告诉我，接到电话通知时她以为是一个玩笑话，直到获奖的证书实实在在地握在手里，才确信是真的。

名不见经传的鄞珊首次参加此类高规格画展便得大奖，众说纷纭。有的人赞她“功底扎实”，也有人说她“侥幸而已”。正当两种声音仍在争论的时候，鄞珊的另一幅作品又摘取了2006年“广东省庆祝建党八十五周年·纪念红军长征胜利七十周年美术作品展”唯一最高的优秀奖。事实再次证明了她的实力，画坛泰斗们也为此大吃一惊。

从那时候开始，她在画坛崭露头角，为人所知。而在那以前的她，更多的时候是以一个写作者的身份见诸报端，其画作的光芒倒是被其文学作品掩盖了。追溯画画的渊源，其实她在小时候便是小有名气的小画童。

鄞珊出生在潮州的一个小镇。这个看似平常的小镇，其实早前是一个非常繁华的商埠。她在这片小小的天空下成长，如同每一个在这小镇中出生的小姑娘一样，每日帮忙家务，做些小手工赚取些许零钱，在柴米油盐中度过一日又一日。

唯一不同的是，这个小姑娘，从小就喜欢画画。

也许那个当时在家里的墙角捡起半片破旧年画仔细临摹到入神的小姑娘不会知道，从那一刻开始，画画这件事便注定会改变她的人生。

画画是这个小姑娘最大的兴趣，只要能在什么地方搜索到画，她便拿来对着临摹起来。还没学写字，已经画了一箱又一箱的临摹画，而其线描的功底就是在那时候打下的。

父亲看到天真可爱的小女孩喜欢画画，便把她送到了小镇上一个喜欢画画的人那里学习。在那个家什简陋、物资匮乏的环境里，她就看着唯一的一具破旧的石膏像，开始西洋画的素描训练。纸和笔都是缺乏而昂贵的，她就想方设法，用碳条在旧报纸上练习。在旧书摊上看见残旧却罕见的素描书，就一点一点省着钱去把它买来，然后对着上面的画一遍又一遍地临摹。在那艰辛、贫困的年代，画画这件事，反而渐渐养成了她自强不息的思想品格。

那时候的农村，贫穷落后，又重男轻女，女孩子能够读书已是不易的事情。小鄞珊似乎很懂事，学习成绩一直都很好，因为她知道，一旦成绩不好，便有可能失去读书的机会。这对于爱画画、写作的她来说，上学读书无疑是最大的愿望。

爷爷弄来了一个砚台，让她开始研墨、描红，柳体一路练了下来，一本字帖描摹十几年，这也为她后来中国画的笔墨运用打下了基础。看过她作品的人不难发现，她的工笔画上的落款书法功夫不俗，这也归功于自幼的练习，真可谓“台上一分钟，台下十年功”。

就这样，她一直坚持着画画和书法。她高中毕业的时候，以绘画成绩第一名考入了潮州师范学院。在她出生的那个小镇上，她成了唯一一个以美术专业考上大学的学生。

学生时代很快就过去了。毕业后的她开始了漫长的美术教育工作。

在这十多年的教师生涯中，她一直都没有放弃的，就是写作和绘画。从 1988 年开始，她在国内各报刊发表了散文、诗歌近五百篇，有的作品还被《读者》、《作家文摘》等转载，有的还在澳洲的中文台播出。从 2000 年开始，她已经出版了《雁飞时》、《天籁跫音》、《闲茶逸致》等四部散文集、诗集。《闲茶逸致》出版时，在潮汕或海内外有潮人的地方，引起了不小的反响。她的作品，洋溢着浓浓的潮汕乡情，让好多海外游子读到了家乡的味道。难得的是，她在创作中不断沉淀，不断提高，2012 年由花城出版社出版的新作散文集《草根纸上的流年》，可说是她创作上的一大飞跃。她的散文有自己的语言特点，文字美，意境美，而潮汕味道，则自然成为了她的特色。她说她的散文慢写，也需慢读。是的，她的文字就像一杯潮汕功夫茶，需慢慢地品尝，才能品出味道来。

小的时候，鄞珊喜欢学习西洋画和书法，长大后又不断地研究中国画。很多领域她都尝试过，其中人物画是她所喜爱的，但因难于突破而苦恼着。在不断的尝试和学习中，她舍弃了很多不适合自己的题材，转向花鸟画的创作，逐渐开始专心致志钻研起兰花的画法来。

由于对唐宋诗词的喜爱，使得她喜欢接触古画，特别是宋画。她发觉，宋画是一个浩瀚的海洋，有吸取不尽的资源。她的工笔兰花中那些仿古的意味，便是从宋画而来的，带着独特的艺术语言，有着古人那种细致而严谨的风骨。在那些柔和的色泽和许多特有的茶具器物的组合画里，还带着她特有的女性气质和浓厚的潮汕文化底蕴。几丛兰花掩映着典雅的器物，清俊秀丽。线条柔韧却有力，色彩清雅却层层深入。站在她的画面前，你会感觉到心神安宁，好像被装在那画中的器皿里，安安静静地享受人生。

就是凭着这些兰花，她获得了她人生中一个个非常重要的奖项：广东省的中国画画展的金奖，包括接下来的优秀奖、铜奖……一时间，她从一位默默无闻的老师，成为一个为人所知的画坛新秀。其实，也许只有她自己最明白，她不是新秀，这些奖，距离她第一次执起画笔开始画画，已经过去了太多刻苦磨炼的日日夜夜。

接下来的时间，她仍旧是那个踏踏实实的绘画者。她依然不断地追求梦想，不断地创作，找寻自己的道路。

为了自己的梦想，她来到广州工作。从一位教师变成一位杂志编辑。从那时候起，我才开始认识她，并渐渐地了解到这位平常寡言少语的女画家的成长经历。

屈指数来，我和鄞珊也算是交往多年的老朋友了。前不久，我要编辑纪念结婚五十五周年的《刘肖莲黄方生影集》。善解人意的鄞珊还特意给我画了几幅莲花来作为影集的装饰点缀。其中一幅，运用碧绿的莲叶衬托淡红的莲花，相映成趣，既富“红花也须绿叶扶持”的哲理，又有“中通外直，不蔓不枝，香远溢清，亭亭净植”的意境，以物拟人，寓意深刻。这使我联想起妻子的人品、性格，回想起许多与夫妻同甘共苦、相濡以沫的往事。而今夫人已逝，令我心如刀绞，老泪横流。我写上这么一段，一来借此再次表达对鄞珊的谢意，二来以此说明她的画画中有诗，动人心弦。

鄞珊的画作已达到了很高的境界，不仅被广东美术馆收藏，在国内外展出，深受人们的喜爱，还作为政府赠送外宾的礼品，为海内外团体和友人珍藏。在北京、广州、东莞……她的个展一个接一个。她的画路不断拓展，特别是后来的《鄞珊写意胭脂篇》，让人耳目一新。鄞珊不断尝试，勇于创新，带着中国风的胭脂篇人物，让好多“老外”也赞不绝口。今年，她应邀为澳门的友人专门画了主题画，就是用这种大写意的画法。从画册《蕙心兰质》、《鄞珊兰花小品》，到写意的《扇面时光》、《胭脂篇》，都可以看到她寻求突破、不断创新的过程。

自古以来，许多善于绘画的人也善于创作诗文，而创作诗文的人也善于绘画。眼前的女文学艺术家鄞珊不仅做到了，而且把两者融为了一体。她的诗文有画境，是有声的画，可诵咏；她的画有诗境，是无声的诗文，可观赏。比如，她送给我的《扇面时光》中有一幅《铫煎黄蕊色》，画面简洁，一两簇兰花，朴实无华而不落俗气，形神兼得，可以说是体现了古人描写兰花“能白更能黄，无人亦自芳。寸心原不大，容得许多香”的精髓。

鄞珊的画作和散文、诗歌的表现手法不同，但也有异曲同工之妙，在给人艺术熏陶的同时，也给人启迪深思。

在她分别获得“国家二级美术师”和“国家二级作家”的殊荣后，鄞珊认为这是对自己的鼓励和鞭策。她说：“不满足现有的成绩，才有新的发展。”

电视台的跟踪采访，报刊的连续报道，头上的许多光环……这一切都被鄞珊置之身外。她每天依然勤奋地耕耘着，从不懈怠。为了每次展览，为了某张新作品的构思，她投入且沉迷。文如其人，画亦如其人。从鄞珊的诗文、画作里，可以感受到她身上有一种淡泊明志的气质，一种锲而不舍的精神，一种藏锋敛锷的力量，还有那温文尔雅的风貌，正是这些可贵的东西，成就了她的现在。我相信，她将会在未来文学艺术的道路上走得更远。

2012 年 12 月

祖孙三代写华章

——公共卫生专家何磅礴一家的故事

在广东侨界，直系亲属都是华侨、归侨、侨眷，祖孙三代融汇一家，而且继往开来，分别在不同年代为侨居地或祖国作出贡献谱写华章的，虽然并不鲜见，但是都特别值得称颂。这里要介绍的，是公共卫生专家何磅礴一家的故事。

祖父在马来亚英勇抗击日本侵略军

马来亚位于马来半岛南部，曾沦落为英国殖民地。1957 年，马来亚和沙捞越、沙巴合并组成马来西亚，宣布独立。当地居住着马来人、华人、印度人、巴基斯坦人等，华人约占 30%。

何磅礴的祖父何羡高，广东开平人。20 世纪初，他漂洋过海到了马来亚，当过锡矿工人，也做过收割橡胶工，胼手胝足，流血流汗，境遇艰辛。纵然如此，他像成千上万的“海外孤儿”一样，始终热爱自己的祖国，眷恋自己的家乡。

日本帝国主义发动全面侵华战争的时候，何羡高怒火中烧，恨不得马上回国参加抗日，甘愿血洒沙场。

不久，日军南下侵略马来亚，何羡高更是忍无可忍，很快参加了马来亚人民抗日军。他在深山老林里，在枪林弹雨中，和马来亚人民并肩作战，英勇抗击侵略者，表现了高度的国际主义精神。在深明大义的妻子的支持和掩护下，他还冒着危险把自己的家作为抗日军的地下联络站。

日本鬼子投降后，何羡高回到家和妻儿团聚。祖国解放战争的胜利和新中国的诞生都令何羡高欢欣鼓舞。考虑到自己年纪大了，又无一技之长，还有一家大小牵挂，只好鼓励正当青年的儿子何悦强回国读书，增长知识，长大后报效祖国。

父亲是马来亚抗日军小鬼、祖国科技精英

何磅礴的父亲何悦强，生于马来亚。何悦强十一二岁的时候，日军入侵马来亚，受父母的影响，他人小胆大，担当了人民抗日军的情报员，不分昼夜在不见天日的原始大森林和一望无垠的橡胶林、胡椒园神出鬼没，出色完成传递任务，大人们无不称赞他是勇敢、机灵的“小鬼”。日本投降后，他继续在华校读书，学到了更多关于祖国的知识。新中国成立后，何悦强更加思念故土家乡了。

1951 年，何悦强从新加坡乘邮轮回到广州。1956 年他走出中山大学校门，踏上了参与建设祖国的新征程，先后在中科院广州地理研究所、中科院南海海洋研究所任职，始终以报效祖国、振兴中华为己任，有着远大抱负和追求。

长期以来，他怀着强烈的事业心和使命感，勇于探索，敢于创新，尤其在新的历史时期，科研成果显著，是我国海洋环境污染学创始人和我国化学地理学创始人之一。他主持和参与的科研课题分别获得中科院、广东科技成果等十多项奖励，主笔或参与撰写的研究报告三十多份，发表学术论文七十多篇，出版专著七部。他带领的海洋环境污染学科组被授予“广东省先进集体”、“广东省环境保护先进集体”等称号，他个人多次获中科院、广东科学院授予的“优秀中国共产党员”荣誉，还多次被中国侨联、广东侨联评为“科技进步带头人”、“全国优秀归侨知识分子”等，分别享受国务院、广东省特殊补贴。退休后，他依然坚持多作贡献，承担多种社会职务。

何悦强的夫人李焕珊女士长期从事科研和编辑工作，同样也取得了不俗的科研成果，编辑了许多书刊，还出版了几本专著，荣获海洋女科学家贡献奖。几十年来夫妻俩在生活上相敬如宾，事业上互相支持，是幸福的“高知伴侣”。

姐弟俩沿着先辈足迹向前进

我国有句成语叫“继往开来”，意思是继承前人的足迹，开辟未来的道路。华侨前辈何羡高、老归侨何悦强的后代何雅琪女士和何磅礴先生自己的实践具体体现了这句成语的深厚内涵。

何雅琪，不仅是父亲何悦强海洋研究事业的传人，同时又继承和发扬了父辈的爱国主义思想，成了信仰共产主义的中共党员。她大学毕业后，一直在中科院南海海洋研究所工作，表现出色。撰写的学术论文具有很高的水平，曾获中科院南海海洋研究所青年科技论文报告会优秀奖，她参加的南沙群岛及其邻近海区综合科学考察专项项目获中科院自然科学一等奖。

何磅礴，从广东药学院毕业后长期从事卫生监督工作，历任广州市卫生监督所副所长、所长，是中山大学公共卫生学院兼职硕士导师、广东药学院兼职教授、广州市政府公共突发事件特聘专家。多年来，他在本职岗位上尽忠职守。

何磅礴

2003 年，广东部分地区发生了从未有过的非典型肺炎疫情。广州的一些医院出现了传染性强的呼吸道疾病，情况危急。如果在公共场所引发感染、扩散，后果将不堪设想。

身为广州市卫生监督所党总支书记和业务主管的何磅礴意识到这是关系到人民生命安全的重大防疫战。他发动全所同志发挥集体力量和智慧，以对人民生命安全高度负责和敢于攻坚克难的精神，同心协力，严防死守，断绝“非典”传播途径，发挥了“抗典”突击队的作用。

在何磅礴的指挥下，所里成立了强有力的抗“非典”领导小组。该小组进行了精心部署、周密安排，开展了一系列卫生监督工作，对各类公共场所、工矿企业、建筑工地、饮食餐馆和学校等人群密集的地方进行指导监督、检查。

和处于“非典”第一线的医生、护士等医务工作者一样，负责卫生监督的工作者也面临被感染的危险。何磅礴不顾个人安危，不分白天黑夜，既是指挥员，又是战斗员，经常深入现场及时发现和处理问题，把感染的风险留给自己，把安全让给别人，用实际行动告诉人们，有共产党和人民政府的重视，有医务和卫生监督队伍的努力，“非典”并不那么可怕。

经过各方的共同努力，广州市的各公共场所没有出现“非典”集体爆发流行，人流密集而且流动性大的建筑工地也无一“非典”病人，并且保障了第93届广交会的顺利举行。

何磅礴和他的同事们在广州市抗“非典”的战斗中表现出色，中共省委、省政府授予广州市卫生监督所“抗击非典先进单位”称号，何磅礴个人荣获二等功，被誉为“抗击‘非典’的勇士”。

这几年来，广州每年都有百多项大型的国际或国内活动，如何做好卫生保障工作，以防范突发性公共卫生事故，任重而道远。何磅礴做到思想重视，组织有效，安排严密，同时实行“有典有则”，逐步建立和完善《广州市重大活动卫生要求》、《广州市重大活动接待单位卫生保障工作指引》等多项规章制度，并实行三级卫生保障制度，严格执行，使卫生监督走上了正轨。何磅礴身体力行，还经常放弃节假日和休息时间深入基层了解情况，检查督促，尤其在广州主办亚运会、亚残运会这两个大型活动期间，实现了零食物中毒和零公共卫生安全事故，得到了国内外的一致好评。

随着时代的前进，何磅礴带领的广州市卫生监督所也在前进，先后荣获十多项奖励：全国卫生监督先进单位，广东省、广州市抗击非典先进单位，广州市抗震救灾先进单位，广州市亚运、亚残运工作先进集体，广州市先进基层党组织……

何磅礴以共产党员的标准严格要求自己，身体力行，在努力做好本职工作的同时，还认真履行人民给予的参政议政职责。在担任广州市政协委员期间，他关心民生大事，深入调查研究，积极建言献策，提交的《加快推进乡镇卫生监督所建设，确保基层百姓公共卫生安全》等七项议案，均得到了政府的重视及媒体的关注，他也因此被评为“政协活动积极分子”。

何磅礴作为一名归侨子女，不仅继承和发扬了华侨前辈们的爱国主义思想，还传承了父亲奉献侨联事业的浓厚情怀。侨联是党和政府联系侨界的桥梁，也是侨界之家。他的父亲三十多年来担任广东侨联委员、常委和顾问等职务，多次被全国和省侨联授予“先进个人”称号。何磅礴自己也多年来分别担任省侨联常委、青年委员会副主任等职务，为侨联事业尽心尽力。他在开展海内外联谊，引进资金、人才和捐资扶贫等方面贡献颇多。比如，他带领侨联青年委员会全体同人捐资帮助粤东贫困地区兴宁市兴建了广东侨青侨心小学，在梅州的第二所侨心小学也已落成。他为侨服务、热心公益的付出和贡献，得到了社会的肯定和赞誉，先后荣获中国和省侨联授予的“先进个人”称号，还被评为“广东侨界十佳青年”。

此外，由于他的表现突出，成绩显著，还获得了其他许多荣誉，其中有“广东省白求恩式先进工作者”、“广州市精神文明建设先进工作者”等。

家庭是社会的基层单位，爱国主义是中华民族精神的核心，如果每个家庭都将爱国主义思想融入到家庭传统当中并将其世代相传，那么，我们伟大的中华民族必将永续发展，我们伟大的祖国必将前途无量！

在此，特写诗一首作为何磅礴一家故事的结束语：

异国他乡思故土，
薪火相传无尽时。
各有千秋放异彩，
祖孙三代写华章。

2012 年 11 月

附　录

忠贞爱国备受严峻考验

——归侨作家黄方生的传奇经历

袁钟仁

我和归侨黄方生同志是1951年在《联合报》、1952年在《广州日报》的同事，那时他给我的印象是一个热情纯正、安分守己且勤恳工作的青年。最近读了他的《风雨过后夕阳红——我的海内外八十春秋》，我难以想象他竟接二连三遭遇了那么多灾难，这样难得的好人竟先后被打成“右派分子”、“现行反革命分子”，做了“监狱囚犯”。另一方面，我也大为欣慰：他经历那么多的伤害、挫折，最后终于成为中国共产党党员、中国华侨文学艺术家协会会员、中国书画家协会会员、广东作家协会会员。正如广东老省长梁灵光在充分肯定他经受考验和取得的成绩后说：“方生君……可谓夕阳璀璨，大器晚成。”

1949年10月1日，新中国成立，侨居沙捞越古晋的黄方生和一批爱国青年制作了十多面五星红旗，于1950年元旦在古晋华侨商店门前悬挂。英国殖民者派出大批警察，强迫华侨降下五星红旗。黄方生十分气愤，爬上二楼，把商店门口的五星红旗插到更高的地方，让它更显眼壮观。第二天，古晋的华文报《中华公报》报道了这一消息，轰动了整个沙捞越。在这前后，他还进行爱国活动，并在报纸上抨击当局，这就更加触怒了殖民者，为此，他被列为“共党分子”。为了保证人身安全，他在友人的帮助下，逃离了沙捞越。才过几天，他在古晋工作过的商店、学校以及有来往的亲戚，均被警察搜查。幸而这时，他几经曲折，已到达印度尼西亚，并在中国大使馆的帮助下，于1951年9月返回祖国。由于得到原中共华南分局统战部的推荐，他很快在同年10月走上了工作岗位。

1956年夏秋间，黄方生同志被调到原广州市计划委员会。次年春，他响应党号召大鸣大放，帮助整风。黄方生参加了座谈会，并写了大字报，又在黑板报上采用一些鸣放稿件。怎知不久就转入反右派斗争。经过不知多少次的批斗，黄方生被宣布为“右派分子”，并下放农场“劳动改造”。因劳动表现尚好，农场把他从生产队调到作业区的饭堂当小头头。靠同伴相助，饭堂扭转了长期亏损的局面，膳食质量明显改善，受到普遍好评。不料又到了“新三反运动”，农场开展反贪污运动，黄方生成了重点对象，要“撕开贪污分子黄方生的假面具”。大会轰，小会压，无休止地逼供、恐吓。由于贪污定罪要有真凭实据，不像定“右派”那样可以无限上纲，一时定不了罪名，只好把他调离饭堂，继续审查。这引起黄的无限感慨：“两三年前把我打成右派分子，而今又要把贪污分子的帽子强加在我头上，从政治上和经济上进行打击、迫害。非把我置之死地不可，为什么天下之大，却无我容身之地啊？人情冷暖，世态炎凉，我黄某的人生道路真难行啊！”

当时，对“右派分子”的处理，是“摘帽”。黄方生等待了很久都没有动静，遂回本单位询问，人事部门答复他道：“你现在不是右派，已经改过来了。”黄又问：“以前公开宣布是右派，还开除了团籍，什么时候不作右派处理，最后结论怎样？为什么没有正式通知本人？”答复说：“事情过去了，团籍问题也超龄了，以后不把你当右派就是了。”直到20世纪80年代落实政策时，黄才知道原单位在他的档案里把“右派分子”改为“中右分子”，并加上了“不得重用”的“符咒”。

1966年的文化大革命，黄方生也被卷了进去。由于当上某派群众组织的小头头，到了1968年清理阶段队伍时，他被诬为“坏头头”。除批斗认罪、游街示众、关进牛栏、强行抄家、受尽屈辱外，还被罗织罪名，说他是“现行反革命”。没有经过审判，却在1968年国庆前夕押进监狱。1969年春节前夕被释放出狱，然后被押送到一间干校的“监护室”，加以“软禁”。同年秋天，被宣布“解放”，说是“宽大处理，记过一次”。黄方生不服气，但又无可奈何。后来，他被调到广州第五染织厂工作。这时出现了海外华侨华人回乡探亲和内地同胞出国出境高潮，黄方生的大姐也从沙捞越回国探亲，得知弟弟的种种遭遇，便表示要帮助他出国，迁居沙捞越。黄方生说：“过去那些事，不是祖国的错，祖国也是受害不浅。一定会有水落石出的日子，我要叶落归根，做一些有益于祖国的事情，生为中国人，死做中国鬼。”姐姐被感动了，流下热泪。

中共十一届三中全会后，黄方生同志过去的全部冤假错案终得昭雪，还补办了退团手续。1984 年，他参加了中国致公党，同年又参加了中国共产党。不久，上调到广州市归国华侨联合会工作。由于经常接触归侨、侨眷和华侨华人，他开始进行以华侨为题材的业余写作，在海内外发表了《绵绵故乡情——美籍华人结伴寻根散记》、《风云人物靳羽西》等不少通讯、专访。两年后，他被调到中国致公党广州市委会，行政级别破格提升，过去被内定为“不得重用”的干部，这时可谓“仕途得意”。1991 年退休后，他笔耕不辍，先后出版了几本文集。在梁灵光夫人朱含章的支持下，2008 年出版长篇人物传记《归侨省长梁灵光》，该书被列为广东纪念改革开放三十周年重点出版物，并获得第九届中国世纪大采风活动著作金奖。同时他还编写了《归侨恒发公家谱》，受到族人赞扬。这些年来发表的一些文学、书法作品，也曾获得全国性金奖，被授予“全国百佳优秀新闻文化工作者”、“广东省优秀归侨作家”等称号，享有“敢讲真话的归侨作家”等美誉。

令我敬佩的是，他以省归侨作家联谊会副秘书长的身份，在 2000 年 1 月 23 日省九届人大三次会议旁听人员座谈会上大声疾呼：“现在一些领导干部题写的商业招牌几乎泛滥成灾，不仅大中城市比比皆是，就是偏僻农村也屡见不鲜，这种滥写招牌的弊端甚多。”他说：“我不反对领导给纪念性建筑物和非营利性单位题字，只是希望领导要自重、自律，不要再滥写商业招牌了！”这个发言引起与会者的强烈共鸣，主持座谈会的省人大常委会领导当场表示：“这个意见提得好，应当引起重视。”次日，《羊城晚报》、《广州日报》等媒体均对此加以报道，这样罕见的新闻，轰动一时，被誉为“一鸣惊人”。他曾两次当选广州市东山区人大代表，敢为群众利益发言，被誉为“替群众讲话的人民代表”，还被授予“人民代表积极分子”称号。

他屡经折磨仍然敢于直言，敢于维护群众利益，而且到了老年，仍然不辞劳苦，努力写作，且著述甚多，最终成为一名作家，这是多么难得啊。

最后，需要补充一点的是，黄方生同志的老伴刘肖莲女士，当自己的丈夫屡遭困境时，她也受到歧视、伤害。甚至有人劝她站稳立场，大胆揭发，各奔前程。但是，刘肖莲女士负屈含冤，始终与丈夫同舟共济，不搞后院起火，不愿拆散家园，这使黄方生同志获得莫大安慰，一再渡过险滩，得成正果。因此，黄方生同志撰写的《珠江断流不分离》一文，不少读者读后深受感动，并撰文歌颂刘肖莲女士的忠贞不渝（刘女士后来也成为中国共产党党员）。

2012 年 10 月

（作者袁钟仁，暨南大学副教授）

敢讲真话的归侨作家黄方生

蔡高暖

“归侨作家黄方生大声疾呼：领导干部不要滥写商业招牌！”此标题出现在《羊城晚报》2000 年 1 月 24 日头版显眼的位置上。这条罕见的新闻，报道的是黄方生于前一天在广东省九届人大三次会议列席代表座谈会上的发言，引起社会强烈反响。

磨难不移爱国志

在灾难深重的“九一八”事变那年那月，黄方生出生于粤东揭西坪上，乳名黄丕济。

在侨居原英殖民地沙捞越时，血气方刚的黄方生参加了爱国反殖民活动，并和青年伙伴们首先在沙捞越首府古晋上空升起了五星红旗。当局视之为“共党分子”，对其进行追查、搜捕。他逃亡到印度尼西亚，于 1951 年秋回到广州。

二十挂零的黄方生意气风发，以身许国，追求进步，勤奋工作。然而，好景不长，在反右派斗争中，他被划为“右派分子”，开除团籍，下放农村“脱胎换骨”。在文化大革命中，又被挂上“现行反革命分子”大黑牌，遭批斗、毒打和酷刑，关进牢房，流放干校。

中共十一届三中全会拨开阴云妖雾，神州大地春光明媚，以往强加给黄方生的一切不实之词一扫而光。此时，他已年过半百，但他没有因虚度年华而长吁短叹，也没有因历史伤痕而怨天尤人。这个海外归来的赤子初衷不改，义无反顾，坦坦荡荡地走上了新的人生旅途。并先后参加了中国致公党、中国共产党。

20 世纪末，全国政协副主席、中国致公党中央主席罗豪才曾在一封给黄方生的信中称赞他："先生早年回国投身祖国建设，虽历经坎坷，但矢志不移，爱国之心、报国之情令人敬佩。"

抒发真情著华章

黄方生是年过半百以后才开始业余文学创作的。他笑称自己"半路出家"，朋友们则赞扬他"大器晚成"。其实，他从小就爱好文学，只不过由于浪迹天涯和长期身处逆境，这种爱好受到压抑而变得虚无缥缈。新时代为他提供了新的机遇，20 世纪 80 年代中期，他从一家织布厂调到广州市的归侨团体，经常接触许多海外华侨、外籍华人、港澳同胞和一大批老归侨，他们那种热爱祖国、眷恋故乡的浓厚感情，深深地感染了黄方生，使他萌生了文学创作的激情。一个夜晚，他把自己近来的所见所闻写成一篇题为《绵绵故乡情——美籍华人结伴寻根散记》，《羊城晚报》（海外版）将其作为专稿发表了，接着美国的一家华文报亦很快转载了它。从此，浓浓的兴趣伴着浓浓的笔墨，他开始了业余创作生涯，退休后依然乐此不疲。

他塑造了老省长梁灵光、归侨楷模黄清渠、民主人士李维纲、科学家何悦强等老一代归侨的高大形象，讴歌了风云人物靳羽西、国际歌星陈美龄、海外赤子张武帮等华侨华人的高尚情操。在世纪之交，他先后结集出版了《赤子情》、《未了情》和《北望神州》三本书，均好评如潮。

一位老教授通读了黄方生的文集后说："说真话、写真人、抒真情，不矫饰、不作伪、不造作，'真诚'为其风格。正因为此，人品与文品一致，真善美洋溢篇章。"前不久，中共广东省委一位负责人看了《未了情》中的《老省长梁灵光的故事》等文章，批示说："梁老的革命精神和高尚情操是我们学习的榜样。我们这一代人有责任继往开来，把广东建设得更好！"

十多年来，黄方生为反映归侨、侨眷生活和侨乡新貌、讴歌华侨华人和港澳同胞爱国爱乡精神、宣传祖国改革开放和现代化建设、弘扬民族文化作出了积极的贡献，广东省侨联授予他"优秀归侨作家"荣誉证书。他先后被中国华侨文学艺术家协会、广东省作家协会、广东省民间文艺家协会等吸收为会员，并担任国际老作家协会理事、广东省归侨作家联谊会副

秘书长等职务。

参政议政献良策

也许是老一代干部的优良传统，黄方生干一行爱一行。20 世纪 80 年代，他的工作多次调动，工作岗位、性质、任务均迥然不同，但他都表现出崇高的敬业精神。他调至民主党派机关后，积极投身于参政议政活动。

黄方生出于公心，兼有见识广博、思维敏捷之利，显示出较高的参政议政水平。他分别在《华声报》、《南方日报》、《广东侨报》、《广州日报》等报刊发表了不少关于加强统一战线、搞好侨务工作的论文、评论。中共中央《关于坚持和完善中国共产党领导的多党合作和政治协商制度的意见》发表后，他率先在《南方日报》上发表长篇论文，阐述了我国实行多党合作的历史、意义及其必然性、优越性，并提出了坚持和完善这项制度的意见、建议，获得了各界人士的赞许。他曾连任广州市东山区人大代表，积极反映社情民意，认真监督“一府两院”，享有“替群众说话的人民代表”美誉，并被评为“人民代表积极分子”。

黄方生的参政议政内容，始终以改革开放和人民利益为主题，而且往往收到很好的效果。比如，1995 年，他了解到广州市内某小区被迫拆迁，六百多户人家盼望回迁，望眼欲穿，十年过去了，希望依然渺茫，生活苦不堪言。他急群众之所急，在人大会议上强烈呼吁有关单位尽快采取措施妥善解决，并在报纸上发表题为《几时完结十年回迁梦》的文章，还通过现场接受电视台记者采访对投资商和相关主管单位提出严厉批评。经过广州市政府等各方面的努力，终于大大加快了居民回迁进度。他犯颜直谏的胆识和敢讲真话的精神是值得称赞的。自《羊城晚报》发表他在省人大座谈会上关于领导干部不要滥写商业招牌的发言后，“一鸣惊人”，引起了人们对该现象的广泛关注，至少在广州地区再也看不到领导干部新写的商业招牌了。

2005 年 10 月

（作者蔡高暖，中国作协会员，原揭西文联主席）

丹心一片　晚霞璀璨

——记归侨作家黄方生

李一兵

黄方生君是粤东揭西人，他的家乡距我的家乡只有十多公里，我们是名副其实的老乡。他从小喜爱文学，梦想长大后当记者、作家。可是，阴差阳错，他十七岁时，便被父母送出国门，到了东南亚加里曼丹岛北部的英殖民地沙捞越谋生。

沙捞越居住着众多华侨华人。方生君初时做店员，后任小学老师。他血气方刚，撰文在报上抨击时弊，还在华侨华人中发起保卫世界和平签名活动，并参与最先升起五星红旗等活动，被殖民当局视为“共党分子”，遭到搜查、追捕。他在华侨朋友的帮助下，连夜出逃，徒步穿越原始大森林南下进入印尼国境，然后辗转到达加里曼丹西海岸坤甸，再渡过海峡抵达雅加达，转乘邮轮北上，经香港回到了广州。

命途多舛二十年

1951 年秋，年刚二十的方生君来到了陌生的广州，参加祖国社会主义建设，实现了自己的愿望，当上了刚创刊的《广州日报》记者。他意气风发，奋力工作，参加了共青团，并建立了幸福的小家庭。

然而，好景不长。1957 年，方生君因“发表右派言论”被打成“右派分子”。接着，被开除团籍，流放农场。在文化大革命中，又由于各种莫须有的罪名遭受了不知多少次的残酷批斗、逼供及毒打，并于 1968 年国庆前夕被宣布为“现行反革命分子”，随即锒铛入狱。从“反右”到“文革”期间，是方生君命途多舛的二十年，他蒙受了难以言状的辛酸苦楚，

惨遭百般折磨。但他没有消沉，而是以顽强的意志抗争。他始终以“丹心一片永无悔，风雨过后夕阳红”自勉。

很值得一提的是，在方生君多灾多难的岁月里，他的妻子刘肖莲女士一直坚信丈夫是无辜、清白的，相信总会有冤案昭雪的时候。她承受着沉重压力，忍辱含垢，誓与丈夫同舟共济、相濡以沫，即使珠江断流也不分离。

风雨过后夕阳红

党的十一届三中全会开创了新的历史时期。在拨乱反正大潮中，他的冤案终于彻底得到昭雪了，历次政治运动强加给方生君的诸多莫须有罪名全部化为灰烬，还原了他的清白和做人的尊严。年过半百的方生君，自强不息，初衷不改，迎来了施展才华和奉献祖国的良好机遇。以归侨、侨眷为主体的中国致公党首先向他敞开大门，同年，他还参加了中国共产党。

20世纪80年代初，他从工厂调到机关，由于出色完成本职工作，行政职务一再晋升。同时，他倾情以华侨题材为主的业余文学创作，在报刊上发表了大量作品，结集出版了《赤子情》。跨进新世纪，方生君年过古稀依然笔耕不倦，又出版了《未了情》等四部专著，还编撰了一部族谱。其中人物传记《归侨省长梁灵光》被列为广东纪念改革开放三十周年重点出版物，受到中共省委宣传部表彰，并荣获中国世纪大采风活动著作金奖，广东各主流媒体争相推荐，在广大读者中反响强烈，使方生君“一书成名”。新近问世的回忆录《风雨过后夕阳红——我的海内外八十春秋》也很受读者欢迎，获中国时代风采征文评选活动金奖。

这些年来，方生君先后被授予“广东省优秀归侨作家”、“全国百佳优秀新闻文化工作者”等称号，还享有“敢讲真话的归侨作家”的赞誉，广州有关单位还授予他“人民代表积极分子”（原东山区）、“党务工作积极分子”（致公党）称号。

时任全国政协副主席、中国致公党中央主席的罗豪才先生曾写信赞扬方生君：“虽历经坎坷，但矢志不移，爱国之心、报国之情令人敬佩。”

广东老省长梁灵光在为方生君专著《北望神州》撰写的序言中称赞作

者“夕阳璀璨，大器晚成”。

我想，两位德高望重的老前辈的赞语，是对方生君的传奇人生、心路历程、品德情操和事业成就的最好概括和恰当评价。

光阴荏苒，转眼间，方生君已是八十高龄。兔年阳春日丽花香时候，他吟诗一首：

八十春秋路坎坷，风雨过后夕阳红。
丹心一片永无悔，愿作涧底不老松。

此诗可谓是方生君亲身经历、人生感悟的真实写照。

2011 年 3 月

（作者李一兵，原《羊城晚报》编辑）

出生归侨之家　晚年专写归侨

——黄方生缔结侨缘八十年

林旭娜

今年八十一岁高龄的归侨作家黄方生依然精力旺盛，笔耕不辍。现在，他正争分夺秒地准备一部记录粤侨人物的新书。20 世纪 50 年代初，黄方生历尽千辛万苦从马来西亚回到祖国，岂料随后风云激荡，他也不可避免地被卷入“反右”和“文革”的漩涡。1978 年之后，他洗尽冤屈，重拾旧梦，立志为粤侨立传。

出生在山区的归侨之家

用黄方生自己的话来说，他这一辈子与 9 月结下了不解之缘。正是这一连串发生在 9 月的故事，交织成了他富有传奇色彩的人生。

1931 年“九一八”事变的那个岁月里，黄方生出生在粤东揭西山区的一户归侨之家。

黄方生的祖父生于 1872 年，一生经历过清朝、民国时期，直至后来的中华人民共和国。他的祖父十多岁便孤身只影远渡重洋到马来西亚，割橡胶、种胡椒、开锡矿。

据黄方生回忆：“祖父为人憨厚，办事勤快，所以得到了一位老华侨的青睐，资助他小本经商。后来赚了一些钱，就回家购置田地山林，以务农为生。”

因为祖父的兢兢业业，黄家在当地算是小康之家。黄方生出生时，全家已有十多口人，算得上一个不小的家庭。

黄方生的童年和祖父紧紧联系在一起，祖孙二人情深似海，凡是祖父要出去做些什么，总会带着这个心爱的孙子。“祖父常常给我讲述东南亚的风土人情和家乡动人的故事，还教育我好好读书、好好做人，要做一个有出息的人。”而每当年纪尚幼的黄方生因顽皮被父母责骂的时候，祖父总会出面袒护，事后再加以亲切教导。

据黄方生介绍，当时的揭西是真正的穷乡僻壤，然而因为祖父的开明，他的父亲以及几位叔辈都受到了良好的教育，“在五个儿子中，有三个大专院校毕业，一个高中毕业，一个因到东南亚谋生受教育不多。”在黄方生看来，这在当时的农村已经是极为罕见的了。

黄方生的父亲得益于祖父的支持，考进了当时的广东法学院。毕业之时，正值国共两党合作北伐，他毅然参加了国民革命军，然而，最后因为国共两党合作破裂，他愤然归乡。

“父亲见多识广，平易近人，又懂法律，渐渐成为远近闻名的调解乡村不和、宗族纠纷的民间绅士。”黄方生回忆，父亲解甲归田之后，专心教育子女，服务乡里。“在我的记忆里，乡下的大人们都很敬佩我的父亲，亲切地称他叔叔或是哥哥。他对长辈，无论贫富也总是彬彬有礼。”

黄方生在沙捞越任教的中华公学全景

黄方生（左一）路经印尼时与华侨朋友留影

1948年，黄方生十七岁，父母因为害怕他受同学和时局的影响，不辞而别投身时代洪流，于是将还在小学教书的黄方生送往国外，踏着祖父当年的足迹，前往马来西亚沙捞越谋生。

在海外的生活阅历增长了黄方生的见闻，开拓了他的视野。“除了每天在华文报上了解祖国和国际形势发展外，我还喜欢在假日和业余时间到进步华文报《中华公报》社做客，与这里的华人前辈交朋友，得益不少。”黄方生介绍说，因为参加爱国活动，并曾发表文章抨击英国殖民当局的统治，他被当局列入“共党分子”名单，迫不得已，只好在华侨的帮助下，穿越

黄方生（后排右一）在马来西亚沙捞越任教时与学生合影

茫茫原始大森林，绕道印尼经香港回到广州。而在这段海外漂泊与游子归来的经历之后，他也正式踏上了一段与众不同的人生征程。

文学生涯始自华人寻根题材

“文革”期间，因为自己特殊的海外关系，黄方生历经浮沉，如履薄冰。然而，“萧索的冬天过去了，绚丽的春天回到了华夏大地。大规模平反冤假错案开始了，我在‘反右’与‘文革’中的冤案也彻底平反了，工厂团委还为我补办了退团手续并给我送来纪念品。”黄方生在文章中记述。

很长一段时间，黄方生一直在广州第五染织厂工作，负责职工文化教育和技术培训，并且兼任广州纺织工业系统归侨联合会首任秘书长。因为后一层关系，黄方生得以经常出入广州市归国华侨联合会，渐渐地也与那里的工作人员熟悉起来。

“次数多了，无意中给他们的领导留下较好的印象，于是便在1984年的下半年把我调入他们旗下。”黄方生一直笑称这是他人生路上第一次尝试跳槽的滋味，也正是这一次尝试，让他重新拾起少年时的梦想。

黄方生说，在乡下很多人喜欢看古典小说，形成了一种风气。“我读小学时，便粗略地读完了《西游记》、《水浒传》等古典名著。当时看小说，主要看故事、看人物，同时也多少接触到社会的变化和发展，体会到古人开卷有益的教诲。”

而在黄方生眼中，美国女记者、作家史沫特莱是对其影响最深刻的人。“我读了她写的《伟大的道路——朱德的生平与时代》和抗日战争前线的一些报道。她的作品、人品和经历，使我从内心产生了对她的无限敬慕之情，她成了我崇拜的偶像。”

也是出于对史沫特莱的仰慕与崇拜，黄方生给自己取了一个笔名：史莱。与此同时，年少的黄方生更是萌生了当记者、作家的想法。然而，时代变幻让他的这个梦想的实现有点晚。

当黄方生进入广州侨联之时，恰逢海外华侨华人回来寻根认祖、探亲旅游和投资经商的热潮，一幕幕动人的情景不断涌现。“出于一种社会责任感和个人兴趣，我结合日常的接待联络活动，利用业余时间写了一些文学作品。”

黄方生的第一篇文章《绵绵故乡情——美籍华人结伴寻根散记》在《羊城晚报》发表之后，被美国的一家报纸全文转载。之后，他的作品《山长水远总是情——记温哥华马氏宗亲来华探亲》、《风云人物靳羽西》等纷纷见诸报端。

“这些作品介绍了故乡，介绍了广东的改革开放，也把海外乡亲的故事传播出去。”这段经历点燃了他对业余文学创作的热情，随后，天命之年的他开始迈进中学时代向往的文学殿堂。这几年，他出版了几本华侨题材文集，影响较大的长篇人物传记《归侨省长梁灵光》于2008年面世。

两届人大代表　为群众利益发声

20世纪80年代末至90年代末，黄方生先后担任广州市东山区第十届、第十一届人民代表大会代表，因为坚持代表民意，仗义执言，他成为当地媒体关注的对象。

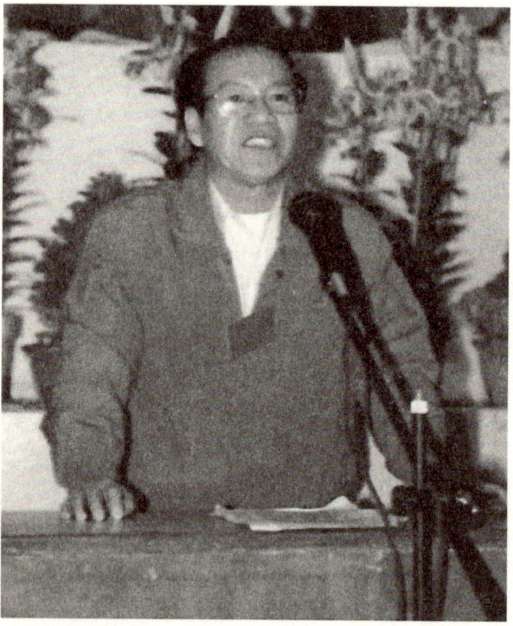

黄方生在人大会议上脱稿发言

“人生在世往往会有这样那样的荣誉。当我第一次当选为人大代表的时候，便感觉到这是莫大的荣誉，这不仅因为人大代表的职责是光荣的，更重要的是因为人民群众信赖你才投你的票。”也正因为如此，黄方生格外珍惜这个荣誉，也决心要有一番作为，不辜负群众的厚爱与期望。

黄方生（右一）和人大代表们参加大塘小区回迁房开工典礼

在参政议政的过程中，黄方生坦言自己是用“口讲、手写和接受媒体采访”这三种方式来行使自己作为人大代表的职权的。担任广州市东山区人大代表期间，他在大会上发言四五次，内容包括廉政建设、社会治安和落实华侨政策等多方面。

然而，在黄方生看来，“只在会议上发言还不够，有些意见也很难在会议上展开陈述。因此，在调查研究、搜集素材、听取民意的基础上，我开始动手写文章。”1988 年，黄方生在北京《华声报》发表《不能因噎废食——为什么侨胞给家乡捐赠物资要限制要纳税?》的评论。1990 年 10 月，在《广州日报》发表题为《认真保护归侨侨眷的权益》的短评。1995 年 2 月，在《广州侨商报》发表通讯《几时完结十年回迁梦》等。“应该说，这些文章都收到了不错的效果。或许是不谋而合，文中的一些观点和改革措施，已逐步成为新现实。”

同样，在黄方生眼中，接受媒体采访也是很好的参政议政的方式。20 世纪末 21 世纪初，党政领导题写商业招牌的行为几近泛滥，黄方生对此实在不以为然，认为这是一些领导干部不正之风的具体表现。为此，2000 年初，在广东省九届人大三次会议旁听人员座谈会上，他作了关于党政领导不要滥写商业招牌的发言。《羊城晚报》记者在采访他之后，于第二天在头版显眼的位置刊登了这一内容，标题如下：“归侨作家黄方生大声疾呼：领导不要滥写商业招牌”。

黄方生直言，这样公开坦率的发言，矛头直指党政领导人，有点令人吃惊，影响较大。但是，此后广州地区真的看不到党政领导题写的商业招牌了，广州市政府甚至作出了领导人不得为企业题词的规定。

而黄方生直言敢谏的性格也为其赢得了“替老百姓讲话的人民代表”的称誉。如今，他年事已高，退休在家，但是他“对人民代表依然有深厚的感情”。

沙捞越上空飘起五星红旗

回忆起青春时代，黄方生告诉记者，新中国成立之初，他当时所在的英殖民地沙捞越首府古晋有一个华侨青年社和一家华文报《中华公报》。在中英尚未建交的情况下，华侨青年社与这家华文报纸克服困难，冲破阻力，旗帜鲜明地宣传新中国。“一批热血青年怀着对新中国的强烈感情，参照新加坡华文报《南侨日报》提供的资料，自行制作了十多面五星红旗，选择于1950年的元旦，将其在古晋街道上的华侨商店门前升起。”

多年来饱受歧视与欺凌的华侨在得知这一消息之后精神焕发，“他们从来没有那样扬眉吐气过，似乎感受到日夜思念的‘唐山’就在自己的身边，预感到长期以来海外孤儿的命运即将终结。”黄方生介绍，很多当地的马来人还用不是很流畅的汉语向华人朋友表示祝贺，竖起大拇指热情称赞。

然而，五星红旗的出现却让沙捞越殖民当局大为惊骇，当局派出警察强迫华侨店主降下五星红旗。面对这样的境况，很多华侨感到气愤，因为在节日悬挂自己国家的国旗，原本合情合理，现在却禁止悬挂，实在气不过。于是，黄方生重新爬上二楼，把红旗插到靠马路的窗外，挂得比原来挂在店门口更加显眼，他悬挂的旗帜也是当天飘得最久的一面红旗。

这是沙捞越上空飘起的第一面五星红旗，六十年后，谈及这次壮举，黄方生依旧兴奋不已。

2012 年 12 月

（作者林旭娜，《南方日报》海外版记者）

老骥伏枥，志在千里

——读黄老新作《粤侨先锋》

马　起

黄方生老先生是我认识的作家中年龄最大的一位，同时也是我最投缘的朋友之一，我亲切地称他为黄老。

黄老最近写了一本华侨题材的《粤侨先锋》，将由暨南大学出版社出版，真替他高兴。一则是因为此书填补了华侨历史方面的部分空白，二则黄老笔耕不辍，说明他仍然具有旺盛的创作热情和远大的抱负，确实令晚辈我敬佩不已。用“老骥伏枥，志在千里”这句话来形容黄老是再恰当不过的了。

《粤侨先锋》是黄老继长篇人物传记《归侨省长梁灵光》之后的又一力作。《归侨省长梁灵光》是广东纪念改革开放三十周年重点出版物，并获第九届中国世纪大采风活动著作金奖。《粤侨先锋》则是以几十位广东侨界人士的故事汇集成的一本综合性作品，分为三个章节：第一章介绍归侨中老一辈的历史人物如梁灵光、伍觉天、蚁美厚、秦牧和新世纪海归科学家秦启伟等；第二章介绍华侨华人中的知名人物如靳羽西、陈美龄等；第三章则介绍侨眷中的优秀人物如张汉青、唐丹玲等。每篇文章均文字优美，布局巧妙，所述人物活灵活现、栩栩如生。黄老在描写的手法上千变万化，不一而足，或浓墨重彩、大刀阔斧一气呵成，或清新典雅、细腻真实地委婉诉说，或脉络清楚，观点鲜明。所有的这一切无不显示着黄老深厚的文学功底和驾轻就熟的写作技巧。此书最大的亮点是在选材和人物的评价上比较独特和新颖。黄老并没有按照大众所想象的那样选取写作对象，而是通过自己对人物的认真分析，经过千般取舍才最终确定的。在对具体人物的描写上，黄老也有不同的侧重点，有的是描写华侨华人浓厚的对中华民族的感情和爱国爱乡情结，有的是描写归侨、侨眷忠肝义胆的赤子情怀，刻画他们对事业、前途、生活充满信心和开拓进取的精神面貌，以及他们对改革开放和现代化建设作出的重大贡献，也有的是通过爱情来展现他们对未来的期盼和对生活的热爱。书中对于人物的评价更是独特非凡，许多说法皆为国内罕见。例如对梁灵光的评价是“改革开放老功臣”，对伍觉天的评价是“中国致公党元老”，对秦牧的评价是“当代华侨文学先驱”，对蚁美厚的评价则为“归侨光辉典范”等，诸如此类不一而足。“若非一番寒彻骨，哪得梅花扑鼻香？”是的，如果没有黄老的悉心研究和考证，岂能得出如此的结论？

黄老是一个很有正义感的海外归侨，也是充满着传奇色彩的中华赤子。年轻时他远赴沙捞越谋生，1950 年国庆期间，他和当地热血华侨青年升起了第一面五星红旗，加上他前后的爱国活动，他被英国殖民当局列入黑名单，遭到搜查、追捕。他在华侨朋友的帮助下，穿过热带原始森林，经好几天的艰辛跋涉才到达印尼，之后又乘船回广州参加建设祖国的伟大事业。但是他并非一帆风顺，尤其在十年浩劫中受尽百般折磨，被打入牛棚，关进监狱，肉体及精神受到极大的摧残。当“文革”在中国大地彻底结束后，他的冤情得到昭雪，他像迷失的孩子终于找到回家的道路，他是那样的兴奋，重新迎着朝阳开始了新的生活。他对工作的热情犹如盛开的木棉花，热烈而又芬芳。他一面参政议政，一面抽空创作，写出了一系列文学作品。黄老已是高龄老人，银白的头发，清瘦的脸庞，但耳聪目明，头脑灵活，总是给人一种说话干练、精神矍铄之感。从退休到现在，他常常伏案写作，读报看书，偶尔也看看电视节目，特别是体育频道的足球、篮球和排球比赛更是让他着迷。

黄老的写作语言很有自己的特点，他知识渊博，有很深的中国古典文化的素养，同时又不失现代生活的气息。他的文笔优美，语言简洁明快。有一位编辑没有见过黄老，只读过黄老的一篇散文，当听说黄老已八十二岁高龄时大吃一惊，说从黄老的作品中感觉到他似乎只是一位二十几岁的青年作家。

黄老和他的夫人刘肖莲阿姨感情深厚。他们同舟共济，相濡以沫，一起共度着美好的夕阳时光。然而天有不测风云，去年刘阿姨不幸病逝，剩下黄老一人孤孤单单。后来黄老开始整理他和刘阿姨以及儿女的照片，准备编印一本名为《五十五载情未了》的相册，以此来纪念自己的妻子。期间工作量很大，既要坚持写书，又要为相册找照片，还要校对时间、地点，这对一位陷于极度悲痛的老人来说，确实很不容易。此情此景让人感慨不已，感叹岁月的匆匆，赞叹他们爱情的忠贞。《粤侨先锋》一书的完成使黄老的心灵得到一丝慰藉，感到妻子多年来在他写作时为他端茶倒水、修改校对文稿的默默支持终于有了新的回报。在黄老的内心深处，此书是夫妻同心协力的结晶。

黄老和夫人刘肖莲女士合影

再次祝愿黄老健康长寿，永远快乐。

2013 年 3 月

（作者马起，广东省归侨作家联谊会会员，北京美术家协会会员）

后　记

这本《粤侨先锋》前后经历了不少时日，终于脱稿并即将付梓了。

书中的篇章，绝大部分已先后在《人民日报》、《华声报》、《羊城晚报》、《广州日报》和《时代报》（美国）等大报，以及《海内与海外》、《华厦》、《侨星》、《侨时代》、《红枫》、《广州华声》和《地平线》（香港）等杂志发表过，有的是在中国致公党各级机关内部报刊、广东归侨作联刊物《粤海桥》发表。

在此书即将面世之时，我要衷心感谢广东省人大常委会原副主任张汉青先生、广东侨联主席王荣宝女士和军旅作家蔡常维先生，他们在百忙中分别撰写了序言和书评，青年作家马起先生还热情地写了读后感。

我还要特别感谢侨界人士王志伟女士、何悦强先生和王文康先生，他们为本书的出版从始至终给予了高度关心和大力支持。

还要诚恳感谢暨南大学副教授袁钟仁先生、原《羊城晚报》编辑李一兵先生等老朋友，帮助搜集了许多宝贵资料。广东省侨联副巡视员何宏兴先生和宣传部部长司芳女士、《作品》杂志社编辑鄞珊女士、《南方日报》记者林旭娜女士等，还有卓越图文快印的龙芳林女士、罗少锋先生，他们都从各方面对本书的出版给予了关心和支持。

暨南大学是华侨最高学府，该校出版社积极支持华侨题材作品的出版发行。继长篇人物传记《归侨省长梁灵光》之后，又极力扶持出版这本《粤侨先锋》，感激不尽。

最后，不能不特别提到的是，我的妻子刘肖莲，她十分关注我写这本书。在我写作的过程中，她常常给我斟茶倒水，还戴着老花眼镜帮我修改、校对文稿，夜深了又叫我早点休息，怕我太累。可以说，这本书是我们夫妻俩同心协力的结晶。令我痛心的是，她还没能看到新书的出版便离我远去了，相信她在天国听到这本新书即将面世的消息时，一定会感到欣慰的。

黄方生

2013 年 8 月